Melissa Foster

Schwestern im Aufbruch

Die Snow-Schwestern

DIE AUTORIN

Melissa Foster ist eine preisgekrönte *New-York-Times-* und *USA-Today*-Bestsellerautorin. Ihre Bücher werden vom *USA-Today-Bücherblog,* vom *Hagerstown Magazin,* von *The Patriot* und vielen anderen Printmedien empfohlen. Melissa hat mehrere Wandgemälde für das *Hospital for Sick Children,* eine Kinderklinik in Washington, D. C., gemalt.

Besuchen Sie Melissa auf ihrer Website oder chatten Sie mit ihr in den sozialen Netzwerken. Sie diskutiert gern mit Lesezirkeln und Bücherclubs über ihre Romane und freut sich über Einladungen. Melissas Bücher sind bei den meisten Online-Buchhändlern als Taschenbuch und E-Book erhältlich.

www.MelissaFoster.com

Melissa Foster

Schwestern im Aufbruch

DIE SNOW-SCHWESTERN

LOVE IN BLOOM – HERZEN IM AUFBRUCH

Aus dem Amerikanischen von Usch Pilz

Die Originalausgabe erschien erstmals 2013 unter dem Titel
»Sisters in Love – Snow Sisters« bei World Literary Press, MD, USA.

Deutsche Erstveröffentlichung
2016 bei World Literary Press, MD, USA
© 2013 der Originalausgabe: Melissa Foster
© 2016 der deutschsprachigen Ausgabe: Melissa Foster
Lektorat: Judith Zimmer, Hamburg
Umschlaggestaltung: Natasha Brown

ISBN: 978-1941480618

Für meinen Mann,
der mich versteht, wenn ich mich in meine Figuren verliebe.

Vorwort

Als ich anfing, Danicas und Kaylies Geschichte aufzuschreiben, hatte ich das Gefühl, neue Freundinnen gefunden zu haben. Auf keinen Fall wollte ich mich von diesen ganz besonderen Figuren schon nach einem Buch wieder verabschieden, und so sind es drei Bücher über die Snow-Schwestern geworden.

Im dritten Band lernen Sie die sechs brandheißen, ebenso wohlhabenden wie liebenswerten Braden-Geschwister aus Weston in Colorado, kennen. Mit den Bradens setzt sich die unterhaltsame, sinnlich-freche Reihe *Love in Bloom — Herzen im Aufbruch* fort. Die Geschichten der Braden-Cousins aus Trusty, Colorado, sind bereits auf Deutsch erschienen, die Bände über die Weston-Bradens folgen in Kürze. Ich hoffe, Sie verlieben sich wie ich mit Danica, Blake, Kaylie, Chaz, den Braden-Geschwistern und ihren Freunden.

Eins

Die Warteschlange im Café reichte bis zur Tür. Jetzt wünschte sich Danica Snow, sie hätte sich erst ihren Morgenkaffee geholt und dann den Anruf ihrer Schwester Kaylie beantwortet. In einem geschäftigen Touristenort zu wohnen, konnte manchmal lästig sein. Andererseits fand Danica es großartig, nicht ins Auto steigen zu müssen, wenn sie von ihrer Maisonettewohnung zur Praxis, ins Kino, in ein Restaurant oder auch mal in einen Buchladen wollte. In der Kleinstadt Allure in den Bergen Colorados mit ihrer ganz eigenen Mischung aus Hippie- und Yuppie-Touristen konnte man das meiste zu Fuß erledigen. Zahlenmäßig hielten sich die beiden Gruppen in etwa die Waage. Im Winter bevölkerten sie die Skipisten, im Sommer lockten Kunstevents und Festivals. Pausen gab es nicht. Im Augenblick warteten sämtliche Anzugträger und Rasta-Kinder der Stadt vor Danica auf ihren Kaffee oder ihren Latte. Die Schultern des Typen direkt vor ihr waren so breit, dass sie kaum um ihn herumsehen konnte. Mit wachsender Ungeduld tippte sie mit der Spitze ihrer schlichten, bequemen Heels auf den Boden. Zum Teufel, weshalb dauerte das so lange? In den letzten sieben Minuten hatte nur eine einzige Person die Theke verlassen. Die Tische standen so eng, dass Danica keinen Schritt zur Seite treten und nach vorn spähen konnte. Sie war regelrecht eingekeilt. Trotzdem wollte sie unbedingt an der titanischen Schulter vor ihr vorbei einen Blick zur Theke werfen. In dem Moment, in dem sie sich nach rechts beugte, drehte der Besitzer der Schulter sich schwungvoll zur Eingangstür um. *Zack!* Sein Ellbogen traf sie an der Nase. Danicas Kopf wurde in ihren Nacken geschleudert.

Ihre Hand flog zu ihrer Nase, die bereits anfing zu bluten. »Autsch! Herrgott!« Vornübergebeugt, die Hände vors Gesicht geschlagen nuschelte sie: »Ich glaube, Sie haben mir die Nase gebrochen.« Jedes Wort jagte ihr wie ein schmerzhafter Stoß in die Nase und zwischen die Augen.

»Oh nein. Das tut mir leid. Moment, ich hole eine Serviette«, sagte eine tiefe besorgte Stimme.

Zwei andere Kunden eilten zu Danica und hielten ihr Servietten hin.

»Wird's denn gehen?«, fragte eine ältere Frau.

Tränen quollen durch Danicas geschlossene Lider. *Verdammt.* Ihre gesamte Tagesplanung würde durcheinanderkommen, und sie sah vermutlich aus wie eine rotnasige, heulende Idiotin. »Das tut scheußlich weh. Können Sie sich nicht umschauen, bevor Sie …« Danica warf sich das widerspenstige braune Haar aus dem Gesicht und öffnete die Augen. Ihr feindseliger Blick fiel auf den Kerl, der ihr den Ellbogen gegen die Nase gerammt hatte. Nie hatte sie ein prächtigeres Exemplar der Gattung Mann gesehen. *Auweia.* »Ich bin … Was …?« *Jetzt komm schon, Mädel. Reiß dich zusammen. Wahrscheinlich ist er ein Egomane.*

»Es tut mir wirklich sehr leid.« Seine wohltönende Stimme klang betroffen.

Eine schmale Blondine berührte ihn am Arm und drückte

ihm eine Serviette in die Hand. »Geben Sie ihr das.« Sie klimperte mit den Wimpern.

Der Mann hielt die Hand dieser Frau eine Sekunde zu lange fest. »Danke«, sagte er. Seine Augen wanderten zur Bluse der Blondine.

Ich fasse es nicht. Hallo? Ich blute!

Er reichte Danica die Serviette. Seine Augen waren grün und gelb wie das Gras auf einer Spätsommerwiese. Er zog betroffen die Brauen zusammen. Danica überlegte schon, ob ihr ungnädiges Urteil über ihn vielleicht vorschnell gewesen war, da folgte sein Blick der Blondine, die gerade das Café verließ.

Mistkerl. Sie spürte wie die Zornesröte ihre Brust, ihren Hals und ihr Gesicht bis hinauf zu ihren hohen Wangenknochen überzog. Unwirsch schnappte sie die Serviette und wischte sich die pochende Nase ab. »Schon gut. Halb so wild«, log sie. Sie konnte seinen minzfrischen Atem riechen und ertappte sich bei der Frage, wie er wohl schmecken mochte. Danica bekam sonst nicht so leicht weiche Knie, das überließ sie lieber Kaylie. *Jetzt krieg dich mal wieder ein.*

»Darf ich Ihnen wenigstens einen Kaffee spendieren?« Er fuhr sich mit der Hand durch sein dichtes, dunkles Haar.

Ja! »Nein danke. Nicht nötig.« Als Therapeutin wusste sie ziemlich genau, welche Sorte Mann einer schönen Frau hinterherschaute, während eine andere sich die blutige Nase abwischte, die er ihr beschert hatte. Danica bückte sich nach ihrer Handtasche, die ihr beim Aufprall zu Boden gefallen war. Sie senkte den Blick, um nicht in seine Augen schauen zu müssen. »Meine Nase ist okay. Passen Sie einfach in Zukunft besser auf.« Nicht zum ersten Mal wünschte sie sich, sie könnte flirten wie Kaylie und über die wanderlustigen Augen des Unbekannten hinwegsehen. Kaylie hätte sich von ihm zu einem

Kaffee samt Plunderstück und am nächsten Morgen zum Frühstück einladen lassen. Aber Danica war so durcheinander, dass sie gar nicht wusste, was sie wirklich wollte. Sie riskierte einen weiteren Blick in das Gesicht des Unbekannten. Er musterte sie so eingehend, als wollte er sie aufsaugen und sie in seiner Erinnerung verankern. Langsam wanderte sein Blick von ihren Augen zu ihrer Nase, von dort zu ihren Lippen und zu dem Schönheitsfleck, der ihr schon ihr Leben lang zu schaffen machte. Eine schlechte Cindy-Crawford-Kopie wollte sie nicht sein. Danica schürzte die Lippen. »War's das jetzt?«

Er blinzelte unschuldig wie ein kleiner Junge, so als wüsste er gar nicht, weshalb sie so gereizt war. Das passte so gar nicht zu seiner überaus selbstbewussten, sehr männlichen Erscheinung. Er war fast einen Kopf größer als Danica mit ihren nicht gerade zwergenhaften eins achtundsechzig. Unter seinem zu engen Shirt wölbten sich gewaltige Brustmuskeln. Aus dem Halsausschnitt lugten dunkle Löckchen. *Vermutlich kauft er seine Shirts absichtlich zwei Nummern zu klein.* Danica versuchte, nicht auf seine verwaschenen Jeans zu starren. Seine Oberschenkel waren unglaublich muskulös. Sie schluckte. Ihr fehlte plötzlich die Luft zum Atmen. Der Mann berührte sie an der Schulter, dann begutachtete er ihr Gesicht.

»Entschuldigen Sie bitte. Ich will nur sichergehen, dass Ihre Nase wirklich nicht gebrochen ist. Ich glaube, wir haben Glück gehabt. Aber sicher tut es ziemlich weh.«

Sie spürte nur die Wärme seiner großen Hand, die ihre Schulter umschloss. »Halb so schlimm«, presste sie noch einmal hervor. Sie ärgerte sich, dass sie sich so in der Berührung eines Mannes verlieren konnte, der Frauen doch offensichtlich zum Dessert vernaschte. Sie warf einen Blick auf die Uhr. Ihr blieben genau drei Minuten, um sich einen Kaffee zu holen und noch rechtzeitig in die Praxis zu gelangen. Dort wartete sicher bereits ihre nächste Patientin auf sie. *Belinda. Die würde sich diesem Kerl sofort an den Hals hängen.*

Endlich kam Bewegung in die Warteschlange. Adonis winkte ihr beim Verlassen des Cafés zu. Danica legte das Geld für ihren French-Press-Vanillekaffee auf die Theke und konnte einfach nicht anders: Durchs Fenster warf sie ihm einen letzten Blick hinterher.

Die junge Bedienung schob Danica ihr Geld wieder hin. »Schon erledigt. Blake hat für Sie bezahlt.« Sie hob lächelnd die Brauen.

»Ach ja?« *Blake.*

»Ja. Er ist wirklich süß.« Die Bedienung lehnte sich über die Theke. »Auch wenn er ein Casanova ist.«

Aha! Ich wusste es. Danica straffte die Schultern und gratulierte sich dazu, der Versuchung widerstanden zu haben.

Zwei

Danica gab sich alle Mühe, sich auf die neueste Eskapade ihrer Patientin Belinda Trenton zu konzentrieren und nicht auf den Schmerz, der sie bei jedem Blinzeln durchzuckte. Wenigstens war ihre Nase nicht zu einem Ballon angeschwollen, also ziemlich sicher nicht gebrochen. Belinda bearbeitete ihren Kaugummi fast wie eine wiederkäuende Kuh. Ihr Eyeliner erinnerte an Madonna in den Achtzigern. Das kräftige lange Haar hatte sie sich mit einer Spange hochgesteckt. Ein paar Strähnen lockten sich um ihre Brille mit dem silbernen Metallgestell. Sie sah aus wie eine aufreizende Bibliothekarin. Ihr T-Shirt bot tiefe Einblicke und die knallengen schwarzen Jeans wirkten wie eine zweite Haut. Beim Sprechen wippte sie mit einem stilettobeschuhten Fuß. *Blake wäre hingerissen*, dachte Danica. Sofort verbot sie sich ihre hämischen Gedanken.

»Eigentlich wollte ich gar nicht mit ihm ins Bett. Wirklich nicht.« Belinda rationalisierte sich ihren One-Night-Stand zurecht.

»Ich machen Ihnen keinen Vorwurf, Belinda. Aber wollten Sie nicht versuchen, sich zurückzuhalten? Wollten Sie nicht eine neue Taktik ausprobieren?« Dasselbe Gespräch, nur ein anderer Tag. Belinda hatte ihre Hormone genauso wenig im Griff wie eine Gewitterwolke den Regen. Danica dachte an Blakes Schultern und wie sie sich wohl anfühlen mochten. *Großer Gott, was ist denn mit mir los?* Wenn nicht einmal sie ihre Gedanken im Zaum halten konnte – und sie war die am wenigsten hormongesteuerte Person, die sie kannte – was sollte sie dann von ihren sexbesessenen Patienten erwarten?

»Stimmt, das wollte ich. Einen Mann kennenlernen, mich mit ihm unterhalten und nicht mit ihm nach Hause gehen. Richtig?« Belinda wartete auf Danicas Nicken.

»Genau.« Was war so schlimm an Belindas Verhalten? Ein Mann hatte ihr gefallen und sie war mit ihm ins Bett gegangen. Seit dem Vorfall im Café rätselte Danica ununterbrochen, was wohl passiert wäre, wenn sie sich von Blake zu einem Kaffee hätte einladen lassen. Zum ersten Mal im Leben beschäftigte sie sich mit der vielbeschworenen magischen Anziehungskraft, die angeblich einschlug wie ein Blitz. Viele Menschen konnten ihr nicht widerstehen. Einschließlich ihrer Schwester. Sie fragte sich, weshalb Kaylie im Gegensatz zu ihr so leicht entflammbar war. Danica hatte sich immer für die mental stabilere von ihnen beiden gehalten. Aber seit ihrem akuten Anfall von Herzklopfen bei Blakes Anblick fragte sie sich, ob mit ihr etwas nicht stimmte. Warum war ihr so etwas vorher noch nie passiert?

»Na ja, ich hab's versucht. Aber er hat nicht lockergelassen. Er hat mir etwas von einer CD vorgeschwärmt, die er mir vorspielen wollte, und ich mag nun mal Musik.«

Und ich Kaffee. »Ist Ihnen klar, was Sie gerade tun?«

Belinda verdrehte die Augen. »Ich rationalisiere mir etwas zusammen.«

Danica nickte. Manche Leute hätten Belinda als sexsüchtig bezeichnet. Selbst Danica hatte den Überblick verloren, mit wie vielen Männern Belinda im Lauf des vergangenen Jahres ins

Bett gestiegen war. Aber sie mochte dieses Wort nicht. *Sexsüchtig.* Das war nur ein Etikett, eine viel zu einfache Erklärung. Belinda war eine Getriebene, aber wenn sie zu sich selbst fand und mehr Selbstbewusstsein entwickelte, würde ihr Bedürfnis nach schnellem, unverbindlichen Sex sicher nachlassen.

Danica wusste, dass sie Belinda mit dem missbilligenden Elternblick musterte, den sie eigentlich verabscheute. Dabei wurde sie das Gefühl nicht los, dass dieser Blick mehr ihr selbst galt als Belinda. Wie oft hatte ihr Vater sie so angesehen, wenn sie sich ein bisschen Spaß gegönnt hatte, anstatt für die Schule zu büffeln? Kaylie hingegen hatte er für ihre Gesangs- und Tanzkünste gelobt. Danica sah ihn immer noch vor sich mit seinem dichten, dunklen Haar. Er hob eine Braue, als wollte er sagen: *Verschwende deine Zeit nicht mit nutzlosem Kram.* Danica stellte sich ihre stets korrekte, sittsame Mutter mit ihrem braven Haarschnitt und ihrem unverrückbaren Lächeln vor. Ihre Mutter musste gar nichts sagen. Ihr zustimmendes Nicken zu den Worten ihres Ehemanns genügte vollauf: Danica war die kluge Schwester. Immer wieder hörte sie ihren Vater sagen: *Von dir erwarten wir etwas, was wir von Kaylie nun mal nicht erwarten können.*

Zeit, die Sitzung zu beenden.

»Okay. Ich glaube, in der nächsten Woche sollten wir uns mit der Problematik von Rationalisierungen beschäftigen.« *Hoffentlich kann ich bis dahin wieder an etwas anderes denken als an den Mann, der für meine blutige Nase verantwortlich ist.*

Belinda biss sich auf die Unterlippe und stand gleichzeitig mit Danica auf. »Glauben Sie, es gibt Hoffnung für mich? Oder werde ich immer so weitermachen?« Flehentlich schaute sie Danica an.

Danica kannte die Macht des positiven Denkens. Sie tätschelte Belindas Rücken und sagte: »Sie können alles schaffen, was Sie sich vornehmen, Belinda. Wir müssen nur daran arbeiten. Ich glaube an Sie.« *Ziemlich platt. Aber sie braucht eine Ermutigung. Weshalb kommen die Sexverrückten alle zu mir?* Nach kurzem Nachdenken fügte Danica stumm hinzu: *Sogar meine Schwester?*

Drei

Blake Carter stand hinter einem Gestell mit Skiern und hörte zwei Kundinnen in der Nähe tuscheln. Über ihn. Auf seinem Weg quer durchs Geschäft nahm er die beiden nicht mehr ganz jungen, aber sehr attraktiven Frauen in Augenschein. Die Dunkelhaarige kam ihm bekannt vor. Die Rothaarige lächelte ihn an. Routiniert warf er ihr über die Schulter hinweg einen etwas längeren Blick zu. *Toller Vorbau, klasse Hintern.* Er ging hinter die Theke und übernahm die Kasse. Als die beiden kicherten wie Schulmädchen, blickte er auf. Die Regeln dieses Spiels beherrschte er im Schlaf. Doch seit die Frau, der er im Café fast die Nase lädiert hatte, ihn bei seinem Blick hinter der katzenhaften Blondine her ertappt hatte, fühlte er sich ziemlich armselig. Ihr verletzter Blick verfolgte ihn.

»Die sind scharf auf dich.«

Blake drehte sich zu seinem Geschäftspartner und besten Freund Dave Tuft um, einem der begnadetsten Acro-Skifahrer, die er kannte. Akrobatische Drehungen und Überschläge konnte Dave mindestens so gut, wie Blake Frauen abschleppen.

»Was du nicht sagst.«

Dave zuckte die Achseln. »Und? Wie sieht's aus? Interesse?« Er hob die Augenbrauen.

»Kein Bedarf.« Blake lachte. Er wünschte, die Frau aus dem Café hätte sich von ihm einladen lassen. Dann hätte er den unsäglichen Blick hinter der Blondine her wiedergutmachen können.

»Zwei sind dir wohl ein bisschen zu viel.« Dave zog eine Inventarliste unter der Theke hervor und schaute zu den beiden Frauen Anfang fünfzig hinüber. »Du bist zu beneiden. Aber Sally und Rusty würde ich für nichts auf der Welt eintauschen.«

»Wart's ab. Wie alt ist Rusty? Fünfzehn? Bald macht er es genau wie ich. Wenn er nicht schon damit angefangen hat.«

»Das hätte ich gemerkt. Dafür verbringen wir zu viel Zeit miteinander.«

»Wenn du meinst. Wann stellen wir uns endlich mal wieder auf die Bretter? Seit Rusty Basketball spielt und du jede Woche ein Date mit deiner Frau hast, leidet unser Skitraining. Wir müssen dringend raus auf die Piste und ans Limit gehen.« Blake wusste, dass er mit Hartnäckigkeit ans Ziel kam. Einerseits beneidete er seinen Freund um dessen harmonisches Familienleben. Andererseits fehlten ihm die gemeinsamen Skiausflüge.

»Ans Limit gehen?« Dave lachte. »Das machst du doch andauernd.« Er nickte in Richtung der Frauen. »Für solche Abenteuer bin ich zu alt und zu müde.«

Dave war fünf Jahre älter als Blake. Blake war vierunddreißig und konnte sich nicht vorstellen, jemals zu müde für Sex zu sein. Er drehte seinen Verehrerinnen den Rücken zu und lehnte sich an die Theke. Die Frau aus dem Café ging ihm einfach nicht aus dem Kopf. Sie war schnippisch und kühl gewesen und hatte ihn spüren lassen, dass er nicht gut genug für sie war. Nicht einmal zu einem Kaffee hatte sie sich einladen lassen. Und doch glaubte er, einen rätselhaften, unterdrückten Funken in ihren Augen entdeckt zu haben. Aber womöglich bewahrheitete sich hier nur das alte Sprichwort, dass man immer genau das haben wollte, was man nicht kriegen konnte. Sicher war nur, dass er zum ersten Mal seit Jahren kein echtes Interesse an zwei attraktiven Frauen hatte, die um seine Aufmerksamkeit buhlten. Dass die Frau im Café ihn hatte abblitzen lassen, verdarb ihm die Stimmung.

»Ich gönne dir deinen Spaß, Kumpel. Aber mir ist das Leben auch so schon kompliziert genug. Eine einzige Frau – die richtige Frau – reicht mir vollauf«, sagte Dave. »Aber erklär du mir doch mal, weshalb du solche Angst vor dem Heiraten hast.«

»Mit Angst hat das nichts zu tun. Ich bin nur zu schlau, um mich an die Leine legen zu lassen.« Blake lächelte. »Komm schon. Wie sieht's aus? Schaffen wir es vor dem Saisonende noch mal auf die Piste?«

»Du weißt, es gibt Leute, die dir helfen können, dein Mami-Trauma zu verarbeiten.« Dave zog sein Telefon aus der Tasche, scrollte sich durch die Kontakte, kritzelte eine Telefonnummer auf einen Zettel und steckte ihn in Blakes Hosentasche. »Ich habe mir die Nummer vor ein paar Monaten besorgt, war aber noch nicht bei ihr. Sie soll gut sein.«

»Callgirl?«

»Therapeutin«, sagte Dave ernst. »Okay, du hast recht. Wir waren ewig nicht Skifahren. Morgen hat Rusty ein Spiel. Aber wie wär's mit einer Session bei Flutlicht am Samstagabend?«

Blake wartete noch einen Moment. Vielleicht erinnerte sich Dave gleich daran, dass er am Samstag schon ein Date mit Sally hatte, dass Rusty Hilfe bei den Hausaufgaben brauchte oder er und seine Lieben einen Familien-DVD-Abend geplant hatten. Einen Moment lang überlegte er, wozu Dave die Nummer einer Therapeutin brauchte, dachte dann aber doch lieber darüber nach, auf welche Skipiste sie am Samstag gehen sollten.

»Und?«, fragte Dave.

»Musst du nicht erst noch dein Frauchen fragen?«

»Sally ist es egal, was ich mache. Nein, natürlich nicht. Aber ich kann so was schon selbst entscheiden.«

Blake hörte ein Zögern in Daves Tonfall und hob die Brauen.

»Ich weiß, du verstehst das nicht, Casanova. Aber ich verbringe meine Freizeit gern mit meiner Familie. Es ist schön, jeden Tag zur selben Frau nach Hause zu kommen und zu wissen, nach welchem Parfum sie duften wird. Auch dass wir uns freitags zusammen mit Rusty Filme ansehen und dass ich jeden Sonntag ein Date mit Sally habe, gefällt mir.« Dave seufzte. »Aber am Samstagabend fahren wir beide Ski. Versprochen.«

Blake zuckte die Achseln.

»Was ist das? Blut?« Dave zeigte auf Blakes Ellbogen.

»Wo denn?« Blake begutachtete seinen Ärmel und entdeckte tatsächlich einen rostroten Fleck. »Verdammt.« Er machte sich auf den Weg zur Toilette. Jetzt hatte das schnippische Weibsstück auch noch sein liebstes Sportshirt ruiniert. Gut, eigentlich hatte er jede Menge solcher Shirts von allen möglichen Herstellern im Schrank. Aber dieses hatte ihm sein Vater zur Eröffnung von AcroSki geschickt, des Geschäfts, das er gemeinsam mit Dave betrieb. Das Shirt war hellgrau, eine Nummer zu klein und lag an genau den richtigen Stellen eng an. Die perfekte erste Lage unter anderen Sportklamotten. Außerdem war es sein Glücksshirt und jetzt vermutlich hin.

Dave ließ nicht locker. »Blut? Was ist passiert?«

»Das war vorhin im Café. Ich habe eine Frau mit dem Ellbogen an der Nase erwischt. Aus Versehen natürlich. Sie hat geblutet.« Die Frau, an die er ständig denken musste. Die Frau mit dem süßesten Muttermal der Welt, direkt über ihren sinnlichen Lippen.

»Bist du deshalb so mies drauf?«, fragte Dave.

Blake drehte sich zu seinem Freund um. »Ich bin nicht mies drauf, nur müde.«

»Ja, klar. Und gleich behauptest du auch noch, du seist Jungfrau.«

Blake kniff die Lippen zusammen und stapfte davon.

Die Toilette war ein freundlicher heller Raum und zum Glück gerade frei. Blake zerrte an seinem Ärmel, um den Schaden zu begutachten. Er hatte noch nie einer Frau eins auf die Nase gegeben. Nicht mal aus Versehen. Und jetzt passierte ihm einmal ein Missgeschick und sie musste gleich auf sein Lieblingsshirt bluten? *Mist.* Er zog es aus und ließ kaltes Wasser über den Blutfleck laufen. Leicht rosa gefärbt tropfte es vom Ärmel.

Plötzlich riss jemand die Tür auf.

»Ups. Sorry.« Die Rothaarige lächelte kokett.

Blake setzte ein Lächeln auf. Er war nicht in Stimmung für eine schnelle Nummer in der Herrentoilette. Hin und wieder hatte er so was schon gemacht. Im Waschraum, im Flugzeug, sogar im Skilift. Verdammt, es gab kaum einen Ort, der vor ihm sicher war. Aber im Moment war ihm wirklich nicht danach.

Die Frau schob sich mit geschmeidigen Schritten hinter ihn und legte ihre Hand auf seinen nackten Rücken. »Kann ich helfen?« Sie beugte sich vor und streifte ihn dabei mit ihrem Busen.

»Ich komme klar. Danke«, sagte Blake barsch.

Die Rote legte die Hände auf seine und machte seine Rubbel-Bewegungen mit. »Ich glaube, den Fleck kriege ich raus. Ich bin sehr fingerfertig.«

Kann ich mir vorstellen. Ihr Haar duftete nach Rosen, ihre Schulter und ihr Nacken nach einem exotischen Parfum. Blake spürte den vertrauten Wunsch, die Frau einfach an sich zu ziehen. Er richtete sich auf. *Brav sein*, ermahnte er sich. Sein Körper hatte andere Ideen.

Die Frau legte ihre nassen Hände auf seine Oberarme und flüsterte ganz nahe an seinen Lippen: »Meine Freundin sagt, du wärst jemand, mit dem man Spaß haben kann.« Sie strich mit ihrem nassen Zeigefinger über seinen Arm.

»Das hat sie gesagt?« Blake erinnerte sich vage an eine Begegnung mit der Frau in der Bar None, der einzigen Bar der Stadt, die mehr Einheimische als Touristen besuchten. Eine Sekunde lang war er peinlich berührt. War die Stadt tatsächlich so klein? Blake war hin und hergerissen zwischen dem, was sich zwischen seinen Beinen tat, und dem Ärger, den er noch vor wenigen Augenblicken empfunden hatte.

»Hm-hm. Ich dachte, wir könnten uns nach Ladenschluss treffen und …« Sie beugte sich vor und flüsterte in sein Ohr. »Ich könnte dir helfen, dich ein bisschen zu entspannen. Ein Drink? Bei mir?« Sie küsste sich an seinem Hals entlang.

Die meisten Männer wären überrascht gewesen. Für Blake war die Situation recht alltäglich. Er hatte unzählige Frauen an allen möglichen Orten vernascht. Normalerweise hätte er sich nicht lange bitten lassen. Aber heute wollte er einfach nur sein verdammtes Shirt auswaschen und die Frau von heute Morgen vergessen.

Die Lippen der Roten arbeiteten sich über seine Brust bis zu seiner Brustwarze vor.

»Du wirkst gestresst. Vielleicht hilft ja das hier.« Sie leckte sich über seinen Bauch und wieder hinauf zu seiner Brust.

Blake ließ das Shirt ins Waschbecken fallen und presste sich an das Becken der Frau. »Schon möglich.« Der Hitze ihres Körpers konnte er nicht widerstehen. Er folgte seinen Trieben wie schon so viele Male zuvor, küsste und leckte ihren Hals, bis sie stöhnend die Hände in seinen Hintern krallte und ihn an sich zog. Doch sein Blick hing noch immer an seinem Shirt. An seinem Lieblingsshirt, das jetzt mit dem Blut einer Frau befleckt war. Seine Erektion wurde ein wenig schwächer.

Die Rote legte die Hand zwischen seine Beine. Sie fing an, ihn durch die Jeans hindurch zu reiben, leckte sich über seinen Hals und seine Brust und hinterließ eine kühle, nasse Spur. Dann knöpfte sie seine Jeans auf. Die Spitze seiner Erektion drückte sich gegen den Bund seiner schwarzen Boxershorts. Sie schob die Hand in seine Jeans und massierte durch die dünne Baumwolle hindurch seine Hoden.

Mit geschlossenen Augen überließ Blake sich seinem wachsenden Verlangen. *Nicht gut genug für dich?* Der Ärger über die Abfuhr vom Morgen flammte wieder auf. *Ich zeige dir gleich, wie gut ich bin.* Er packte die Rote am Hinterkopf und küsste sie hart. Sie stöhnte lustvoll auf. Was ihre Fingerfertigkeit betraf, hatte sie nicht übertrieben. Blake hob sie auf den Waschtisch, griff beherzt unter ihren Rock und zog ihren String beiseite. Dann streifte er seine Hose ein Stück nach unten, zog sich ein Kondom über und legte sich ihre Beine um die Hüfte. Sie beugte sich ein wenig zurück und warf einen Blick auf seine stattliche Erektion.

»Hm, ja. Meine Freundin hat nicht übertrieben«, schnurrte sie und zog ihn an sich.

Blake packte die Frau am Hintern und rückte sie auf dem

Waschtisch nach vorn, bis die Spitze seiner Erektion ihre Öffnung berührte. Sie war feucht und bereit. Mit einem Stoß war er in ihr. Sie schnappte nach Luft, grub die Fingernägel in seine Schultern und machte ihn damit noch härter. Seine Stöße waren schnell und kraftvoll. Sie legte den Kopf in den Nacken und wölbte sich ihm entgegen. Er küsste ihren schlanken Hals, entwand sich ihren Fingernägeln und drang noch tiefer in sie ein. Die schnippische Stimme der anderen Frau schallte durch seinen Kopf. *War's das jetzt?* Normalerweise wartete Blake den Höhepunkt der Frau ab, bevor er selber kam. Heute war er auf der Flucht vor seinen Gedanken. Er stieß zu, bis kurz vor dem Orgasmus.

Die Rote atmete schwer. »Warte. Langsamer. Nicht so schnell.«

War's das jetzt? Er konnte nicht warten. In sein Verlangen mischte sich Wut. Er legte die Hände an ihre üppige Hüfte und bewegte sie ihm Rhythmus seiner Stöße vor und zurück, bis er endlich spürte, wie sie sich pulsierend um ihn zusammenzog. Sein Höhepunkt kam mit überwältigender Wucht. Mit zusammengebissenen Zähnen erstickte er sein Stöhnen an ihrem Hals, bis die letzten Zuckungen verebbt waren.

»Das hat tatsächlich Spaß gemacht.« Sie rang nach Luft.

Blake öffnete die Augen. Sein Spiegelbild starrte ihn an. Sein Kopf war rot vor Anstrengung und Lust, seine Lippen waren rot von ihrem Lippenstift. Die Jeans hingen ihm an den Knien und die Frau Anfang fünfzig, mit der er sich gerade vergnügt hatte, klammerte sich an ihn, als wollte sie ihn behalten. Dabei kannte er nicht einmal ihren Namen. *Spaß?* Er war eine vierunddreißigjährige männliche Schlampe, keinen Deut besser als die Mädchen, über die in der Highschool alle getratscht hatten. *War's das jetzt?* Die Stimme der anderen Frau wurde er nicht los. Blake wand sich aus den Armen der Roten, zog ein paar Papiertaschentücher aus dem Spender und reichte sie ihr. »Danke«, sagte er. Er warf das Kondom in den Müll, zog seine Hose hoch, schnappte sich sein Shirt und flüchtete voller Scham und Selbstverachtung in die Sicherheit seines Büros.

Vier

Mondlicht lag als silberner Dunst auf den Bergrücken. Es war Samstagabend und die Pisten glichen wattigen Wolken, die vom Himmel zur Erde gefallen waren. Blake sog die eisig feuchte Schneeluft in sich auf. Er war gern am Abend hier, wenn vorwiegend erfahrene Skifahrer die Pisten bevölkerten.

»Kann's losgehen, Kumpel?« Dave bremste neben Blake. Er war einen halben Kopf kleiner, aber ebenso kräftig und muskulös. Leichter Schneefall setzte ein.

»Von mir aus gern. Hey, tut mir leid, dass ich dich von deiner Familie weggezerrt habe.«

»Tut es nicht.«

»Ja, okay.« Blake grinste. »Tut es nicht.«

Sie lachten.

»Schön, dass du es einrichten konntest. Wir waren mindestens einen Monat lang nicht mehr zusammen hier draußen.«

»Ich weiß. Du sagst es mir ja zweimal am Tag.« Dave hob eine Braue. »Keine Sorge, Mann. Ich wollte unbedingt noch mal hierher, bevor der ganze schöne Pulverschnee weg ist.«

»Du hättest Rusty ruhig mitbringen können«, sagte Blake.

»Einen miesgelaunten Teenager? Nein danke. Dieser Abend gehört uns. Ich brauche dringend mal eine Pause. Außerdem hat Rusty am Skifahren in etwa so viel Interesse wie ich am Basketball. Junge Leute wählen ihren Suchtstoff gern selbst.«

Sie nahmen den Lift hinauf zur zweitlängsten Abfahrt. Hier oben schneite es viel heftiger. Beim Aussteigen spürte Blake das Adrenalin in den Adern. Gemeinsam fuhren sie das kleine Stück bis zum Bergkamm. Sie trugen beide Hightech-Skikleidung der Spitzenklasse, die sie von ihren Lieferanten umsonst zur Verfügung gestellt bekamen. Daves Outfit war königsblau, Blakes schwarz und rot. Gratisklamotten vom Feinsten gehörten zu den Annehmlichkeiten, die ein eigenes Skigeschäft mit sich brachte.

»Ich bin richtig heiß!«, sagte Dave. Die kalte Nachtluft färbte seine Wangen rot. Er beschirmte seine Augen und blinzelte in die tanzenden Flocken.

»So geht es mir jeden Abend.« Blake grinste. »Verdammt, wieso schneit es jetzt wie verrückt? Lass uns zum Aufwärmen erst mal eine gemütliche Abfahrt machen.«

Daves Handy klingelte.

»Du hast das Ding mit hier raus gebracht? Ich liebe Sally heiß und innig, aber muss das sein?« Blake mochte Sally wirklich sehr gern. Hin und wieder lud Dave ihn zu einem Grillabend mit Frau und Sohn ein oder sie gingen essen oder auf ein Fest. Das war immer sehr nett. Aber deshalb gleich ständig erreichbar sein? Nein danke. Die Zeit auf der Piste war Blake heilig.

Dave zog das Telefon aus der Tasche. »Meine Holde.« Er hielt einen Finger in die Höhe. »Hey, Honey. Ja, gerade oben angekommen. Genau, wir machen gleich die erste Abfahrt.« Er hielt inne und hörte Sally zu. »Gib ihn mir.« Dave drehte sich von Blake weg und sagte barsch: »Stimmt das, was deine Mutter sagt? Was zum Teufel hast du dir dabei gedacht?« Er seufzte. »Hör zu. Wenn ich nach Hause komme und …« Er brach ab. »Rusty? Hallo? Hallo!« Dave starrte aufs Display. »Verdammt.« Unwirsch steckte er das Handy wieder in die Tasche. Blake fand, dass er ziemlich verkniffen dreinschaute.

»Alles klar?«, fragte er.

»Die Verbindung ist abgebrochen«, antwortete Dave knapp. »Verdammt. Du würdest es sowieso nicht verstehen. Komm, lass uns loslegen.«

»Okay, wenn du meinst.« Blake hatte keine Lust auf die Einzelheiten eines Familienknatschs. Er wollte endlich Skifahren.

»Ich nehme die hintere Piste«, schnaubte Dave. Sein Atem stand als Wolke in der Luft. Er zog sich die gelbe Skibrille über die Augen und wandte sich ab.

»Moment mal, die hintere? Du weißt, dass das keine gute Idee ist, Dave. Komm, wir wärmen uns erst mal auf und dann …« Blake konnte nur hilflos zusehen, wie Dave auf seinen Skiern regelrecht zur Rückseite des Berges stapfte. Die Sicht wurde immer schlechter. Blake rückte seine Skibrille zurecht. Er wollte Dave etwas zurufen, doch der war bereits verschwunden. »Wir sehen uns unten«, sagte er zu sich selbst.

Blake nahm im gemächlichen Tempo die Abfahrt an der Vorderseite des Berges und genoss die Kühle der Schneeflocken im Gesicht. Seine Knie wussten genau, wann und wo sie sich zu beugen hatten. Mit schlafwandlerischer Sicherheit zog er seine

Schwünge. Tollkühne Teenager rasten an ihm vorbei. Er lächelte. In dem Alter hatte er sich auch für unbezwingbar gehalten. *Das bin ich immer noch*, dachte er nicht ohne Stolz. Er fuhr etwas schneller durch das dichter werdende Schneegestöber und überlegte sich dabei, ob er Dave hätte zurückhalten sollen. Die hintere Abfahrt war nicht so gut beleuchtet wie die vordere, und auf der Rückseite des Berges gab es Abhänge, Baumgruppen und gigantische Buckel. Plötzlich musste er daran denken, dass Sally jetzt mit ihrem Sohn zu Hause saß, während Dave sich auf der Piste vergnügte. Und dann dieser seltsame Anruf vorhin. Aus Blakes Sicht konnte die Rechnung niemals aufgehen. Das Eheleben bot einfach nicht genügend Pluspunkte, um ein aufregendes, freies Junggesellendasein voller Glücksmomente und Höhepunkte aufzuwiegen. Er fragte sich, ob er sich je mit einer einzigen Frau begnügen konnte, ob es ihm reichen würde, nur mit einer einzigen zu schlafen. Und ob er das überhaupt *wollte*.

Blake erreichte die Lichtung am Ende der Abfahrt. Dort machte sich gerade das Rettungsteam für einen Einsatz fertig. Unfälle gab es hier so gut wie jeden Abend. Die Pisten waren voller Anfänger, die sich zu viel zutrauten, und voller junger Ski-Freaks, die ihre Grenzen ausloteten. Die fünf Abfahrten in dieser Ecke des Skigebiets kannte Blake sehr gut. Die hinten am Berg war nicht die schwierigste. Es gab eine steilere, schwerere, zu der man nur mit dem Lift gelangte, den auch Dave und er benutzt hatten. Der zweite Teil des Lifts ging noch ein Stück weiter hinauf zu einer Piste namens Little Hellion. Nur erfahrene Skiläufer mit einer Erkennungsmarke hatten dort Zutritt. Blake betrachtete die Marke an seiner Jacke. Er und Dave hatten vor drei Jahren eine Art Eignungstest für die Little Hellion abgelegt. Grinsend dachte er an jenen Nachmittag. Sie hatten herumgealbert und sich gegenseitig prophezeit, dass sie durchfallen würden. Aber natürlich hatten sie die Mindestanforderungen spielend erfüllt. Dave hatte es sich nicht verkneifen können, auf einigen Buckeln Saltos zu schlagen. Sehr zum Ärger der Prüfer. Beim Skifahren mutierte Dave gelegentlich zum Angeber.

Das Rettungsteam brauste den Berg hinauf, während Blake nach links weiterfuhr, zum Ende der hinteren Piste. Dort wollte er auf Dave warten. Ein weiteres Schneemobil des Rettungsteams wurde gerade bereit gemacht. Blake machte den Männern Platz.

»Wo hat es denn den Unfall gegeben?«, rief er.

»Auf der Little Hellion. Wir haben die Piste gerade geschlossen. Fahr vorsichtig.« Das Schneemobil röhrte auf.

Pistenschließungen gab es nur bei schweren Unfällen. Blake fragte sich, welcher Irre sich in einer solchen Nacht die Little Hellion hinunterstürzte.

Wegen des vielen frischen Pulverschnees dauerte der Weg bis zum Ende der hinteren Piste länger als sonst. Mühsam arbeitete Blake sich bis dorthin vor. Hier hinten ließ nur eine Handvoll Skifahrer mit kühnen Schwüngen den Neuschnee stieben. Blake wartete am Pistenrand auf Dave.

Eine geschlagene Viertelstunde lang stand er in der Kälte herum. Inzwischen war er fast sicher, dass er Dave verpasst hatte und dass der bereits wieder im Lift nach oben saß. Er fragte einen jungen Mann, der gerade die Abfahrt herunterkam, ob er Dave gesehen hätte.

»Er ist ungefähr so groß.« Blake hielt seine Hand auf

Augenhöhe. »Königsblaue Jacke, super Skifahrer.«

»Nein, Kumpel. Aber wettermäßig geht es oben ganz schön zur Sache. Kaum fünf Meter Sicht. Jemanden, der dort festsitzt oder der gestürzt ist, habe ich nicht gesehen. Aber auf der Little Hellion muss es einen Unfall gegeben haben.«

»Habe ich auch gehört. Danke.« Blake machte sich wieder auf den Weg zur Vorderseite des Berges. Er konnte auch am Lift warten. Daves Laune war nicht die beste gewesen, vielleicht wollte er nur eine Weile allein sein. *Ach, was soll's.* Blake beschloss, noch eine Abfahrt zu machen und dabei nach Dave Ausschau zu halten. Dave war ein großer Junge und konnte auf sich aufpassen.

Der Lift holperte bergan über eine Stütze. Die Skifahrer auf der Piste unter Blake wurden zu kleinen bunten Punkten in einem weißen Meer. Oben angekommen fuhr er zur Bergkuppe und schaute sich von dort aus nach Dave um. Das Skifahren hatte Blake als Fünfjähriger von seinem Vater gelernt und mit sieben die ersten akrobatischen Sprünge gemacht. Als Teenager war er in eine Mannschaft eingetreten und hatte mit seinen Freunden aus dem Team ganze Wochenenden auf den Pisten verbracht. Was als Mutprobe begonnen hatte – Wer traute sich einen Salto auf dem höchsten Buckel? – war zu einem ständigen Kräftemessen geworden, zur Leidenschaft und zur Besessenheit. Blake hatte Privatunterricht genommen und war lange Zeit der beste Acro-Skifahrer gewesen, den er kannte. Bis ihm vor ein paar Jahren Dave über den Weg gelaufen war.

Natürlich auf einer Skipiste. Dave war nach einem sensationellen Sprung von einer steil abfallenden Felswand perfekt gelandet und in vollendeter Manier bis ans Ende der Piste gerauscht. Blake hatte ihm ein Kompliment gemacht. *Hey, Mann! Wie du gerade deine Gebeine in die Luft geschmissen hast –*

gigantisch. Dave hatte sich bedankt und Blake stehenlassen. Natürlich hatte Blake sich sofort auf den Weg zum selben Abhang gemacht. Ignoriert oder gar übertroffen zu werden, kam für ihn nicht infrage. Dave hatte getan, als sehe er nicht hin. Aber als Acro-Skifahrer hatte man immer ein Auge auf die Konkurrenz. Nach Blakes perfektem Corked Spin, einer Kombination aus Schraube und Salto, war Dave zu ihm gefahren und hatte angeboten, ihm beizubringen, wie er sich in der Luft gerade halten konnte. Blake hatte kurz gestutzt, dann über den Witz gelacht, und bald waren sie die besten Freunde geworden. Dave Tuft war ein Champion, ein begnadeter Skiakrobat. Seine Sprünge waren höher, seine Tricks komplizierter und dabei auch noch sauberer ausgeführt als bei jedem anderen. Bei einigen der raffinierteren Kombinationen konnte Blake ihm noch immer nicht das Wasser reichen. Dave wusste es, und sein Selbstbewusstsein ließ ihn manchmal leichtsinnig werden. Im Lauf der Jahre hatte er sich zigmal irgendwelche Knochen gebrochen.

Ein tieffliegender Hubschrauber näherte sich. Kein gutes Zeichen. Die Maschine war zur Little-Hellion-Abfahrt unterwegs. Ein Schneemobil kam den Berg herunter und hielt bei Blake auf der Kuppe an.

»Wir machen die Pisten für heute dicht. Das ist deine letzte Abfahrt«, sagte derselbe Bergretter, mit dem Blake schon vorher kurz gesprochen hatte.

»Das ging aber schnell. Ist wohl eine üble Sache da oben?«, fragte Blake.

Der Mann nahm die Skibrille ab und schaute Blake ernst an. »Wir konnten nichts tun. Dem Typ war nicht mehr zu helfen.«

Blake wurde plötzlich ganz flau.

»Wir nehmen an, er hat bei einem Sprung die Richtung falsch eingeschätzt. Ist in den Bäumen am Rand des ersten Abhangs gelandet und hat sich dabei wohl das Genick gebrochen.«

Die Härchen in Blakes Nacken richteten sich auf. »Um Gottes Willen. Hatte er eine Zugangsmarke für die Piste?«

»Ja, hatte er. Und eine Top-Ausrüstung. Der Kerl war kein Anfänger.«

Die Welt um Blake begann sich zu drehen. Sein Körper wurde taub. »Gelbe Skibrille?«

»Du kennst ihn?«

Dave.

Wie an den meisten Samstagabenden saß Danica in ihrer uralten blauen Lieblingsjogginghose und einem T-Shirt vor dem Fernseher und schaute Belinda Trentons Akte durch. Ein Fall wie aus dem Lehrbuch. Belindas Vater hatte sich nicht für sie interessiert. Jetzt suchte sie nach Liebe, fand aber nur jede Menge schnellen Sex und verstand nicht, weshalb die Männer sie behandelten wie Dreck. Danica nahm sich die weiter zurückliegenden Sitzungen noch einmal vor. Sie war sicher, dass sie Belinda helfen konnte. Unsicheren, anlehnungsbedürftigen Menschen einen Weg aus ihrer Misere zu weisen, war ihre Spezialität. Mit etwas mehr Selbstbewusstsein und einer gehörigen Portion Willenskraft schafften viele einen Neuanfang.

Als ihr Handy klingelte, legte sie die Akte auf den Couchtisch und warf einen Blick auf die Uhr.

»Hi, Kaylie.«

»Na, was treibst du, Schwesterherz?« Es war elf Uhr abends und Danicas Schwester war ziemlich aufgekratzt. »Moment. Lass mich raten. Du brütest in deinem Wohnzimmer über einer Patientenakte und überlegst, wie du einem bedauernswerten Schlaffi helfen kannst, mal wieder einen hochzukriegen.«

»Ich wünschte, es wäre so einfach.« Danica dachte an

Belinda. »Mit einer Potenzpille ist meiner Patientin leider nicht geholfen.« Sie seufzte. Ihre Schwester wusste, wie sie sie auf andere Gedanken bringen konnte.

»Mir auch nicht.« Kaylie lachte.

Danica verdrehte die Augen. Kaylie klarzumachen, dass sie nicht mit jedem halbwegs netten Kerl ins Bett steigen musste, hatte sie längst aufgegeben. »Bist du betrunken?«

»Na ja, nüchtern bin ich nicht. Camille und die Mädels sind hier. Kommst du auch?«

Camille Rochester, die in ein paar Wochen Jeffrey Danber heiraten würde, war Danicas und Kaylies Nachbarin gewesen. Als Kinder hatten sie ständig zusammengehangen. Aber inzwischen arbeitete die nun neunundzwanzigjährige Danica nonstop, die um ein Jahr jüngere Camille war voll und ganz mit Hochzeitsvorbereitungen beschäftigt und die siebenundzwanzigjährige Sängerin Kaylie kostete ihr Beinahe-Rockstarleben aus.

»Es ist schon spät und ich hab's mir gerade bequem gemacht. Kannst du dich nicht einfach mit Camille unterhalten?«

Kaylie seufzte. »Du kennst sie doch. Seit zwanzig Jahren spricht sie von ihrer Hochzeit. Jetzt ist ihr großer Tag endlich zum Greifen nahe und ihr Gequatsche über das Fest kommt mir zu den Ohren raus. Also sei ein Schatz, such dir einen Fummel, der ein bisschen Busen zeigt, und sei in zwanzig Minuten hier. Bitte?«

»Busen?«

Kaylie lachte. »Ja. Du weißt schon, die Stelle vorn an deinem Oberkörper? Zeig endlich mal wieder, was du hast. Großer Gott, Danica. Andauernd vergräbst du dich in deiner Praxis oder in deiner Maisonette. Du hast völlig vergessen, wie man lebt.«

Danica schaute sich in ihrem gemütlichen Wohnzimmer um. »Immerhin habe ich eine Maisonette.«

»Ach, halt die Klappe«, gab Kaylie zurück. »Ich habe auch ein Dach über dem Kopf, aber keine Riesenhypothek am Hals.«

»Und ich keine nervigen Mitbewohnerinnen. Ich treffe mich morgen früh mit Michelle.« Danica beteiligte sich an einem Große-Schwester-Projekt für junge Mädchen, die Unterstützung brauchten, und war seit sechs Monaten die Mentorin einer Neuntklässlerin namens Michelle Parce. Bei ihrer Rückkehr nach Allure hatte Danica mit der Idee gespielt, ein Freizeitzentrum für Jugendliche zu eröffnen, damit die jungen Leute sinnvoll beschäftigt waren und ihre Zeit nicht in irgendwelchen Konsumtempeln totschlagen mussten. Sogar kostenfreie Unterstützungsangebote hatte sie erwogen; keine Therapie im eigentlichen Sinn, aber ein offenes Ohr und Hilfe, wenn Hilfe nötig war. Stattdessen hatte sie sich dem elterlichen Erwartungsdruck gebeugt, eine Therapeutenpraxis eröffnet und ihre Träume eingemottet. Seit sie Michelle betreute, regten diese Träume sich wieder. Michelles Mutter Nancy hatte gerade einen Alkoholentzug hinter sich und Michelle lebte bei ihrer Großmutter. »Da kann ich schlecht mit einem Kater einlaufen.«

»Schon klar. Dann trinkst du eben nur ganz wenig. Du hast fünfzehn Minuten, dann rückt das Sonderkommando an. Wir sind in der Bar None.« Kaylie legte auf.

Der Gedanke, sich zurechtmachen zu müssen und nach einer Woche voller emotional ermüdender Patientengespräche in eine lärmige Bar zu gehen, erschien Danica wenig verlockend. Aber auf das Sonderkommando hatte sie noch weniger Lust, denn das bedeutete, dass sämtliche Mädels bei ihr einfallen würden und sie sie nicht mehr losbekam. Sie würden sich bis

Sonntagnacht bei ihr breitmachen. Danica entschied sich für das kleinere Übel und stapfte die Treppe hinauf.

Nach dem Duschen wickelte sie sich in ein kuscheliges weißes Badetuch. Sie wischte den beschlagenen Spiegel frei und betrachtete ihre Nase. Rot war sie nicht mehr. Danica kniff die Augen zusammen, dann den Mund. Sie bewegte die Lippen hin und her. Wenn sie einen Kussmund machte, spürte sie an den Seiten ihrer Nase ein schmerzhaftes Ziehen. Aber die Wahrscheinlichkeit, geküsst zu werden, war angesichts ihres brachliegenden Liebeslebens gering. *Dürfte ein ziemlich schmerzloser Abend werden.*

Sie überlegte, wann sie zuletzt versucht hatte, ein bisschen sexy auszusehen. Das war eine Ewigkeit her. Plötzlich sah sie Adonis' muskulöse Brust und sein volles Haar vor sich. Ein Schauer überlief sie. Seine männliche Stimme hatte sie regelrecht gestreichelt und ihren Körper angenehm kribbeln lassen. Sie dachte an seine beeindruckenden Oberschenkelmuskeln, die selbst durch den stramm sitzenden Jeansstoff hindurch zu erahnen gewesen waren, und an sein zu enges Shirt mit dem Schriftzug. Was hatte bloß darauf gestanden? Der Name einer Band vielleicht? Hätte sie die kennen müssen? Hatte ihre Schwester vielleicht recht und sie verkroch sich tatsächlich viel zu sehr in der Arbeit und versäumte darüber das Leben? Vielleicht würde sie sich heute Abend wirklich ein bisschen aufbrezeln, vielleicht die Männer ein bisschen so betrachten, wie Kaylie und Belinda sie sahen.

In der Hoffnung auf ein ansprechendes Resultat trocknete sie ihr Haar mit dem Diffuser. Sie warf es über ihren Kopf nach vorn und hielt den Föhn wie eine Pistole, die Heißluft in ihre üppige Mähne schoss. *Bitte jetzt nicht kraus und widerspenstig werden.* Schwungvoll warf sie ihr Haar nach hinten. Es schwebte ihr als langer, wilder Afro um den Kopf. Freche Korkenzieherlöckchen kräuselten sich in alle Richtungen. Stöhnend warf sie den Föhn beiseite. *Hoffnungslos.* Sie verließ das Badezimmer.

Eine halbe Minute später stand sie in ihrem begehbaren Kleiderschrank und betrachtete seufzend das knielange schwarze Seidenkleid, das sie zur Verlobungsfeier ihrer Freundin im letzten Jahr getragen hatte. Ihre knapp zehn zusätzlichen Pfunde würde sie darin nicht unterbringen. Für Sport und Fitness blieb ihr bei all der Arbeit keine Zeit. Ihr Kleiderschrank war nach Stilen und Gewichtsklassen organisiert. Die gewagteren, hautengen Outfits würdigte sie keines Blickes. Die konnte sie nur in den extremen Stressphasen tragen, in denen sie keinen Bissen hinunterbrachte – zum Beispiel, wenn ihre Mutter zu Besuch kam. Als Danica und Kaylie ihren Collegeabschluss in der Tasche gehabt hatten, war ihre Mutter in ein kleines Haus am Stadtrand gezogen, weg von den Erinnerungen an ihre gescheiterte Ehe. Weil die Zeit so knapp war, sah Danica sie nur selten. Manchmal fragte sie sich, ob ihre Mutter einsam war. Wenn sie sich dann doch einmal trafen, fühlte Danica sich noch immer in die Rolle der vernünftigen, verantwortungsbewussten Tochter gedrängt. Den Fragen nach einem potenziellen Ehegatten und den von ihrer Mutter heiß ersehnten Enkeln wich sie aus. Der ständige Erwartungsdruck nahm ihr oft die Lust, ihre Mutter zu sehen.

Danica warf einen Blick auf die Abteilung mit ihrer Arbeitskleidung, zumeist Hosenanzüge und schlichte Kostüme, und hakte sie ab. »Busen, Busen«, murmelte sie. Sie inspizierte die sichere Abteilung in ihrem Schrank. Darin hingen die Röcke und Kleider, die einfach immer passten, ganz gleich, wie schlank oder füllig sie war, und die ihren kleinen Schwimmring gut versteckten. Sie zog ein kurzes, dunkelgrünes Kleid hervor, hielt es an das Badetuch und stellte sich damit vor den Spiegel. *Busen? Jap.* Das Wickeltop schummelte sogar eine Taille an die richtige Stelle ihrer nicht mehr ganz schlanken Figur. *Täuschen und Tarnen.*

Lächelnd griff sie nach dem einzigen Paar Jimmy Choos in ihrem Besitz: wadenhohen, schwarzen Lederstiefeletten mit zehn Zentimeter hohen Absätzen. Die Heels mit dem *Vernasch-mich*-Faktor hatte Kaylie ihr geschenkt, weil Danica sonst nur Schuhe für brave Mädels im Schrank hatte. Sie strich über einen Stiletto-Absatz. Ihr Blick schweifte über reihenweise bequeme, flache Treter. *Omaschuhe. Herrje.* Vielleicht war sie in ihrem Bemühen, sich von ihren sexbesessenen Patienten zu unterscheiden, doch ein wenig zu weit gegangen. Nachdenklich massierte sie Feuchtigkeitslotion in ihren olivfarbenen Teint.

Sie betrachtete sich im Spiegel, sah seidige, frisch gecremte Haut, eine schlichte goldene Halskette und ein Kleid, das ihre zusätzlichen Pfunde kaschierte. Die Proportionen von Brust und Hüfte stimmten. *Halleluja, dieser grüne Fummel hat magische Kräfte.* Ihre wilden Locken führten ein Eigenleben, jeder Versuch, sie zu zähmen, war zum Scheitern verurteilt. Die Naturkrause hatte sie von ihrem Vater geerbt. Doch während sein Haar sich in feste, ebenmäßige kleine Locken legte, gebärdete ihre Mähne sich, als wäre sie auf Speed. Sowohl ihre Schwester als auch ihre Mutter hatten glattes blondes Haar. Deshalb fühlte Danica sich manchmal wie der Alien der Familie. Aber darüber konnte sie ein andermal nachdenken. Kaylie wartete auf sie.

Sie schnappte sich die Stilettos und streckte die freie Hand nach dem Lichtschalter aus. Dabei fiel ihr Blick auf das Parfum und den Beutel Lakritz auf der Kommode. Lakritz hatte sie seit Monaten nicht mehr gegessen. Nicht mehr seit der Sache mit John. Herrje, was für ein Reinfall. Anfangs war er die perfekte Mischung aus zielstrebigem Geschäftsmann und spontanem Freund gewesen. Er hatte Danica dazu gebracht, etwas lockerer zu sein, sich ein bisschen Spaß zu gönnen und auch mal einen Abend lang nicht über ihren Patientenakten zu brüten. Nach vier Monaten hatte er seinen Job verloren und sich fortan unwillig, vielleicht aber auch unfähig gezeigt, auf eigenen Füßen zu stehen. Danica hatte sich plötzlich in der Therapeutinnenrolle wiedergefunden. Zwei Monate später hatte sie die Beziehung beendet und sich bald wieder in den vertrauten, eingefahrenen Bahnen bewegt. Was hatte sie denn erwartet? Lakritz war für sie wie die Zigarette danach. In der Zeit mit John hatte sie viel Lakritz gegessen. Der Sex war gut gewesen. Immerhin. Sie warf die ungeöffnete Packung Naschwerk in eine Schublade und sprühte sich ein wenig von dem spritzig femininen Duft auf die Haut, den Kaylie ihr in einer *Wir-finden-einen-Kerl-für-dich*-Phase geschenkt hatte. Das hatte nicht gut funktioniert. Anstatt entspannt die Fühler auszustrecken, hatte Danica sich ständig nervös versichert, dass auch ja keiner ihrer Patienten in der Nähe war. Sie fragte sich, ob sie der Liebe wirklich eine Chance gegeben hatte. Eine schlechte Erfahrung und ihr anstrengender Beruf konnten doch nicht zwangsläufig bedeuten, dass sie mit neunundzwanzig das Leben einer einsamen alten Jungfer führen musste. Wenn sie nicht aufpasste, hatte sie eines Tages ein Haus voller Katzen und wurde wunderlich. Kein schöner Gedanke. Vielleicht würde sie heute Abend wirklich mal ein bisschen weniger artig sein.

Sie atmete tief durch, zwinkerte ihrem Spiegelbild lächelnd zu und machte sich auf den Weg zur Bar None.

Kaum hatte Danica einen Fuß über die Schwelle gesetzt, als Kaylie sie schon an der Hand zum Tresen zog, wo die Mädels sich versammelt hatten. Nur mit voller Konzentration gelang es Danica, mit ihren Vernasch-mich-Stiefeletten auf dem Dielenboden die Balance zu halten. Vielleicht waren diese Schuhe doch keine so gute Idee gewesen. Als Kaylie endlich ihre Hand losließ, lehnte sie sich an die Theke, damit die bevorstehenden Umarmungen sie nicht von den Füßen rissen.

Als erste preschte Camille auf sie zu – in einem atemberaubend eng anliegenden dunkelblauen Kleid mit einem Ausschnitt bis zum Nabel. Sie warf die Arme um Danica. »Du hier?«, rief sie schrill. Stephanie, Laurie, Chelsea und Marie reihten sich kichernd und gackernd hinter ihr auf. Danica schluckte ihre Abscheu gegen das aufgesetzte Verhalten hinunter, das so viele Frauen zur Schau trugen. Die übertrieben aufgeregten Stimmen und das theatralische Gewedel verursachten bei ihr Sodbrennen. Manchmal fühlte sie sich zwischen ihren Freundinnen uralt. *Was ist bloß los mit mir?* Danica gab sich ähnlich überschwänglich und umarmte die Frauen, die sie eigentlich sehr gern hatte. Sie merkte, wie gut es ihr tat, sie zu sehen. Hatte sie die Freude an sozialer Interaktion unterdrückt? *Okay, Danica. Die Therapeutin in dir hat jetzt Feierabend.* Sie war froh, dass sie mit den Stilettos für gleiche Voraussetzungen gesorgt hatte, denn alle anderen Mädels waren jünger, heißer und in einer Bar viel mehr in ihrem Element als sie.

Danica ließ sich von Kaylie zu einer Piña Colada einladen.

Um ihre flatternden Nerven zu beruhigen, nahm sie gleich einen Schluck. In einer Bar fühlte sie sich immer unsicher.

»Wir trinken Piña Coladas und tun so, als wären wir auf Aruba.« Kaylie musterte Danica von oben bis unten. »Wo ist denn die propere, sittsame Danica, die wir alle so lieben? Du siehst umwerfend aus.« Kaylie schob sich auf den Barhocker neben ihrer Schwester.

»Trotz meiner Nase?«

»Hä?« Kaylie lachte.

»Vor ein paar Tagen hat mir so ein Volltrottel den Ellbogen ins Gesicht gerammt. Du erinnerst dich? Ich habe dir davon erzählt.« Dass Kaylie Danicas persönliches kleines Drama schon wieder vergessen hatte, sah ihr ähnlich. »Als ich mir meinen Morgenkaffee holen wollte? Und dann hatte er die Dreistigkeit, einer Blondine hinterherzugaffen, während ich mit blutigem Gesicht daneben stand.«

»Im Ernst? Was für ein Mistkerl.«

»Das kannst du laut sagen.« Es tat gut, sich zur Abwechslung selbst den Frust von der Seele zu reden. Danica leerte ihr Glas und bestellte sich einen zweiten Drink.

»Sachte, Schwesterherz. Der Abend ist noch jung.«

Danica sah sich die anderen Frauen an. Camille, Stephanie und Laurie waren unfassbar schlank. Ihre Schlüsselbeine traten hervor und sie hatten kein Gramm Fett an den nackten Armen. Chelsea, Marie und Kaylie sahen mit ihren kecken Brüsten, den schmalen Taillen und den exakt proportionierten Rundungen an den Hüften aus wie perfekt gestylte Barbies. Jede Einzelne von ihnen hätte ein passendes Gegenstück für den schönen Blake abgegeben. Danica legte sich den Arm über den Bauch und griff nach ihrem Drink.

Kaylie zog Danicas Arm weg und flüsterte: »Lass das. Du

siehst toll aus. Du machst dir viel zu viele Gedanken. Dabei bist du superschön.«

Danica verdrehte die Augen. »Ja, klar.«

»Du bist eine Therapeutin, verdammt, und hast deine eigenen Komplexe nicht im Griff. Du warst schon immer die Exotischere von uns beiden. Neben dir sehe ich ziemlich fad aus.« Kaylie zupfte an einer von Danicas Locken. »Was würde ich nicht für dein Haar geben.«

Danica nahm einen Schluck von ihrem Drink. *Wenn ich deine Figur hätte, hätte der Mistkerl nicht der Blondine nachgeschaut.*

Sechs

Gegen Mitternacht nahm Blake Sally zum Abschied noch einmal in den Arm. Rusty versicherte er, er würde ihn zum Basketball-Training bringen, sobald er wieder spielen wollte. Dann trat Blake aus dem Haus seines verstorbenen besten Freundes hinaus in die eisige Nacht. Leise schloss sich die Tür hinter ihm. Er zog gegen die Kälte die Schultern hoch. Die Schuld lastete tonnenschwer auf seinen Schultern. Er lebte und Dave war tot. Tränen traten ihm in die Augen und er schluchzte auf. Stundenlang hatte er den Schmerz unterdrückt. Er biss die Zähne zusammen, bis sein Kiefer schmerzte. Er hatte bei der Frau gesessen, die Dave geliebt hatte, bei dem Sohn, der ihm alles bedeutet hatte. Er hatte die beiden umarmt und ihnen versichert, er würde immer für sie da sein. Doch der Gedanke, dass er hätte sterben sollen und nicht Dave, nagte unerbittlich an ihm. In den Stunden mit Daves Familie hatte Blake sich gefühlt wie ein Verräter. Auf ihn wartete niemand. Er war nur ein Flackern auf dem Radarschirm des Lebens, und wenn er einmal abtrat, würde kaum jemand eine Träne für ihn vergießen. Er war ein Egoist, nicht mehr und nicht weniger. Sein ganzes Leben lang hatte er sich nur um sich selbst und um sein Vergnügen gekümmert, und sich nicht darum geschert, ob er dabei jemanden verletzte.

Die Frau, die er Anfang der Woche mit dem Ellbogen erwischt hatte, fiel ihm wieder ein. Und die Mischung aus Entrüstung und Fassungslosigkeit in ihren schönen Augen, als sie ihn dabei ertappt hatte, wie er den Hals nach der Blondine verdrehte. *Egoistisch.* Er hätte Dave davon abhalten sollen, zur Rückseite des Berges zu fahren. Er hätte sich denken müssen, dass Dave zum Lift zurückkehren und zur Little Hellion hinauffahren würde. Wenn er nicht ständig nur sein Vergnügen im Sinn hätte, hätte er Dave gedrängt, über das Telefongespräch zu reden, oder wäre vielleicht darauf gekommen, dass sein Freund in seiner Erregung eine Fehlentscheidung treffen könnte.

Die Lichter in dem bescheidenen kleinen Haus erloschen. Wie benommen von Trauer und Schuldgefühlen stieg Blake die Stufen der Veranda hinab. Er ließ die Schultern hängen und schluckte gegen die Tränen an. Dann setzte er sich in seinen Wagen. Auf keinen Fall wollte er jetzt allein sein.

Danica nippte an ihrem dritten Drink, fühlte sich lockerer und freier als sonst und genoss diesen Zustand. Weil sie selten Alkohol trank, wirkte er umso stärker.

»Hey, da sind Jeffrey und die anderen Jungs.« Kaylie zeigte auf Camilles Verlobten. »Und, oh mein Gott. Was für eine Schnitte.« Kaylie starrte an Jeffrey vorbei zum Eingang der Bar. Die Männer drängten in den Raum wie Football-Spieler aufs Spielfeld. Einer umarmte im Vorbeigehen eine Frau und gab damit die Sicht auf den Mann hinter ihm frei. Es war der Kerl aus dem Café.

Auweia.

»Der gehört mir!«, japste Kaylie.

»Spar dir die Mühe. Den willst du gar nicht. Glaub mir.« Danica schüttete den Rest ihres Drinks in sich hinein, Kaylie schlang die Finger um ihr Glas.

»Machst du Witze? Den nicht wollen? Den *muss* ich haben. Mit Haut und Haaren, mit allem Drum und Dran – wenigstens für ein, zwei Nächte.« Kaylies Augen sprühten. »Schau dir diese Muskeln an. Wo hat der sich bloß bisher versteckt?« In einem etwas ernsthafteren Ton fragte sie: »Kennst du ihn? Kannst du mich ihm vorstellen?«

Danicas Kehle wurde eng. Hinter der Gruppe um Jeffrey steuerte Blake direkt auf den Tresen zu, genau dahin, wo sie und Kaylie standen. Gebannt starrte sie ihn an. Das war doch nicht möglich. Konnte das noch Zufall sein?

»Danica! Du siehst toll aus.« Jeffrey sah dem Schauspieler Bradley Cooper zum Verwechseln ähnlich. Er war athletisch, intelligent und witzig. Und sehr, sehr reich.

Danica küsste ihn auf die Wange. »Was machst du denn hier?«

»Ich kann meine Zukünftige doch nicht allein um die Häuser ziehen lassen. Noch dazu am Samstagabend. Und die Jungs habe ich mitgebracht, damit jemand auf die Brautjungfern aufpasst.«

Hinter ihm begrüßten seine Begleiter Kaylie und die anderen Mädels. Danica sagte sich, Adonis' Auftauchen könne nur ein Zufall sein. Zu Jeffreys Freunden gehörte er nicht, das hätte sie gewusst. Sie kannte die Gästeliste für die Hochzeit. Der Name Blake tauchte dort nicht auf. Aber weshalb war er dann hier? Weshalb kam er mit seinem Traumkörper direkt auf sie zu, schaute ihr in die Augen, brachte ihre Nerven zum Flattern und machte ihre Beine zu Pudding? Sie zupfte am Saum ihres Kleides. Viel lieber hätte sie jetzt Hosen angehabt oder wenigstens etwas, was sie ein kleines bisschen mehr bedeckte. Zwischen all den aufgekratzten jungen Schönheiten fand sie ihre Proportionen nicht mehr ganz so ansprechend wie zu Hause vor dem Spiegel.

Kaylie knuffte sie in die Seite. »Er kommt hier rüber!«

Schon stand er vor ihr – ganz in Schwarz gekleidet, mit dichtem, welligem Haar und einer perfekten Patrick-Dempsey-Frisur. Ein Lächeln umspielte seine Lippen. Seine ebenmäßigen, schneeweißen Zähne schimmerten wie Perlmutt. *Er weiß genau, wie brandheiß er ist. Sicher ist er ein Egomane.* Aber etwas an ihm war anders als bei ihrer ersten Begegnung. Das herausfordernde Blitzen in seinen Augen fehlte. Er sah … traurig aus. Sicher täuschte sie sich. Was wusste sie schon über ihn? Womöglich war das sein düster-geheimnisvoller Abschleppblick.

»Hi.« Kaylie berührte ihn am Arm. »Ich bin Kaylie.«

Nur kurz sprangen seine grünen Augen zu Kaylie, dann lag sein Blick wieder auf Danica. »Hi, Kaylie. Ich bin Blake.«

»Das ist Danica«, sagte Kaylie schnell.

Danica spürte, wie ihr Panzer ein wenig bröckelte. Seine tiefe Stimme kratzte an ihren Vorsätzen. Er beugte sich zu ihr und küsste sie auf die Wange. Die herbfrische Note seines Aftershaves betörte ihre Sinne und machte ihre Knie noch weicher.

»Deine Nase sieht besser aus«, sagte er.

»Bist du etwa der mit dem Ellbogen?« Kaylie drehte Blake den Rücken zu, fixierte Danica und formte mit den Lippen: *Das ist der Mistkerl?*

Danica nickte.

O mein Gott, sagten Kaylies Lippen. Sie riss die Augen

sperrangelweit auf.

»Es tut kaum noch weh«, antwortete Danica.

»Normalerweise gehe ich nicht mit dem Ellbogen auf Frauen los. Es tut mir wirklich leid.«

Er wirkte schon viel weniger düster. Die Therapeutin in Danica ging in Habachtstellung. »Schon in Ordnung. Bist du mit …« Sie zeigte auf Jeffrey, der am Tresen eine Runde orderte.

»Jeffrey? Wir kennen uns vom College. Er war vor ein paar Tagen bei mir im Geschäft, hat seine Ausrüstung ergänzt und gesagt, er wäre heute hier.«

»Ausrüstung?«, fragte Danica.

Jeffrey drückte Blake ein Bier in die Hand und schob Danica und Kaylie frische Piña Coladas hin.

»Danke, Kumpel«, sagte Blake.

»Die beiden Schönen hier hast du ja schon kennengelernt«, sagte Jeffrey. An Danica gewandt setzte er hinzu: »Skiausrüstung. Blake gehört AcroSki hier in der Straße. Und jetzt muss ich mein Mädel drücken.« Er ging zu dem Tisch, an dem die anderen sich niedergelassen hatten.

Das passt. Mr. Perfekt ist nicht bloß zum Niederknien schön, er hat auch ein eigenes Geschäft.

»AcroSki? Wofür steht denn Acro?«, fragte Kaylie, während sie Blake Zentimeter für Zentimeter musterte und dabei eine Locke um ihren Finger zwirbelte.

Danica musste mit ansehen, wie Kaylie ihm ihren bewährten *Ich-will-dich-vernaschen*-Blick zuwarf. Kaylies Augen wurden weich und dunkel, ihre Zungenspitze glitt routiniert über ihre Lippen. *Tu's nicht. Wirf dich nicht einem Kerl an den Hals, bei dem ich nicht weiß, ob ich ihn mit nach Hause nehmen oder ihm in den Hintern treten will … Bitte tu's nicht.*

Kaylie ließ die Finger von ihren Haarspitzen zu ihrem tiefen Ausschnitt fallen, strich über die Stelle, wo die Wölbung ihrer Brüste neckisch aus ihrem Top hervorblitzte und schaute an sich hinunter, als juckte es sie genau dort.

Blakes Augen folgten ihrem Finger. »Acro steht für Akrobatik.« Er nahm einen Schluck Bier. Sein Blick wechselte von Kaylies Brüsten zu Danicas Augen, dann hob er die Flasche, als wollte er sagen: *Na du?*

Danicas Magen zog sich zusammen. *Will er nur nett sein oder flirtet er mit mir?* Kaylie hätte es gewusst. *Sie* hatte keine Ahnung.

Kaylie berührte Blakes Hand. »Ach? Machst du selber auch Skiakrobatik? Sprünge und Drehungen und so was?«

Danica hatte diese Berührung schon tausendmal gesehen. Gleich würde Kaylie lachen, dabei den Kopf in den Nacken werfen und den grazilen Hals zur Schau stellen, dem Männer nicht widerstehen konnten. Ärger stieg in ihr auf. Weshalb störte es sie, was Kaylie tat? Sollte sie den Kerl doch ins Bett zerren. Wen interessierte das schon? Danica versuchte, ihre Gereiztheit abzuschütteln, und schaute weg. Aber sofort fanden ihre Augen den Weg zurück zu Blake. Die schwelende Hitze in ihrem Inneren blieb.

»Sprünge, Drehungen, Überschläge, alles, was du willst.« Er zwinkerte Danica zu.

»Du bist einfach der Größte«, versetzte Danica schnippisch. *Dumpfbacke.* »Du kannst ihn haben«, sagte sie zu Kaylie. Blake noch einmal anzuschauen, traute sie sich nicht. Sonst würde sie womöglich noch etwas Schönes an ihm entdecken, das sich dann in ihr Gedächtnis brannte. Auf dem Weg zum Tisch ihrer Freundinnen spürte sie seinen bohrenden Blick im Rücken. Camille, Chelsea, Marie und Stephanie hielten Gläser in den perfekt manikürten Händen und steckten die Köpfe zusammen. Für diesen Mädelsabend hatten sie ihre Männer zu Hause gelassen, und Danica fragte sich, wie sie es fanden, dass Jeff plötzlich aufgetaucht war. Die Liebe hatte ihn hergetrieben. Das sah sie am Glanz in seinem Blick und irgendwo tief in ihrem Inneren regte sich die Sehnsucht nach eben diesem Gefühl.

Dass sie Blake die kalte Schulter gezeigt hatte, erfüllte sie mit Stolz. Das Letzte, was sie brauchte, war ein Kerl mit wanderlustigen Augen oder gar weiteren wanderlustigen Körperteilen. Wie eine gigantische Spinne pirschte sich ein altbekanntes Gefühl an sie heran, schlang sich um ihre Glieder und drückte so fest zu, dass sie schreien wollte. Sie kämpfte die Eifersucht auf Kaylie nieder, die sie wieder einmal packte, und zwängte sich zu den anderen an den Tisch. Während sie einen weiteren Drink in sich hineinschüttete und sich zu den Mädels beugte, um besser mithören zu können, beobachtete sie Kaylie und Blake aus den Augenwinkeln.

»Er heißt Blake«, erklärte Camille. Die Mädels sahen aus, als wollten sie sich besabbern.

Klar doch …

Sieben

Blakes Blick folgte Danica. Er nahm einen Schluck Bier. Diese Lady hatte Temperament, eine Mörderfigur und ihr Haar war unfassbar sexy. Frauen, die ihn einfach stehenließen, waren selten. Wann ihm so etwas zum letzten Mal passiert war, wusste er kaum noch. Jetzt saß sie zwischen ihren Freundinnen am Tisch. Er wollte ihr wildes Haar anfassen, die Hand unter ihre widerspenstige Lockenmähne wühlen und die darunter verborgene Haut berühren. Weshalb fühlte er sich derart zu einer Person hingezogen, die ihn ganz offensichtlich nicht mochte?

»Ich würde zu gern mal mit dir mitgehen. Zum Skilaufen, meine ich. Vielleicht kannst du mir ja ein paar Tricks beibringen.«

Er drehte sich wieder zu Kaylie. Bei der Vorstellung, so schnell nach Daves Tod wieder auf einer Skipiste zu stehen, krampfte sich sein Magen zusammen. *Dave.* Blake schloss einen Moment lang die Augen und dachte an Daves unwirsche Bewegungen nach dem Telefongespräch. Er konnte noch nicht fassen, dass Dave nicht mehr da war, und im Augenblick wollte er nicht einmal daran denken. Es tat zu sehr weh. Verstohlen warf er einen weiteren Blick zu Danica hinüber. Er brauchte eine Ablenkung, aber Kaylie war dafür nicht die Richtige. Sie war zu süß. Zu leicht zu haben.

»Ich habe dieses Wochenende nicht viel vor. Ich meine, falls du Skilaufen gehst.«

Sie stand ihm beinahe auf den Zehen. Das von Natur aus glatte blonde Haar mit ein paar kunstvollen, handgemachten Locken floss ihr wie Seide über die Schultern. Blake ließ den Blick durch die gut besuchte Bar schweifen. Mindestens vier Männer starrten Kaylie an. Normalerweise erhöhte Konkurrenz den Reiz einer Eroberung. Aber er wusste nicht einmal, ob er diese Frau überhaupt wollte. Wie um seine Besitzansprüche geltend zu machen, legte er seine Hand auf ihren Oberarm und schaute dabei einem der anderen Interessenten ins Gesicht. Der wandte sich ab. Bevor Blake sich wieder zu Kaylie drehte, sah er kurz zu Danica hinüber. Sie hielt sich am Tisch ihrer Freundinnen an ihrem Glas fest.

Ihre Blicke trafen sich. Sie musterte ihn kurz. Ein freundlicher Blick sah anders aus. Ihrer schien zu sagen: *Wie kannst du nur?*

Abrupt drehte sie ihm den Rücken zu.

Blake stellte fest, dass seine Hand noch auf Kaylies Arm lag. Er nahm sie weg und sagte: »In nächster Zeit schnalle ich mir sicher keine Bretter an die Füße.« *Bloß weg hier.*

»Wir könnten uns trotzdem treffen. Sicher kannst du mir noch andere Sachen beibringen.« Kaylie grinste spitzbübisch.

Blake dachte an sein Spiegelbild nach dem Quickie mit der Rothaarigen. Was er gesehen hatte, hatte ihm nicht gefallen. Zwar wollte er gern ein paar Stunden lang nicht an seinen toten Freund denken, aber die üblichen Abschlepp-Spielchen erschienen ihm plötzlich furchtbar schal. Er war in die Bar gekommen, um sich abzulenken, nicht um seine Anziehungskraft an Danica und ihrer Freundin zu erproben.

Er trank sein Bier aus, gab dem Barmann ein Zeichen und kippte die Hälfte des nächsten Biers mit einem Zug in sich hinein. Er schwankte zwischen dem, was er eigentlich tun sollte – nach Hause gehen und um seinen Freund trauern –, und dem, wozu sein Körper ihn verführen wollte. Eigentlich hatte er keine Lust mehr, der Kerl zu sein, der mit jeder schönen Frau, die ihm über den Weg lief, unverbindlichen Sex hatte. Doch sein Körper schrie nach dem gewohnten Ventil. Mit einer Frau in den Armen konnte er sich auf sein Vergnügen konzentrieren, vielleicht seinen Kopf komplett abschalten, den Schmerz vergessen und sich in der Hitze des Augenblicks verlieren.

Er musterte eine Blondine am Ende des Tresens. »Ich glaube, deine Freundinnen haben sich alle hingesetzt. Willst du nicht zu ihnen gehen?« Kaylie fiel die Kinnlade herunter. Er ließ sie stehen und prostete im Weggehen der Blondine zu, die ihn zu sich winkte.

Danica musste aufstehen, damit Marie zur Toilette konnte. Erschrocken stützte sie sich an der Sitzbank ab. Der Boden unter ihren Füßen wankte. Mist, sie hatte zu viel getrunken.

Kaylie schob sich an ihr vorbei auf die Bank und bestellte bei der jungen, melonenbrüstigen Bedienung ein Bier. Verkniffen starrte sie vor sich hin. Danica versuchte, Kaylies Blick zu deuten, doch das Gesicht ihrer Schwester verschwamm ihr vor den Augen.

»Er ist ein Mistkerl. Habe ich doch gesagt«, nuschelte sie.

»Stimmt, das Problem bin nicht ich, sondern er. Er hat

einfach kein Interesse.« Kaylie seufzte.

Blake saß jetzt mit der Blonden am Tresen. Doch sein Blick flog schon wieder zu Danica. Sie schaute giftig zurück. »Nur ein geschlechtsloser Einzeller hat kein Interesse an dir.« Danica schwankte ein wenig.

Kaylie zog sie auf den Platz neben sich. »Großer Gott, wie viel hast du denn intus?«

»Keine Ahnung. Drei oder vier Piña Coladas. Fünf vielleicht? Mir geht's blendend. Du sagst doch immer, ich müsste mehr unter Leute gehen und ein bisschen leben. Ich befolge gerade deinen Rat. Ich lebe.«

»Ich wollte, dass du nicht andauernd zu Hause oder in deiner Praxis hockst. Nicht, dass du dich zudröhnst und mich meinem Schicksal überlässt.« Sie linste zu Blake hinüber. »Meinst du, er will mich wirklich nicht?« Kaylie zog einen Schmollmund und fing an, das Etikett von ihrer Bierflasche zu pulen.

Er will garantiert jede zwischen neunzehn und neunundneunzig. Danica starrte zu dem Prachtstück namens Blake hinüber. Angestrengt überlegte sie, was sie an ihm so sehr störte und was ihr an ihm so gefiel, dass sie plötzlich Schmetterlinge im Bauch hatte wie ein liebeskranker Teenager. Die Bedienung mit den Wahnsinnsbrüsten brachte ihm noch ein Bier. Blake beugte sich dicht zu der Frau und flüsterte ihr etwas ins Ohr. Sein glutvoller Blick schweifte unruhig umher und landete wieder bei Danica.

Ein Blick aus diesen sinnlichen, wanderlustigen Augen und ihre Fragen waren beantwortet. Die Ursache für die Schmetterlinge war klar.

Eine Stunde später hatte Danica endgültig genug. Sie hatte keine Lust mehr, Mr. Arrogant, wie sie Blake inzwischen in Gedanken nannte, noch weiter dabei zuzusehen, wie er zwischen zwei blonden Schönheiten am Tresen saß. Zeit zu gehen. Verwundert stellte sie fest, dass Camille und die anderen schon weg waren. Wie lange hatte sie hier gesessen und wie in Trance Blake angestarrt? Bruchstückhaft erinnerte sie sich an Gespräche und an einen weiteren Drink, den ihr irgendwer irgendwann hingestellt hatte. Ihr wurde heiß. War sie tatsächlich *so* betrunken?

Plötzlich stand Kaylie neben ihr. »Ich rufe dich morgen an«, flüsterte sie ihr ins Ohr.

Danica versuchte, ihre Schwester zu fixieren. Doch vor ihren Augen waberte Nebel und der Raum drehte sich um sie. Ein gut aussehender, straßenköterblonder Typ hielt Kaylies Hand. »Wer ist das?«, nuschelte Danica.

»Chaz. Schaffst du es zu Fuß nach Hause?«

Danica machte eine wegwerfende Geste. »Hach, kein Problem. Sind doch nur ein paar Meter. Und jetzt ab mit dir. Viel Spaß.« Sie schaute zu, wie Kaylie mit Chaz abzog, und beschloss, endlich auch aufzubrechen. So betrunken wie heute war sie zum letzten Mal direkt nach der Trennung von John gewesen, und damals hatte das auch nicht geholfen. Sie stand im selben Moment auf wie Blake und seine Entourage. Mit einer Frau in jedem Arm steuerte er zum Ausgang.

Jetzt oder nie. Sie wollte vor ihm dort sein.

»Willst du wirklich noch fahren?«, fragte Blakes Stimme hinter ihr.

Verdammte Stilettos. »Ich bin zu Fuß hier.« Sie schwankte.

»Und du meinst, du kommst klar?« Er nahm die Hand von der Taille einer gertenschlanken Blondine und griff nach

Danicas Arm, um sie zu stützen.

Danicas Herzschlag beschleunigte sich. Eine Gänsehaut jagte über ihre Arme, ihre Nervenenden schlugen Funken. Sie schaute in Blakes Glutaugen, sein Gesicht war nur eine Handbreit von ihrem entfernt.

Die beiden blonden Frauen hatten je eine Hand auf seinen Rücken gelegt, als wollten sie klarstellen, zu wem er gehörte.

»Ja, alles in Ordnung. Danke.« *Lass mich los oder ich küsse dich. – Wie bitte? Was ist denn in mich gefahren?*

Blake nahm die Hand weg, dann raunte er leise: »Okay, aber wenn du mich brauchst, sag Bescheid.«

Klar brauche ich dich. Danica fiel auf, dass er die Arme nicht mehr um die beiden Frauen gelegt hatte. Sie wollte seine Hand noch einmal spüren. Sie brachte ein Nicken zustande und sah ihn flankiert von den Blondinen davongehen. *Und was gibt's sonst Neues?*

Draußen schaute Danica angestrengt in beide Richtungen. In der Bar None war sie schon tausendmal gewesen, aber die Piña Coladas hatten ihren Orientierungssinn unterspült. Sie kam auf ihren Killerabsätzen ins Straucheln, stolperte vom Gehsteig und musste sich mit den Händen auf dem Pflaster abfangen. Ihr Hintern ragte in den Nachthimmel.

»Hübscher Winkel.«

Blake. Danica wollte sich hochrappeln, doch ein stechender Schmerz durchjagte ihren Knöchel, und sie plumpste ächzend auf den Hintern. Verlegen blieb sie auf der Gehsteigkante sitzen.

»Holla.« Er setzte sich neben sie, sein Bein berührte ihres.

Danica betrachtete seinen muskulösen Oberschenkel, kam sich vor wie ein Trampel und wollte diesen Mann doch für ihr Leben gern küssen.

»Deine Schuhe sind lebensgefährlich. Zeig mir mal deinen Knöchel.« Er kauerte sich vor sie hin, hob ihr Knie an und umfasste ihren Knöchel. Langsam und wie selbstverständlich strich seine Hand an ihrem Stiefel nach oben. Selbst durch das Leder hindurch spürte sie seine Wärme. Vorsichtig zog er ihr den Stiefel aus. Ihr Fuß hing zwischen ihnen in der Luft.

In Danicas Kopf tanzten wilde Strudel. Dass ihr Körper auf die Berührung eines Mannes reagiert hatte, war viel zu lange her. Sie schloss die Augen. »Mir fehlt nichts«, flüsterte sie. Eine seiner Hände hielt ihre Wade fest und jagte ihr ein Prickeln durchs ganze Bein, die andere hielt ihren Fuß. Blakes Hand- flächen waren warm und groß. Sie fragte sich, wie es sich anfühlen würde, wenn sie an ihrem Bein nach oben glitten. Blake bewegte vorsichtig ihren Fuß. Der Schmerz schnitt in Danicas Knöchel wie ein Messer. Sie riss die Augen auf. »Autsch.« Sie zog ihren Fuß so schnell weg, dass Blake die Balance verlor und beinahe vornüber fiel. Er fing sich mit den Händen ab. Links und rechts von ihr stützte er sie gegen die Gehsteigkante. Sein Gesicht schwebte über ihrer Brust. Eine Sekunde lang schauten sie einander in die Augen. Danica hielt den Atem an und merkte, dass er dasselbe tat.

Er beugte die Ellbogen. Seine Lippen näherten sich ihren. »Alles in Ordnung?«, flüsterte er.

Sein Blick bohrte sich in ihren.

»Solche Fragen stellst du mir heute ziemlich oft.«

Er lächelte. »Tatsächlich. Du hast recht.«

Großer Gott, dieser Mann ist atemberaubend. Danica schaute sich um. Wie hingegossen halb auf dem Gehsteig vor der Bar zu liegen, gehörte sich eigentlich nicht. Auch wenn man ziemlich betrunken war. »Wir stehen besser auf.« Sie zog sich die zweite Stiefelette aus.

»Japp.« Er drückte sich vom Boden hoch, dann streckte er ihr die Hand hin. Danica blieb unschlüssig sitzen. Wenn sie jetzt aufstand, fiel sie womöglich über ihn her. So wie ihr in diesem Augenblick ging es Belinda und Kaylie sicher öfter. Außer an Blakes Lippen konnte sie an nichts anderes denken.

»Augenblick.« Er hob ihre Stiefeletten auf. »Wow. Kein Wunder, dass du umgeknickt bist. Diese Absätze sind mörderisch.«

»Wo sind deine Freundinnen?«, fragte sie ihn, als sie nach seiner Hand griff. Die eisige Straße unter ihren Füßen ließ sie frösteln.

Er zog sie hoch, doch sie sank mit einem Schmerzensschrei sofort wieder auf den Gehsteig.

»O je. Du hast dich tatsächlich verletzt. Soll ich dich ins Krankenhaus fahren? Vielleicht hast du dir etwas gebrochen.«

Krankenhaus? Ihre benebelten Gedanken waren noch bei den Blondinen. »Wo sind deine Freundinnen?«, wiederholte sie.

»Sie sind nicht meine Freundinnen. Sie haben sich einfach an mich gehängt.« Er setzte sich neben sie. Seine Schulter berührte ihre.

Sie mochte dieses Gefühl. Sie war schon so lange mit keinem Mann zusammen gewesen, dass sie beinahe vergessen hatte, welche Art von Herzklopfen männliche Berührungen auslösen konnten. Vielleicht sollte sie sich doch eine heiße Nacht gönnen? Ausnahmsweise? *Reiß dich zusammen, Mädchen,* ermahnte sie sich. *Du denkst schon wie Belinda. Dabei weißt du, dass er ein Casanova ist. Rationalisier dir bloß nichts zurecht.*

»Nicht nötig. So schlimm ist es nicht. Wahrscheinlich nur verstaucht. Ich will lieber nach Hause. Ich wohne gleich um die Ecke, im Heights-Komplex. Bis dahin kann ich laufen.«

»Nein, kannst du nicht.«

Pffft. Sie wedelte mit der Hand. »Kann ich wohl. Ehrlich. Geh ruhig.«

»Soll ich dich nicht lieber fahren?«

Danica dachte erneut an Belinda und fühlte sich plötzlich fast nüchtern. »Mach dir keine Umstände. Ich rufe mir ein Taxi. Aber danke.«

»Sicher? Soll ich hierbleiben und mit dir warten?« Blake sah sie mitfühlend an. Danica glaubte, auch Verlangen in seinem Blick zu lesen.

»Ich bin nicht die Sorte Frau. Nicht mal, wenn ich betrunken bin. Vielleicht hättest du lieber mit den Barbie-Zwillingen nach Hause gehen sollen.«

Blake blieb der Mund offen stehen. »Hör mal, du kennst mich doch gar nicht. Ich hatte nicht vor, dich abzuschleppen. Du solltest nicht so vorschnell urteilen.« Er klang verletzt.

»Es tut mir …«

Blake winkte ab. Er war bereits auf dem Weg zu seinem Wagen.

Na prima. Unterkühlt warst du schon immer. Und jetzt bist du unterkühlt und *eine Zicke.*

Acht

Morgenlicht sickerte durch fremde Gardinen. Blake schob sich vom Bett und stieg mucksmäuschenstill in seine Jeans. Diese Kunst hatte er in den vergangenen zwanzig Jahren perfektioniert. Sein Kopf fühlte sich an wie ein nebelgefüllter Ballon. Vielleicht sollte er in Zukunft die Tequilas zwischen den Bieren weglassen. Er zog den Gürtel um seine schmale Hüfte fest und schaute in den Spiegel. Mit geübtem Blick suchte er nach Kratzern von Fingernägeln, Knutschflecken oder anderen Hinweisen, mit denen Frauen gern ihre Besitzansprüche untermauerten. Keine verräterischen Spuren. Erleichtert seufzte er auf. Er beugte sich über die Kommode zum Spiegel und berührte die Stoppeln an seinem Kinn. Noch gestern hätte er gedacht: *Verdammt, ich hab's noch drauf.* Heute sah Blake einen alternden, selbstverliebten und einsamen Mann. Die letzten Stunden hatte er damit verbracht, den Tod seines besten Freundes zu verdrängen. Aber jetzt fiel die Realität über ihn her wie ein Geier über ein Stück faules Fleisch und legte sich schwer und dunkel auf seine Schultern.

Er zog sich sein Shirt über und strich es über dem Sixpack glatt, das er mit hartem Training pflegte. Nach einem letzten Blick auf den wohlgeformten nackten Hintern der üppigen

Brünetten machte er sich auf den Weg zur Tür. Er hatte letzte Nacht nicht allein nach Hause gehen wollen, und die Brünette war genau das, was er gebraucht hatte. Nachdem diese Danica-Zicke ihm so schonungslos einen Spiegel vor Augen gehalten hatte, war er zum Dampfablassen noch einmal in die Bar zurückgekehrt. *Anbaggern, abschleppen, abhauen.* Jahrelang war das sein Motto gewesen. Dave hatte ihn manchmal scherzhaft als Serientäter bezeichnet. Aber heute fehlte das Hochgefühl, das er sonst nach einer erfolgreichen und kurzweiligen Eroberung empfand. Und Rozy oder Willow – Namen waren Schall und Rauch – gehörte eindeutig zur kurzweiligen Sorte. Trotzdem empfand er beim Anblick ihres nackten Körpers nichts als Einsamkeit. Bald würden auch Sally und Rusty aufwachen und langsam begreifen, dass Dave für immer gegangen war. Blake wusste, dass er vor dem Schmerz nicht weglaufen konnte, der an seinem Herzen nagte. Aber vielleicht half es, wenn er ihn nicht beachtete.

Tief in seine Gedanken an Dave versunken, setzte er sich in seinen Land Rover. Die Trauer kehrte mit voller Wucht zurück. Er hatte der klaffenden Lücke entkommen wollen, die Dave in seinem Leben hinterlassen hatte. Doch er war als derselbe Mann aufgewacht, als der er eingeschlafen war. Nur noch viel einsamer als zuvor. Wenn er jetzt zur Arbeit ging, würde er den Verlust seines Freundes noch deutlicher spüren. Am liebsten wäre er von einem Bett ins nächste getaumelt, hätte weiter seine Spielchen gespielt und so getan, als gebe es die echte Welt gar nicht. Doch sogar er wusste, dass der Schmerz ihn einholen und der Abgrund der Trauer dann noch tiefer sein würde, weil dort auch die Selbstverachtung lauerte.

Wie festgewachsen stand Blake vor der gläsernen Eingangstür von AcroSki. Jede Minute in dem Geschäft, das er zusammen mit Dave betrieben hatte, würde ihm die unverrückbaren Tatsachen deutlich vor Augen führen. Aber er war noch nicht bereit, sich der Realität zu stellen. Im Moment war seine Trauer eine stille kleine Flamme. Doch wenn er die Tür öffnete und den stillen, noch dunklen Verkaufsraum betrat, würde sie sich in ein loderndes Feuer verwandeln und sich durch seine schützende Rüstung fressen.

Das Geschlossen-Schild hing an der Tür, seit er und Dave am Abend des Unfalls zur Skipiste aufgebrochen waren. Wieder überfiel Blake die Erinnerung an die letzten Momente mit seinem Freund. An Daves Frust und seinen Ärger. Und daran, dass er – Blake – nicht nachgefragt hatte, was los war. Nie wieder würde Dave durch diese Tür gehen. Überrascht merkte Blake, wie heftig sein Herz hämmerte und dass seine Hände zitterten. Er brachte es einfach nicht fertig. Er konnte nicht weitermachen, als wäre nichts geschehen. In der vergangenen Nacht war ihm das halbwegs geglückt, aber jetzt funktionierte das nicht mehr. In diesem Zustand im Laden zu stehen, war undenkbar. Er musste einen Tag aussetzen. Der finanzielle Verlust war zu verschmerzen. Geldsorgen hatte er nicht. Die Teilzeitkraft musste er natürlich trotzdem bezahlen. Das war nur fair. Eigentlich hatte er sich bereits entschieden. Heute würde er der Realität noch einmal entfliehen, aber vorher musste er noch etwas aus dem Geschäft holen. Er musste hinein in die Stille.

Blake straffte die Schultern und steckte den Schlüssel ins Schloss. *Ich schaffe das.* Er trat durch die Tür in die kühle Luft des Verkaufsraums. Der Zeitschalter der Heizung war noch nicht angesprungen. Mit gesenktem Kopf eilte er zum Büro und versuchte, nicht an die Sprüche zu denken, mit denen Dave ihn morgens oft begrüßt hatte. *Hey, Serientäter. Was war's denn diesmal? Blond oder brünett?* Blake schaltete das Licht im Büro an, schloss die Tür und sperrte den Geist seines besten Freundes aus. Er suchte zwischen den Schriftstücken auf dem Schreibtisch, zog hektisch die Schubladen auf und spähte zwischen die Dokumente darin. *Wo ist er, zum Teufel?*

Er rief sich den Moment in Erinnerung, in dem Dave ihm den Zettel in die Hosentasche gesteckt hatte. Was hatte er damit gemacht? *Verdammt!* Er musste ihn finden. Er wollte sich ändern, aber dazu brauchte er Hilfe. Und den Termin musste er vereinbaren, bevor er es sich anders überlegte.

Blake griff zum Telefon und erzählte Alyssa, der Teilzeitkraft, was passiert war. Dass das Geschäft heute geschlossen blieb, verstand sie gut. Auch sie brauchte Zeit, um die Nachricht zu verarbeiten. Er sprintete fast aus dem Geschäft, schloss die Tür hinter sich ab und ließ die Leere, die Dave hinterlassen hatte, darin zurück. Das Geschlossen-Schild pendelte hinter der Glastür. Seine Kunden würden sicher enttäuscht sein. Aber im Moment war das nicht so wichtig. Adrenalin jagte durch seine Adern. Er rannte zu seinem Wagen, schob sich schwer atmend hinters Steuer. Die Entscheidung war richtig, er war sich ganz sicher. Daves Tod war der Anstoß, seinem Leben eine neue Richtung zu geben. Er trat das Gaspedal durch und war zwanzig Minuten später zu Hause.

Blake flog die Stufen zu seiner Wohnung im zweiten Stock hinauf und schloss die Tür auf. Er stürzte hinein und merkte kaum, dass die Tür hinter ihm zuknallte. Dann hetzte er zu seinem Wäschekorb, zerrte schmutzige Kleidungsstücke heraus und warf sie auf den Fußboden, bis er das richtige Paar Jeans gefunden hatte. Fieberhaft suchte er in den Taschen, dann endlich hielt er den Zettel zwischen den Fingern. Aufatmend schloss er die Finger zur Faust.

Mit den Ellbogen auf den Knien, die Stirn auf die Fäuste gestützt, saß er kurz darauf auf der schokobraunen Decke auf seinem extrabreiten Bett. Was sollte er tun? Brauchte er wirklich Hilfe? Konnte er Daves Tod nicht allein verarbeiten, wie jeder andere es tun würde? Sollte er den Schmerz und das Verlustgefühl zulassen und den Absturz in eine tiefe Depression riskieren? Er konnte auch weitermachen wie bisher, von einer Eroberung zur nächsten hasten, seine Gefühle ignorieren und sich weiter in den Kokon seiner Gelüste einspinnen. Sprach etwas dagegen?

Er öffnete die Faust und betrachtete den zerknüllten Zettel. Daves ordentliche Handschrift starrte ihm entgegen. Daves Stimme sprach zu ihm wie aus weiter Ferne. *Lass dir helfen, dein Mami-Trauma zu verarbeiten.* An seine Mutter hatte Blake schon jahrelang nicht mehr wirklich gedacht. Sie hatte ihn verlassen, als er noch ein kleiner Junge gewesen war. Er legte sich aufs Bett und schloss die Augen. Dave war gegangen. Für immer. Er war sein einziger echter Freund gewesen. Andere Menschen waren gekommen und dann weitergezogen, waren Randfiguren geblieben, die ihn nur oberflächlich berührt hatten. Eine Träne glitt über seine Wange. Unwirsch wischte er sie weg. Verdammt, er war kein Kind mehr. Menschen starben nun mal. Das gehörte zum Leben. Er sprang auf und fing an, in seinem Schlafzimmer auf und ab zu gehen.

Sein Handy klingelte. Er schaute aufs Display. *Sally. Auch das noch.* Er ließ sie auf die Mailbox sprechen und wählte indessen die Nummer auf dem Zettel. Für Sally musste er stark sein. Und in seinem derzeitigen Zustand war er das nicht. Das Herz schlug ihm bis zum Hals. Ein Klingeln. Noch eins.

Auflegen oder nicht? Ein drittes Klingeln. *Lass es einfach*. Die Mailbox. *Sie sind mit der Praxis von Dr. Snow verbunden …*

»Hallo, ähm. Ich hätte gern einen Termin.« Er nannte seine Telefonnummer und wollte bereits auflegen. »Danke«, sagte er im letzten Moment. Damit beendete das Gespräch. Zu spät merkte er, dass er seinen Namen nicht genannt hatte. Auf keinen Fall würde er noch einmal bei Dr. Snow anrufen. Sonst bestand die Gefahr, dass er die Sache wieder abblies.

Er wählte Sallys Nummer.

Neun

Umgeben vom köstlichen Aroma von Kaffee und frischgebackenem Brot saßen Danica und Michelle im Crumbles, dem Café einer Bäckerei, am Fenster. Wegen Michelles komplizierten Lebensumständen traf Danica sich mit ihr gern an besonders heimeligen Orten. Sie war überzeugt, dass angenehme Gerüche und eine schöne Umgebung Einfluss auf die Stimmung einer Person hatten. Leider schien das für Michelle nicht zu gelten. Danica war gern Michelles »Große Schwester«, wie die Mentorinnen in dem Unterstützungsprogramm für junge Mädchen genannt wurden. Das war etwas ganz anders, als Kaylies leibliche große Schwester zu sein.

Michelle hatte tiefschwarz gefärbtes Haar, das ihr bis über die Schultern reichte. Sie hing mehr am Tisch, als dass sie saß. Vom Alter her hätte Danica für Michelle eher eine Tante als eine Schwester sein können. Aber immerhin war sie jünger als Michelles Mutter. Vielleicht klappte es deshalb so gut zwischen ihr und dem Mädchen. Manchmal redeten sie stundenlang. Manchmal gingen sie ins Kino, in einen Buchladen oder ins Museum. Wieder einmal dachte Danica an das Jugendzentrum, das sie gern eröffnet hätte, und fragte sich, ob Michelle sich an einem solchen Ort wohlfühlen würde.

Michelle brach kleine Stücke von ihrem Apfel-Zimt-Muffin ab und ließ sie auf ihre Zunge fallen.

»Und? Was gibt's Neues? Wie geht's Nola?« Nola war Michelles Großmutter. Bei ihr war Michelle eingezogen, als ihre Mutter in die Klinik gegangen war. Danica versuchte, ihren grässlichen Kater zu ignorieren.

Michelle betrachtete achselzuckend ihren Muffin.

»Ihr geht's doch gut?«

Michelle schürzte die Lippen und nickte.

Es dauerte immer ein paar Minuten, bis sie sich öffnete. Aber heute wirkte sie mürrischer als sonst. Wie üblich trug sie schwarze Jeans und ein weites schwarzes T-Shirt.

»Und was gibt's bei dir? Alles klar in der Schule?« Danica ließ nicht locker.

Michelle schaute kurz auf, dann heftete sie den Blick wieder an den Tisch.

Bingo! »Willst du darüber reden?«, fragte Danica.

Michelle schüttelte den Kopf.

Nach minutenlangem Schweigen linste Michelle Danica unter ihrem langen dunklen Pony hervor an.

»Die Schule ist zum Kotzen.« Sie schaute weg.

Na bitte. »Das war bei mir auch oft so. Manchmal wäre man am liebsten unsichtbar. Und die paar Leutchen, die das an der Highschool nicht sein wollen, sind so unausstehlich, dass man ihnen am liebsten sagen würde, was sie einen mal können. Aber dann ist man erledigt.«

Michelle lächelte.

Danica hatte das Gefühl, endlich zu ihr durchzudringen. Bei Michelle freute sie das noch mehr als bei ihren zahlenden Patienten. Für Teenager war das Leben nicht leicht. Sie standen unter einem enormen Gruppendruck und der Hormonhaushalt spielte verrückt. Wieder einmal bedauerte sie, den Rat ihrer Eltern befolgt und sich für die finanzielle Sicherheit einer Therapeutentätigkeit entschieden zu haben. Aber das war Schnee von gestern. Jetzt ging es erst einmal darum, Michelle so gut wie möglich zu helfen. »Ich wollte damals immer die richtigen Klamotten tragen, die richtigen Sachen sagen und mit den richtigen Jungs gehen.«

Michelles Lächeln erlosch.

»Aber das hat nie geklappt. Das mit den Jungs, meine ich. Die angesagten waren Mistkerle und die anderen haben mich nicht interessiert. Herrje, das klingt schrecklich. Dabei hatte ich eigentlich gar keine Auswahl. Ich war damals noch viel uncooler als heute.« Danica trank einen Schluck Kaffee. »Falls das überhaupt möglich ist.« Sie dachte an die vielen Kränkungen in ihrer Schulzeit und daran, wie Kaylie auf einem Ozean aus Glückseligkeit, von unzähligen Freunden umringt, durch die Highschool geschippert war.

»Mit dir wollten doch sicher alle Jungs gehen«, sagte Michelle.

»Nein. Mein Spitzname war Danica Manica, ich war flach wie ein Brett, hatte keine Hüften, aber schreckliches Haar.«

Michelle lehnte sich zurück. »Du bist so hübsch. Das kann ich mir gar nicht vorstellen.«

Danica schüttelte den Kopf. »Danke, aber glaub mir. Ich war die Königin der Langweiler und habe es nie unter die Top Ten auf irgendeiner Dating-Liste geschafft.«

Sie lachten beide.

»Aber was ist mit dir? Sicher gibt es Jungs, die sich für dich interessieren.« Danica wünschte, sie könnte Michelle das Haar aus den traurigen rehbraunen Augen streichen.

Michelle schüttelte den Kopf. »Niemand will etwas mit mir

zu tun haben. Ich bin das Mädchen mit der Alki-Mutter.«

Danica spürte einen Stich im Herzen. Kein Kind hatte so etwas verdient. »Du kannst doch nichts für die Krankheit deiner Mom.«

»Was denn für eine Krankheit?«

»Na ja, Alkoholismus ist eine Krankheit. Deine Mutter hat sich das nicht ausgesucht. Das Leben mit einer Sucht ist ein dauernder Kampf. Dass deine Klassenkameraden sich das vorstellen können, ist vielleicht ein bisschen viel verlangt. Aber immerhin hat deine Mutter einen Entzug gemacht. Das bedeutet, sie möchte mit dem Trinken aufhören.« Für Michelles Mutter war es bereits der zweite Aufenthalt in einer Suchtklinik gewesen. Doch das musste nicht zwangsläufig heißen, dass ein weiterer Rückfall bevorstand. Danica kannte nicht alle Details, aber sie wusste, dass Nancy den Entzug aus eigenem Antrieb gemacht hatte. Niemand hatte sie dazu gezwungen. Wirklich für immer trocken zu bleiben, war nicht leicht, aber Danica drückte Nancy die Daumen.

»Sie ist doch selber schuld. Sie hätte ja nicht trinken müssen.« Michelle tippte mit dem Fuß auf den Boden.

Sie schaute sich in der Bäckerei um, als suchte sie einen Fluchtweg. Danica wollte nicht, dass das Mädchen sich in die Enge getrieben fühlte. »Komm, wir gehen.«

Gemeinsam traten sie auf den belebten Gehsteig hinaus und Danica ertappte sich dabei, wie sie nach Blake Ausschau hielt. Unwirsch schüttelte sie den Kopf über sich. Manchmal war es nicht spaßig, in einem Touristenort zu wohnen, wo die Leute nicht schnurstracks irgendwohin marschierten, sondern eher bummelten. Normalerweise ging Danica den Besuchermassen aus dem Weg. Außerdem arbeitete sie so viel, dass sie wenig Zeit hatte, an irgendwelchen trendigen Örtlichkeiten herumzuhängen.

Im Vorbeigehen betrachtete sie ihre Spiegelbilder in den Schaufenstern der Restaurants und Geschäfte. Michelle schlurfte mit hängenden Schultern dahin. Die Hände hatte sie tief in den Taschen vergraben. Danica sah in ihrem dicken Wollblazer und den lässig eleganten Hosen aus, als käme sie direkt von der Arbeit. Man hätte sie fast für Michelles Mutter halten können. Erschrocken stellte sie fest, dass sie älter aussah, als sie war.

»Worauf hast du Lust? Sollen wir shoppen gehen?« Danica hätte Michelle gern aus den Ninja-Klamotten herausgeholt, hinter denen sie sich versteckte.

Michelle rümpfte die Nase.

»Ins Kino?«

»Ähm, meinst du, wir könnten noch mal in das Museum?«, fragte Michelle unsicher.

»Ins Sparks? Das hat dir gefallen?« Vor ein paar Monaten hatte Danica Michelle mit in das kleine Museum mit seiner bunt gemischten Kunstsammlung genommen. Viel Interesse hatte Michelle damals nicht gezeigt, deshalb war Danica umso überraschter, dass Michelle noch einmal dort hinwollte. Sie bogen um die nächste Ecke und schlugen den Weg zum Museum ein.

Danica hielt die Tür des Sparks auf. Ein Paar verließ das Gebäude, Michelle und sie traten ein. In der Lobby hing der schwere Duft von Patschuli. Michelle steuerte direkt auf den hinteren Teil des Museums zu. Danica folgte ihr an ausladenden Metall- und Tonskulpturen vorbei in den Hauptausstellungsraum und von dort aus in einen schmalen Verbindungsraum mit Gemälden an den Wänden und kleineren Skulpturen auf rechteckigen schwarzen Podesten. Sie hätte gern gewusst, ob Blake sich für Kunst interessierte. Auf einer Skipiste konnte sie ihn sich gut vorstellen. Aber umwölkt von Patschuliduft in einer Kunstsammlung? *Keine voreiligen Schlüsse.* Sie musste diesen Mann endlich aus dem Kopf kriegen.

Der Verbindungsraum führte zu einigen kleineren Ausstellungsräumen mit einem Sammelsurium von Kunstwerken. Hier wehte die wahre Aura des Sparks, die Danica so liebte. Das Sparks war eine ganz eigene Welt, in der Schubladendenken noch nicht erfunden worden war.

Michelle blieb vor einem abstrakten Gemälde stehen. Den Kopf leicht zur Seite geneigt, die Hände in den Taschen ihrer viel zu großen schwarzen Jacke vergraben, schaute sie sich das Bild an.

Danica nahm dieselbe Haltung ein und versuchte, das Kunstwerk zu entschlüsseln. Das Wesen und die Gefühle anderer Menschen zu verstehen, fiel ihr leichter, als abstrakte Kunst zu deuten. Aber sie wusste, dass man durch Kunst Gefühle ausdrücken konnte, und freute sich über Michelles Interesse daran. In Danicas Familie hatte Kaylie die Künstlergene geerbt. Danica arbeitete lieber mit dem, was ihr Menschen über sich erzählten, selbst wenn sie dabei oft gar nicht ihr eigentliches Problem schilderten. Menschen zu lesen, war ihre Spezialität. Sie merkte, wenn jemand sich auf verschlungenen Pfaden verlaufen hatte, und konnte der Person oft auf den richtigen Weg zurückhelfen. Kunst zu lesen, fiel ihr viel schwerer.

»Was glaubst du? Was stellt es dar?«, fragte Danica.

Michelle zuckte die Achseln. »Keine Ahnung. Es gefällt mir einfach.«

Danica war froh, dass Michelle sich für etwas erwärmen konnte. Jetzt musste sie sie nur noch zum Reden bringen. »Erinnert es dich an irgendetwas?« Sie drehte und neigte den Kopf und fixierte das Bild aus verschiedenen Positionen. Inmitten von Figuren, die an von ungelenken Kinderhänden gemalte Fische erinnerten, schwammen zwei Augen. Es gab Farbkleckse und in zwei Ecken des Bildes so etwas wie Münder. Vom oberen Rand schien eine Hand mit drei Fingern in die Bildmitte zu greifen.

Michelle legte die Stirn in Falten. »Ich weiß nicht. Ich wusste bloß noch, dass das Bild hier hängt und dass es mir gefallen hat.«

Danica wanderte durch den kleinen Ausstellungsraum. Dabei behielt sie Michelle unauffällig im Blick. Michelle verschränkte die Arme und ließ sie wieder hängen, stemmte die Hände in die Hüften und ließ sie wieder fallen, als wären ihre Arme seltsame Anhängsel, an die sie sich noch gewöhnen musste. In der Schule fühlte sie sich offenbar fehl am Platz. Seit Danica sie kannte, hatte sie noch keinen Freund gehabt, und reden würde sie heute wohl nicht. Fast verlegen gestand Danica sich ein, dass sie vermutlich schon länger keinen Freund gehabt hatte als Michelle. *Mir fehlt schlicht die Zeit.* Sie dachte an die Patientenakten, die sie später noch durchgehen musste. Ihr Berufsleben fraß sich in ihre Freizeit. Vielleicht musste sie daran etwas ändern.

Und sie musste eine Möglichkeit finden, zu Michelle durchzudringen. Sie stellte sich neben sie. »Erinnert das Bild dich vielleicht an dein Leben? Mit seinen vielen Einzelteilen, von denen man nicht genau weiß, wie sie zusammenpassen?«

»Was weiß ich.« Michelle verließ den Raum und Danica heftete sich an ihre Fersen.

Danicas Handy vibrierte. Auf der Mailbox der Praxis war eine neue Nachricht eingegangen. Die konnte warten bis nach dem Treffen mit Michelle.

Zwei Stunden später standen Danica und Michelle auf der Veranda von Nolas kleinem Backsteinhaus. Als Michelle die Haustür öffnete, strömte ihnen der Geruch entgegen, den Danica mit den Häusern vieler älterer Menschen verband: eine Mischung aus Mottenkugeln, zu warmer Luft und einem blumigen Parfum. Michelle war erst vierzehn und fand den Geruch von Patschuli vermutlich cool und exotisch. Freunde mit in das muffig riechende Haus ihrer Großmutter zu nehmen, kam für sie wohl eher nicht infrage. Danica beschloss, in der kommenden Woche einen besonders hippen Treffpunkt vorzuschlagen. Vielleicht hatte Kaylie eine Idee, wohin sie mit Michelle gehen konnte.

Zehn

Am Montagmorgen um sieben saß Danica in der Praxis und sah die Akte ihres ersten Patienten durch. Das Blinken der Mailboxtaste beachtete sie erst einmal nicht. Sie kam immer sehr früh her, um sich auf den Tag vorzubereiten. Einige ihrer Patienten ließen sich gern Morgentermine geben und gingen hinterher direkt zur Arbeit. Sie legte die Akte auf ihren ordentlich aufgeräumten Schreibtisch und warf einen Blick auf die Uhr. Wie an jedem Morgen blieb ihr vor dem ersten Therapiegespräch gerade noch genügend Zeit, sich um die Ecke einen Kaffee zu holen. Sie starrte auf das blinkende Licht. Der Anruf war bereits gestern eingegangen und sie hatte ihn noch nicht abgehört. Seit Samstagabend dachte sie darüber nach, wie sie die Arbeit und ihr Privatleben besser in Einklang bringen konnte. Aber sie wollte sich nichts vormachen. Ein nennenswertes Privatleben hatte sie gar nicht. Und wenn sie dann doch mal ausging, verlor sie jedes Maß und trank zu viel. Das tat ihr nicht nur leid, es war ihr auch furchtbar peinlich. In ihrem Leben musste sich etwas ändern, und übers Wochenende keine Nachrichten mehr abzuhören, war ein erster Schritt. Aber jetzt war es sieben nach sieben am Montagmorgen. Ihr Herzschlag beschleunigte sich, ihr Fuß begann zu wippen. Aber die

Arbeitswoche hatte gerade offiziell begonnen. Sie befand sich bereits im Arbeitsmodus. Einen Moment lang kämpfte sie noch mit sich. Sollte sie auf die blinkende Taste drücken?

Es war Montag, sie war bei ihrer Arbeit. Jemand brauchte sie. Sie schnappte sich das Telefon, drückte auf die Mailboxtaste und hörte die Nachricht ab. Trotz der frühen Uhrzeit rief sie gleich zurück.

»Hallo?«, antwortete eine tiefe Stimme.

»Hi. Dr. Snow am Apparat. Ähm …« Der Mann hatte seinen Namen nicht genannt. Vielleicht wollte er erst einmal anonym bleiben. Zum Glück ersparte er ihr eine lange Stille.

»Oh. Danke, dass Sie sich melden. Ich hätte gern einen Termin.«

Er klang müde. *Tun das nicht alle?* »Das lässt sich einrichten. Könnten Sie mir sagen, worum es in etwa geht?«

»Ich … ähm … mein bester Freund ist gestorben. Ich glaube, ich muss darüber reden.«

Mehr sagte er nicht, sie hörte ihn atmen. Jetzt musste sie die Regie übernehmen. »Dass Sie Ihren Freund verloren haben, tut mir leid.« Sie blätterte in ihrem Kalender. Heute um zwei gab es eine Lücke. Aber eigentlich wollte sie für Michelle ein etwas weniger trostlos wirkendes schwarzes Shirt besorgen. »Morgen um drei oder am Freitag um ein Uhr dreißig könnte ich Ihnen etwas anbieten.«

»Oh.« Das klang enttäuscht. »Geht es auch früher?«

»Haben Sie Selbstmordgedanken?« In Danicas Kopf leuchteten die Alarmlämpchen auf. Trotz jahrelanger Erfahrung hatte sie noch keine taktvolle Möglichkeit gefunden, diese wichtige Frage zu stellen.

»Was? Nein.« Er seufzte. »Ehrlich gesagt, habe ich Angst, dass ich den Termin wieder absage, wenn ich zu lange darüber nachdenke. Dabei weiß ich, dass ich ihn brauche.«

Das war nicht ungewöhnlich. Viele Patienten ließen ihre Termine platzen und sie machte sich dann immer tagelang Sorgen. Auch daran musste sie arbeiten. Sie musste sich daran gewöhnen, dass es Leute gab, die ihre Hilfe nicht wollten. »Okay.« Sie seufzte. »Heute ginge es aber nur um zwei. Sie wissen, dass ich nur Privatpatienten behandle? Meine Praxis ist in der …«

»Ich weiß, wo sie ist. Danke. Ich bin um zwei Uhr bei Ihnen.« Er legte auf.

Danica starrte den Hörer an. Den Namen dieses zukünftigen Patienten kannte sie noch immer nicht. Sie legte den Hörer auf, schrieb *neuer Patient* in ihren Terminkalender und fügte *Freund gestorben* und die Telefonnummer des Unbekannten hinzu.

Elf

Blake stand vor der Tür von Dr. Snows Praxis. Er wollte anklopfen, ließ die Hand aber wieder sinken. Er hatte keine Ahnung, was ihn erwartete. Wartete hinter dieser Tür neben dem Schreibtisch von Dr. Snow eine Liege, auf die er sich setzen musste? Oder legte man sich bei einem Therapiegespräch tatsächlich hin? Was war üblich? Was normal? Unbehagen erfasste ihn.

Er warf einen Blick zur Treppe und dachte an Flucht. Dr. Snow hatte seine Telefonnummer. Aber er konnte ihr eine Nachricht aufs Band sprechen und sagen, er sei krank. Oder sie einfach versetzen. *Kindisch.* Vorher hatte Sally ihn angerufen und ihm war vor Nervosität fast das Herz stehengeblieben. Er hatte gesagt, er müsse etwas erledigen und hatte das Gespräch hastig beendet. Dabei wusste er nur einfach nicht, wie er sich verhalten sollte. Sollte er sich fröhlich geben? Traurig sein? Sie trösten? Er war ein emotionaler Analphabet.

Das erste Jahr nach der Eröffnung von AcroSki war schwer gewesen. Der Bankkredit für den Kauf des Geschäfts hatte einen Großteil der Einkünfte verschlungen. Bis der Laden Gewinn abgeworfen hatte, hatte es einige Zeit gedauert. Aber Sally hatte sich nie beklagt. Sie hatte Dave unterstützt und geduldig hingenommen, dass er in der Anfangszeit oft bis spät in die Nacht hatte arbeiten müssen. Fast immer hatte sie dann etwas zu essen ins Geschäft gebracht. Auch für Blake. Er musste mit der Therapeutin sprechen. Für Dave. Für Sally. Und in seinem eigenen Interesse.

Als Blake erneut die Hand nach dem Türknauf ausstreckte, wurde die Tür von innen aufgerissen. Ein kleiner, untersetzter Mann fuhr erschrocken zusammen. Für ihn kam die Begegnung offenbar ebenso überraschend wie für Blake. Der Mann schaute an Blake vorbei.

»Sie gehört ihnen«, sagte er, und eilte davon.

Blake ging in den kleinen Empfangsbereich, der offenbar gleichzeitig als Wartezimmer diente. Ein antiker Couchtisch und vier Sessel sorgten für eine gemütliche Atmosphäre. Leise schloss er die Tür hinter sich. Dann beäugte er das Bücherregal voller Ratgeber an der gegenüberliegenden Wand und überlegte, ob er nicht lieber wieder gehen sollte. Er setzte sich in einen der Sessel. Ohne die White-Noise-Box, die beruhigende Töne von sich gab, wäre der Raum fast unheimlich still gewesen. Er schlug die Beine übereinander, dann stellte er beide Füße wieder auf den Boden. Er schaute auf die Uhr. Fünf Minuten bis zwei. In der Wand gegenüber dem Eingang befand sich eine Tür. Er starrte sie an. *Da drin sitzt Dr. Snow.* Was, wenn sie sehr attraktiv war? Konnte er dann ganz offen mit ihr sprechen? Und wenn sie furchtbar hässlich war? Wurde es dann leichter?

Sein Blick flog zum Ausgang. Jede Faser seines Körpers flehte ihn an, aufzustehen und sich zu verdrücken. *Verschwinde einfach. Geh. Das hier ist nichts für dich.*

Danica legte einen neuen Notizblock und einen Stift zurecht. Auf dem Weg zur Tür glättete sie ihren Bleistiftrock und ihre bunte Bluse. Sie öffnete lächelnd die Tür, machte einen Schritt in den Empfangsraum und sagte freundlich, was sie immer sagte, wenn ein Patient zum ersten Mal in die Praxis kam.

»Hi. Ich bin Dr. Snow.« Ihr Lächeln fiel in sich zusammen. Ihr Herz begann zu jagen. *Blake.*

Blake lachte. »Das kommt jetzt ein bisschen überraschend.«

Danica fehlten die Worte. *Überraschend* war gar kein Ausdruck. Sollte sie ihn wegschicken? Sicher würde er sie nach dem Grund fragen. Was sollte sie ihm antworten? *Weil ich dich unglaublich anziehend finde? Weil ich in den letzten zwölf Stunden an nichts anderes gedacht habe als an deine Lippen? Mist.* Das konnte sie nicht tun. Zwischen ihnen war überhaupt nichts vorgefallen. Er brauchte Hilfe und Helfen war ihr Job. *Reiß dich zusammen.*

»Für mich auch. Aber komm rein. Lass uns reden.« Sie ging ihm voran ins Therapiezimmer. Etwas verspätet fiel ihr ein, dass sie ihm eine Hintertür offenhalten musste. Nur für den Fall, dass ihm ebenso unbehaglich zumute war wir ihr.

Blake setzte sich auf einen Stuhl. Danica nahm ihm gegenüber Platz. Hinter ihrem Schreibtisch saß sie bei Gesprächen mit Patienten nie. Der Tisch sollte nicht wie eine Barriere wirken. Aber im Augenblick wünschte sie sich genau dort hin. Eine Barriere wäre jetzt nett gewesen.

»Ja, okay. Ich bin Therapeutin. Dass wir uns in meiner Praxis wiedersehen, konnten wir beide nicht ahnen.« Sie brachte ein Lächeln zustande. »Du suchst Hilfe, aber angesichts unserer letzten Begegnungen …«, sie stieß mit dem Ellbogen in die Luft und deutete dann auf ihren Knöchel, »… gebe ich dir gern die Adresse einer Kollegin, wenn dir das lieber ist.« *Bitte geh nicht.*

Bitte geh. Nein, bleib. Sie merkte nicht, dass sie die Luft anhielt.

»Hm. Vielleicht ist es ganz gut für mich, wenn ich bleibe.« Er verschränkte die Arme.

Die reflexartige Bewegung verriet ein Bedürfnis nach Schutz und Distanz. Nur mit Mühe gelang es Danica, sich nicht ebenfalls hinter ihren Armen zu verschanzen. Sie ertappte sich bei einem langen Blick auf seinen Bizeps und griff nach dem Block und dem Stift auf ihrem Schreibtisch.

»Und wie läuft das jetzt ab?«, fragte Blake.

Das war leicht zu erklären. »Ich beginne mit den Fragen, die ich neuen Patienten immer stelle. Und du musst dieses Formular ausfüllen.« Sie reichte ihm ein Klemmbrett. »Am besten machst du das gleich. Reden können wir danach.« Sie setzte sich hinter ihren Schreibtisch. Die Barriere war nötiger, als sie gedacht hatte.

»Okay. Hier? Oder soll ich dazu ins Wartezimmer gehen?« Er stand auf.

»Was dir lieber ist. Es dauert nicht lange.«

Einen Moment lang verharrten sie beide reglos. Die Luft zwischen ihnen lud sich auf, nicht mit Spannung und es sprühten auch keine Funken. Es war eher so, als würde sich zwischen ihnen eine Blase bilden, und keiner von ihnen wusste, wie er sich daran vorbeibewegen sollte.

»Okay.« Blake setzte sich wieder.

Danica drehte ihm den Rücken zu und tat, als würde sie ein paar Akten durchsehen. *Du schaffst das. Bleib ruhig. Er ist ein Patient. Ein Patient. Ein Patient.*

»Ich bin fertig. Das war nicht schwer.« Er legte das Klemmbrett auf ihren Schreibtisch. Danica setzte sich wieder zu ihm und schaute sich an, was er in das Formular geschrieben hatte. *Vierunddreißig, Single, keine Medikamente, Besitzer eines*

Skigeschäfts, keine Vorerkrankungen, keine Vorbelastungen. Danica räusperte sich. *Abgesehen davon, dass du ein notorischer Frauenheld bist.*

Sie atmete tief durch. »Danke, Blake. Als Therapeutin müsste ich dich eigentlich siezen. Aber jetzt noch mal zum Sie zurückzukehren, wäre doch ziemlich seltsam. Ist Duzen für dich okay?«

Seine Antwort kam sofort. »Mir ist das sogar lieber.«

Danica nickte. »Schön. Dann lass uns anfangen. Weshalb bist du hier? Du sagtest, dein Freund sei gestorben?« In die Therapeutenrolle zu finden, war einfacher als gedacht.

Blake schaute auf seine Hände.

Gott, er sieht wirklich unfassbar gut aus. Schluss damit!

»Ja. Dave, mein Freund.« Er ließ den Blick durch den Raum schweifen. »Dave Tuft war mein bester Freund. Er ist bei einem Skiunfall ums Leben gekommen. Letzten Samstag.«

»Letzten Samstag?« Sie konnte nicht verbergen, wie überrascht sie war. »Am Samstagabend warst du in der Bar. Wir haben uns dort gesehen.«

»Verdrängung«, sagte Blake, ohne mit der Wimper zu zucken. »Das ist eine meiner … Daran muss ich arbeiten. Es ist so …«

Blake beugte sich vor. Er stützte die Ellbogen auf die Knie. »Ich kenne meine Fehler durchaus. In gewisser Weise bin ich ein …«

Danica hob eine Braue. Seine Ehrlichkeit imponierte ihr. Für Lügen hatte sie nichts übrig, auch wenn ihr Lügen die Arbeit mit ihm leichter gemacht hätte. Wenn jemand log, stieß sie das ab. Ehrlichkeit war viel unwiderstehlicher.

»Na ja, ich bin einer von einer bestimmten Sorte.«

Streng dich an, Blake. Du kannst das. »Einer bestimmten

Sorte?« Danica zog ihren Patienten nie die Würmer aus der Nase, und sie würde bei Blake nicht damit anfangen. Sie wollte von ihm hören, dass er genau so war, wie sie ihn einschätzte.

»Ja. Du weißt schon. Einer, der sich für jede Nacht eine andere sucht. Einer, der einer Frau aus Versehen den Ellbogen gegen die Nase haut und einer anderen hinterherschaut, während der ersten das Blut aus der Nase tropft.«

Er war sich seiner Fehler tatsächlich bewusst. »Bevor wir detailliert darüber reden – und das werden wir ganz sicher tun –, würde ich gern etwas über deinen familiären Hintergrund erfahren.«

Blake lehnte sich stöhnend zurück.

»Ich gehöre nicht zu den Therapeuten, die glauben, man müsste seine Kindheit noch einmal durchleben, um seine Probleme zu lösen. Aber um dir helfen zu können, brauche ich dennoch ein paar Informationen über deine Vergangenheit.« Diese Sätze fielen bei fast jedem Erstgespräch. *Das war gar nicht so schwer.* Danica hielt ihren Stift so fest, dass ihre Fingerknöchel prickelten. Das war ein heikler Moment. Erinnerungen an traumatische Erlebnisse wie Missbrauch oder Misshandlungen, ob körperlich oder psychisch, konnten den härtesten Kerl zum Weinen bringen – oder Aggressionen auslösen. Sie achtete auf Warnsignale für einen Gefühlsausbruch.

»Ich weiß, ich muss darüber reden. Aber das fällt mir nicht leicht.« Blake holte tief Luft. Ein gequälter Ausdruck huschte über sein Gesicht. »Meine Mom ist gegangen, als ich drei Jahre alt war.«

»Hast du sie seitdem noch mal wiedergesehen?«

Er schüttelte den Kopf. »Sie hat keine Adresse hinterlassen. Ich habe bei meinem Vater gelebt.« Blake schaute nachdenklich aus dem Fenster. Als er sich wieder zu Danica drehte, bemerkte sie ein wenig von derselben Weichheit, die sie nach der unsanften Bekanntschaft mit seinem Ellbogen kurz wahrgenommen hatte. »Er hat getan, was er konnte. Er hatte zwei Jobs und hat sich um mich gekümmert. Ich war nicht verwahrlost und bin nicht misshandelt worden.«

Das ist schon mal gut. Geduldig wartete sie, dass er fortfuhr. Fast alle Patienten machten nach den ersten Offenbarungen eine Pause. In dem Moment nachzubohren, wäre falsch gewesen. Denn die Art, wie sie schließlich fortfuhren, konnte sehr aufschlussreich sein.

»Ich sehe ihn nicht mehr oft. Er ist weggezogen und ich ...«

Danica wartete. Durch die geschlossenen Fenster drangen leise Straßengeräusche in den Raum. Sie saß ganz still, während Blake anfing, nervös auf seinem Stuhl herumzurutschen. Sie kannte diese Reaktion. Blake scharrte mit den Füßen. Sie wartete.

»Verdammt, ich weiß nicht. Eigentlich gibt es keinen echten Grund, weshalb wir uns kaum sehen. Außer vielleicht, dass er alt ist und ich egoistisch bin.«

Durchaus denkbar. Ein Pluspunkt für so viel Selbsterkenntnis! Sie versteckte ihre Freude über seine Offenheit hinter einem stummen Nicken und fragte sich, was er wohl verschwieg. Jeder verschwieg etwas. »Okay, du bist also ohne Mutter aufgewachsen und dein Vater hat sich gut um dich gekümmert. Mehr muss ich im Moment nicht wissen.« Ihre Anspannung ließ ein wenig nach. Sie legte das Klemmbrett auf den Schreibtisch und stützte das Kinn auf die gefalteten Hände. »Erzähl mir von Dave.«

Blakes Blick wechselte von ernst zu traurig. Schließlich pendelte er sich irgendwo dazwischen ein. »Er war mein

Geschäftspartner. Wir sind zusammen skigelaufen.«

Danica nickte, wartete.

Er senkte den Blick, dann sprach er leise weiter. »Er hat mich manchmal angestachelt. Wenn es um meine Frauengeschichten ging, meine ich. Und gleichzeitig hat er mir das Gefühl gegeben, dass ich das, was ich tue, lieber lassen sollte.« Blakes Augen suchten Danicas. »Wegen ihm bin ich heute hier. Er hat mir deine Nummer gegeben. Vor ... vor seinem Unfall.«

»Klingt, als wäre er ein guter Freund gewesen. Es tut mir leid, dass du ihn verloren hast. Das muss sehr wehtun. Willst du über den Unfall sprechen?« Danica spürte, wie Blake ihr sympathischer wurde. So wie Keith Small, ihr voriger Patient, der in der Hoffnung, er könne sich ändern, regelmäßig zu den Treffen der Anonymen Alkoholiker gegangen war, dann aber doch wieder getrunken hatte. Sie arbeitete jetzt schon über ein Jahr lang mit ihm. Inzwischen hatte er einen Entzug gemacht und war seither nicht mehr rückfällig geworden. Sie sah Hoffnung in Blakes Augen aufflackern. Diesen Blick kannte sie sehr gut. Traumatische Erlebnisse waren oft der Ansporn für Veränderungen. Aber nur wenige Patienten verfolgten den neu eingeschlagenen Weg konsequent bis zum Ende, wenn der erste Schock vorüber war.

Blake schüttelte den Kopf. »Lieber nicht.«

Sie konnte die Augen kaum von ihm lassen. *Wie kann ein einzelner Mann bloß so attraktiv sein?* »Okay, Blake. Worüber möchtest du dann gern sprechen?« *Über eine gemeinsame Nacht? Großer Gott. Was sind denn das für Gedanken? Das ist keine gute Idee.*

»Über meine anderen ... Gewohnheiten.« Wieder lehnte er sich zurück und verschränkte die Arme. »Ziemlich seltsam, oder? Über solche Dinge zu reden, nachdem du mich mit den Frauen in der Bar gesehen hast? Wenn dir das peinlich ist, können wir auch über etwas anderes reden.«

»Blake, das ist mein Job. Für mich bist du ein Patient, und ich bin froh, wenn ich dir helfen kann. Aber wie gesagt: Falls du lieber mit einer meiner Kolleginnen oder einem Kollegen sprechen möchtest, gebe ich dir gern ein paar Adressen.« Eigentlich wollte sie ihn gar nicht weitervermitteln. Ihr Ehrgeiz war geweckt. Sie machte ihren Job verdammt gut und würde ihn behandeln wie jeden anderen Patienten auch. Schluss mit den schwülen Fantasien. Noch hatte sie zu wenig Distanz zu ihm, aber sie würde ihre sündigen Anwandlungen überwinden, professionell bleiben und die feine Grenze nicht übertreten, die Therapeuten nun mal zu respektieren hatten. Sie konnte ihm helfen. Sie war die beste Therapeutin der Stadt. Davon war sie überzeugt.

Blake nickte nachdenklich. Er beugte sich vor und lehnte sich wieder zurück. »Bist du sicher?«

»Ja, ich bin sicher. Pass auf, ich hatte schon öfter Leute hier, die … sagen wir mal … ständig auf der Suche nach Abenteuern waren. Du sagst, du möchtest daran arbeiten. Aber ich habe das Gefühl, dass es noch um ganz andere Dinge geht. Du hast deinen besten Freund verloren, eine Person, die dir offenbar viel bedeutet hat. Vielleicht sollten wir damit anfangen. Vorausgesetzt, du bist dazu bereit.«

»Ich glaube, das kann ich noch nicht.«

»In Ordnung. Möchtest du die Sitzung fortsetzen? Fünfzehn Minuten haben wir noch. Wir können für heute auch Schluss machen und du kannst dir überlegen, ob du weiterhin zu mir kommen möchtest.«

Blake stand auf. Am liebsten hätte Danica ihre Qualifikationen heruntergerattert. Doktortitel in klinischer Psychologie von der Boston University, Bachelor an der Tufts University.

Er drückte ihr fest die Hand. Danica straffte die Schultern. In ihrem Therapeutenreich war sie die Königin. »Ich freue mich, dass du gekommen bist«, sagte sie. Um zu klarzustellen, dass es sich hier um eine rein professionelle Beziehung handelte, fügte sie hinzu: »Die Rechnung schicke ich mit der Post.«

Blake nickte. »Danke.« Er machte sich auf den Weg zur Tür, blieb noch einmal stehen und sagte: »Es war schön, dich wiederzusehen.« Danica spürte, wie ihre professionelle Pose sich in Luft auflösen wollte. Sie räusperte sich.

»Ja. Und das mit deinem Freund tut mir wirklich leid.« Sie schaute zu, wie er durch die Tür verschwand. Als sie sich hinter ihm geschlossen hatte, fiel Danica in ihren Stuhl und seufzte erleichtert auf. *Blake Carter.* Ein freudiges Prickeln durchlief sie. Er war hier gewesen, in ihrer Praxis. War Kaylie und Belinda auch manchmal so zumute? Fing es mit einem Kribbeln in den Schenkeln an, das langsam bis zur Brust aufstieg, bis man es kaum noch aushielt? Jetzt verstand sie die beiden etwas besser. Sie stand auf und wanderte durchs Zimmer. Ein Lächeln stahl sich auf ihre Lippen. Erst ihr klingelndes Handy holte sie wieder in die Gegenwart zurück.

Kaylie. Sie nahm den Anruf an. »Du wirst nicht glauben, wer gerade bei mir in der Praxis war«, platzte sie heraus.

»Arnold Schwarzenegger? Kate Middleton?« Kaylie lachte.

»Blake Carter.«

»Was? Warum?« Kaylie klang plötzlich viel weniger aufgekratzt.

Danica hatte plötzlich das Gefühl, von einem Kübel Eiswasser übergossen worden zu sein. Sie musste sich zusammenreißen oder Blake als Patienten ablehnen. Falls er überhaupt noch einmal wiederkam. »Das darf ich dir nicht sagen. Ich hätte dir ja nicht mal sagen dürfen, dass er überhaupt hier war. Verdammt.« Was war bloß in sie gefahren? Die Situation war nicht einfach, aber sie liebte Herausforderungen. Auf keinen Fall würde sie ihre Zulassung riskieren, weil sie sich nicht im Griff hatte.

»Jetzt hab dich nicht so, Schwesterherz. Ich erzähle dir doch auch immer alles.« Kaylie hörte sich verletzt an.

»Worüber er und ich reden, darf ich dir wirklich nicht verraten. Aber dass er hier war, weißt du ja jetzt.«

»O mein Gott. Als dein Patient? Ist das nicht problematisch?« Kaylies Stimme war ernst geworden.

»Nicht unbedingt. Ein Freund hat ihm meine Kontaktdaten gegeben und wir stehen nicht in irgendeiner Beziehung zueinander. Er hat mir seinen Ellbogen auf die Nase gehauen und wir haben in der Bar miteinander geplaudert. Mehr war nicht.«

»Kann es sein, dass du dir da etwas zurechtbiegst? Ein bisschen hörst du dich an wie Bill Clinton, der die Affäre mit seiner Praktikantin immer bloß halb zugegeben hat.«

Danica gefiel diese Anspielung nicht, obwohl oder gerade, weil sie ein Körnchen Wahrheit enthielt. Nach einem Kuss hätte sie Blake niemals als Patienten angenommen. Aber es war ja nichts passiert. Verflixt, sie wusste ja noch nicht mal, ob Blake ihr überhaupt gefiel. Von seinem Aussehen mal abgesehen. Schön, das stimmte vielleicht nicht ganz, aber sie war ein vernünftiger Mensch und konnte sehr wohl entscheiden, mit wem sie ins Bett fiel und mit wem nicht. Und bei Blake hieß es jetzt ganz offiziell: *Hände weg!*

»Nein, das ist etwas völlig anderes. Sieh mal, der Mann braucht Hilfe, und eine Therapie bringt ihn sicher weiter. Außerdem weiß ich noch gar nicht, ob ich ihn wirklich als

Patienten annehme.«

»Was ist, wenn du ihm gefällst und er seine Probleme nur erfindet, um an dich ranzukommen?«

Kaylie hatte eine lebhafte Fantasie. Eine Sekunde lang dachte Danica über diese Möglichkeit nach, verwarf sie aber sofort wieder. »Als er in Dr. Snows Praxis angerufen hat, wusste er nicht, dass ich das bin. Du musst dir also keine Sorgen machen.«

»Wenn du meinst.«

»Ja, meine ich. Aber weshalb rufst du eigentlich an?«, fragte Danica.

»Ach, das hätte ich fast vergessen. Chaz und ich gehen nächstes Wochenende zum Indie Rockfest. Hast du Lust mitzukommen?«

Kaylie war ständig auf Achse. »Nach Atlanta? Wer ist Chaz?«

»Ähm, ich habe ihn dir vorgestellt. Er ist der Typ aus der Bar None.«

»Kaylie! Du kennst diesen Kerl gerade mal, Moment, eineinhalb Tage? Du weißt gar nichts über ihn. Ist es nicht zu riskant, gleich mit ihm wegzufahren?«

»Jetzt komm schon, Mami. Ich bin siebenundzwanzig. Ich glaube, ich weiß, wem ich trauen kann und wem nicht. Warum kannst du nicht mal ein bisschen lockerer sein und einfach nur Spaß haben? Nur weil Mom und Dad immer gesagt haben, du seist die Vernünftigere von uns, musst du dich doch nicht dein Leben lang daran halten.«

Danica dachte kurz nach. Hatte sie diese Rolle tatsächlich so sehr verinnerlicht? Hatte sie sich mehr nach den Wünschen ihrer Eltern gerichtet als nach ihren eigenen? War sie ganz einfach ein Produkt elterlicher Erwartungen? Galt das nicht für jedes Kind? Ihr Traum von einem Jugendzentrum schoss ihr durch den Kopf. Unwirsch schüttelte sie all diese Gedanken ab. Fragen wie diese ließen sich nicht so leicht beantworten. Und im Moment musste sie sich auf die Gegenwart konzentrieren. In ein paar Minuten würde ihr nächster Patient vor der Tür stehen. »Ich war doch locker. Am Samstagabend. Und was ist dabei rausgekommen? Ein Mordskater, größer als Washington DC.«

»Na und? Es hat sich doch gelohnt, oder?«, frotzelte Kaylie. »Und jetzt gib dir einen Stoß und sag, dass du mitkommst.«

Danica stellte sich Kaylies Welpenblick vor: *Komm, spiel mit mir.* Sie konnte beinahe sehen, wie Kaylie sie mit geschürzten Lippen und schiefgelegtem Kopf anstiften wollte, ein bisschen mehr wie sie zu sein und die Arbeit einmal zu vergessen. Allerdings hatte Kaylie im Vergleich zu ihr auch kaum Verpflichtungen. Kaylie lebte einfach spontan drauflos. »Ach Schwesterlein, so gern ich dein Anstandswauwau wäre, und, glaub mir, ich wäre ein sehr guter, das geht leider nicht. Sonntags treffe ich mich mit Michelle. Das weißt du doch. Ach, da fällt mir ein: Wohin kann ich mit einem Teenager gehen? Was würde ihr gefallen?«

»Das Indie Rockfest«, sagte Kaylie ernst.

»Du bist wirklich eine große Hilfe. Ich muss jetzt Schluss machen. Gleich kommt mein nächster Patient.«

»Sie hätte einen Riesenspaß«, beharrte Kaylie.

»Ich muss jetzt. Mach's gut, Süße.«

Zwölf

Am übernächsten Abend saß Blake mit einer Kaffeetasse vor sich an Sallys Küchentisch und spielte mit seinen Schlüsseln. Seit Daves Tod war Sally um zehn Jahre gealtert. Die Hände um ihre dampfende Tasse gelegt, saß sie ihm gegenüber. Ihr schmaler Körper steckte in einer dicken weißen Strickjacke. Sie strich sich eine weißblonde Haarsträhne von der Stirn. Make-up trug sie nicht. Mit ihrer blassen Haut hätten viele andere Frauen ungesund oder verhärmt ausgesehen. Aber Sally wirkte selbst in ihrem Kummer noch vornehm. Blake dachte daran, wie oft er sie scherzhaft als das einzig Schöne an Dave bezeichnet hatte. Aber im Augenblick war ihm nicht nach Scherzen zumute.

»Danke, dass du Rusty zum Basketball bringst. Er und ich haben uns deswegen beinahe in die Haare bekommen. Er will eigentlich nicht hin, aber ich finde es wichtig weiterzumachen, so gut es eben geht. Es ist schlimm genug, dass sein Vater gestorben ist. Er soll nicht auch noch seine Freunde verlieren. In Rustys Alter fällt man leicht in ein Tief, aus dem man dann fast nicht mehr herauskommt.« Ihre blaugrünen Augen sahen Blake traurig an. »Die üblichen Teenagerprobleme machen ihm schon genug zu schaffen.«

»Ich fahre ihn gern. Ich habe heute sowieso nichts vor.« Das war tatsächlich so. Frauengeschichten waren fürs Erste gestrichen. Das hatte er sich versprochen. »Wenn du meinst, dass ihm das guttut.«

Sally nickte. »Rusty muss irgendwie Dampf ablassen. Er und Dave hatten Zoff. Direkt vor … vor dem Unfall.«

Blake dachte an Daves letztes Telefongespräch, oben auf der Skipiste. Knatsch zwischen hormongesteuerten Teenagern und ihren Eltern war normal. Aber sicher bedrückte es Rusty, dass die letzte Unterhaltung mit seinem Vater so unerfreulich verlaufen war. »Dann mache ich das sehr gern.«

Sally stand auf, trug ihre Tasse zum Spülbecken und drehte Blake dabei den Rücken zu. Sie schlang die Arme um sich, und er sah, wie sie tief durchatmete. Dann drehte sie sich zu ihm um. Ihr Blick war ernst, ihre Lippen schmal. »Blake.« Sie kniff die Augen zusammen, als müsste sie sich die nächsten Worte genau überlegen.

»Ja?«

Rusty kam in einer Sporthose und einem schwarzen Kapuzenshirt in die Küche. Sein blondes Haar war nur einen Ton dunkler als Sallys. Seine Züge wirkten gleichzeitig angespannt und müde. »Können wir?«

Sally schaute Blake in die Augen und schüttelte den Kopf. »Nichts.« Sie ging zu Rusty. Auge in Auge standen die beiden sich gegenüber. »Versuch, ein bisschen Spaß zu haben, okay? Blake fährt dich, und ich bin hier, wenn du heimkommst.«

Rusty wandte sich ab.

»Mach's gut, Großer.« Sallys Worte klangen fast wie eine Bitte. Erneut schlang sie die Arme um sich. »Danke, Blake. Ruf an, wenn irgendwas ist.«

Blake hatte nicht viel Ahnung von Teenagern. Zwar hatte auch er als Junge einen Elternteil verloren, aber Rustys Situation war völlig anders als seine damals. Sally liebte ihren Sohn von ganzem Herzen und in Daves Welt hatte sich alles um Rusty gedreht, während Blake von seiner Mutter verlassen worden war und bei einem Vater gelebt hatte, der immer nur arbeitete. Was seine Mutter ihm angetan hatte, war nicht mit Daves Tod zu vergleichen. Sicher hatte Rusty mit ganz anderen Gefühlen zu kämpfen als Blake in seinem Alter. Aber irgendetwas wollte er sagen. Wieder einmal wünschte er sich, er könnte besser mit Situationen umgehen, in denen Gefühle eine Rolle spielten.

»Das mit deinem Dad tut mir wirklich sehr leid, Rusty«, sagte er, als sie sich der Highschool näherten.

Rusty starrte aus dem Autofenster. Die Hände hatte er in den Taschen seines Sweatshirts vergraben. Eine Antwort bekam Blake nicht.

Okay. Sein Dad ist kein gutes Thema. »Auf welcher Position spielst du eigentlich?«

Rusty drehte sich zu Blake. Das kantige Kinn hatte er von Dave geerbt. Aber es war so angespannt, dass es in seinem jugendlichen Gesicht wie ein Fremdkörper wirkte. Sallys grünblaue Augen schauten Blake aus Rustys Gesicht an. Gequält und eindeutig wütend. »Center.« Rusty drehte sich wieder zum Fenster.

Blake nickte. Der Junge vermisste seinen Vater. Das konnte er nicht ändern. Aber er konnte dafür sorgen, dass die nächsten fünf Minuten etwas angenehmer verliefen. »Cool. Und? Bist du gut?«

Rusty zuckte die Achseln.

Sie bogen auf den Parkplatz der Highschool ein. Blake sah sich nach einer freien Stelle um.

»Du musst nicht mit reinkommen. Dad setzt mich auch immer bloß ab«, erklärte Rusty knapp. Für ihn war damit offenbar alles gesagt.

Blake ließ nicht locker. »Ich komme gerne mit. Ich möchte dich spielen sehen.«

»Nein, wirklich. Ich würde mich nur total verkrampfen. Kannst du mich nicht einfach hinterher abholen, so wie Dad immer?«

Blake hatte ein seltsames Gefühl dabei. Er verstand nicht, weshalb Rusty ihn anlog. Dave hatte so oft erzählt, dass er beim Training zuschaute. Vielleicht wollte Rusty seinen Freunden einfach nicht erklären müssen, weshalb ihn anstelle seines Vaters ein Fremder begleitete. Das konnte Blake verstehen. »Klar, kein Problem. Wann soll ich wieder hier sein?« Blake hielt vor der Schule an.

»Um halb neun.« Rusty stieg aus, dann beugte er sich noch einmal in den Wagen. »Danke.« Er presste die Lippen zusammen, dann setzte er leise hinzu: »Das ist echt nett von dir.«

Blake schaute zu, wie Rusty in die Schule ging und überlegte, was er in den nächsten knapp anderthalb Stunden tun sollte. In eine Bar gehen wollte er nicht. Bis er dort gewesen wäre, hätte er schon fast wieder umkehren müssen. Er beschloss, sich einen Parkplatz zu suchen, mit seinem Smartphone im Netz zu surfen und vielleicht ein Nickerchen zu machen.

Er parkte den Wagen unter einem Baum am Rand des Platzes. Dann lehnte er sich zurück und dachte über seinen ersten Termin bei Dr. Snow nach – *Danica*. Sie hatte ihre Lockenpracht nach hinten frisiert und mit einem Band gezähmt. Ein paar kleine, verräterische Hinweise hatten ihm gezeigt, dass sie ihn anziehend fand. Zum Beispiel, dass sie eine Sekunde zu lang auf seine Arme gestarrt hatte, bevor sie im nächsten Atemzug wieder in den Therapeutenmodus umgeschaltet hatte. Er mochte ihre ernste, etwas reservierte Seite. Er hatte sich die größte Mühe gegeben, nicht ständig auf ihre langen Beine oder auf die zarte Haut an der Seite ihres Halses zu starren, die bei seinem Besuch in der Praxis nicht unter ihren Locken verborgen gewesen war. Immer wieder hatte er wegschauen müssen, hatte aus dem Fenster gestarrt – überallhin, nur um mit dem Blick nicht an ihrem wunderbaren Körper hängenzubleiben. Er wollte sich wirklich ändern, wusste aber nicht, ob er seine dunklere, beschämende Seite einer so schönen Frau offenbaren konnte. *Dieser* schönen Frau. Was sollte er tun? Sich einen männlichen Therapeuten suchen? Das wäre auch nicht besser. Dann hätte er das Gefühl, mit seinen Eroberungen zu prahlen. Einer Frau war sicher viel eher daran gelegen, ihn auf den rechten Weg zu führen. Frauen billigten ein Verhalten wie seines im Allgemeinen nicht. Selbst diejenigen, die sich auf ein schnelles Abenteuer einließen, hofften fast immer auf mehr. Wenn sie sich zufällig wieder einmal über den Weg liefen, machte ihm die eine oder andere sogar eine Szene, weil er sich nicht gemeldet hatte. Langsam verstand er diese giftigen Attacken. Er hatte diese Frauen verletzt und sie schlugen zurück.

Als Blake aufblickte, sah er eine Gruppe Jugendlicher über die Straße gehen. Wegen der abendlichen Kälte zogen sie die Schultern hoch. Alle trugen Kapuzenjacken. Blake schaute genauer hin. Der Junge in der Mitte sah Rusty ziemlich ähnlich.

Blake ließ den Motor an, fuhr langsam vom Parkplatz und an der Gruppe vorbei. Dann schaute er in den Außenspiegel. Rusty. Tatsächlich. Ärger brodelte in Blake auf. Er überlegte, ob er den Jungen zur Rede stellen oder die Sache auf sich beruhen lassen sollte. Was hätte Dave an seiner Stelle getan? Blake bog um die nächste Ecke und fuhr rechts ran. Er hatte keine Ahnung, wie Dave sich verhalten hätte. War er wirklich ein so schlechter Freund? Hätten sie nicht viel mehr reden müssen? Über die Höhen und Tiefen in Daves Familienleben, nicht nur über Blakes Eroberungen? *Verdammt.* Was hätte sein eigener Vater getan?

Blake stieg aus und ging um die Ecke auf Rusty zu.

Der Junge blieb erschrocken stehen. Seine Freunde schauten zwischen ihm und Blake hin und her.

»Fällt das Training heute aus?«, fragte Blake.

»Wer ist der Typ?«, fragte der kleinste aus der Gruppe.

Rusty hob die Hand. »Nein«, sagte er zu Blake.

»Was denn für ein Training?«, fragte ein anderer Teenager.

Blake musterte die fünf Jugendlichen. Einen Moment lang war er ratlos, dann hatte er verstanden. Es gab gar kein Training. Rusty benutzte den Termin nur als Vorwand, um mit seinen Freunden abhängen zu können. *Mist.* Über Erziehung wusste Blake nicht viel. Aber dass es nicht in Ordnung war, wenn ein Junge einem Erwachsenen etwas vormachte oder ihn gar anlog, war ihm klar. Warum zum Teufel hatte Dave ihm erzählt, er würde mit Rusty zum Training gehen?

»Rusty? Sollen wir uns unter vier Augen unterhalten?« Blake wollte den Jungen nicht in Verlegenheit bringen.

»Nein.« Rusty machte auf dem Absatz kehrt. »Kommt, Leute.«

»Augenblick.« Blake verstellte ihm den Weg. »Rusty, im Augenblick habe ich die Verantwortung für dich. Ich kann dich nicht einfach davonlaufen lassen.« Er beugte sich näher und fragte leise. »Was hätte dein Dad davon gehalten?«

»Mein Dad? Verdammt, dem war ich doch scheißegal. Der hat sich nur für sich selbst interessiert. Er hat mich jede Woche hier abgesetzt und ist weggefahren.« Mit seinen Freunden im Schlepptau drängte Rusty sich an Blake vorbei.

Was zum Teufel war hier los? Wie erstarrt schaute Blake dem Sohn seines besten Freundes hinterher, der wer weiß wohin unterwegs war. Sollte er ihn aufhalten und erneut versuchen, ihn zur Rede zu stellen? Sollte er Sally anrufen? *Mist.* Er hatte keine Ahnung. Er kehrte zu seinem Wagen zurück, fuhr auf den Schulparkplatz und fragte sich, wozu er hier seine Zeit verschwendete.

Genervt schnappte er sein Telefon und wählte die Nummer von Danicas Praxis. Wenn ihm irgendjemand weiterhelfen konnte, dann eine versierte Therapeutin. Wie nicht anders zu erwarten, landete er auf dem Anrufbeantworter.

»Hallo, Blake Carter hier. Danke für das Gespräch heute. Ich würde gern weitermachen, wenn das okay ist. Bitte melde dich und sag mir, ob das in Ordnung geht.«

Um Schlag halb neun war Rusty zurück und stieg in den Wagen. Er lümmelte sich auf den Beifahrersitz und starrte aus dem Fenster. Blake atmete tief ein, versuchte, den Geruch von Zigarettenrauch oder Marihuana zu erschnüffeln. Dass er nichts riechen konnte, war kein Grund zur Erleichterung. Vielleicht experimentierte Rusty ja mit viel gefährlicherem Zeug.

»Rusty?«

Rusty starrte ihn an. Seine Augen waren klar, sein Kiefer so angespannt, dass seine Zähne knirschten. Blake schaute in das Gesicht eines Jungen, der sich nichts sagen lassen wollte.

»Willst du reden?«, fragte Blake.

»Nein.« Rusty hielt den Blickkontakt aufrecht.

Der Junge hat Eier. »Muss ich mir Sorgen wegen Drogen machen?«

»Ich nehme keine Drogen«, sagte Rusty verächtlich. »Ich

klaue nicht und mache auch sonst keinen Quatsch, okay?« Er wandte sich ab und starrte wieder aus dem Fenster. »Danke fürs Warten.«

Blake hatte gute Lust, ihm den Kopf zu waschen. Aber Rusty hatte gerade seinen Vater verloren. Vielleicht musste er nachsichtig mit ihm sein. Nur …

»Pass auf. Ich weiß nicht, was zwischen dir und deinem Dad gelaufen ist. Aber ich bin nicht dein persönlicher Leibsklave. Verstanden? Wenn ich dich irgendwo hinfahre, will ich wissen, wohin du gehst, und nicht bloß, wo ich dich absetzen soll. Du willst mit deinen Freunden losziehen? Dann sag das deiner Mutter. Du willst zwei Stunden lang im Dunkeln auf dem Gehsteig hocken und in der Nase bohren? Sag es ihr. Dass ich dich decke, wenn ich nicht weiß, was du wirklich treibst, kannst du dir abschminken.«

Blake ließ den Wagen an und fuhr zu Sallys Haus. Rusty starrte stumm aus dem Fenster.

Vor dem Haus schrieb Blake dem Jungen seine Telefonnummer auf. »Hier. Falls du doch reden willst.« Er zuckte die Achseln. Er wollte sich nicht aufdrängen, aber Rusty sollte wissen, dass er für ihn da war. Er drückte dem Jungen den Zettel in die Hand.

Rusty umklammerte den Türgriff, machte aber keine Anstalten auszusteigen. Den Zettel hielt er in der Faust. »Er war ganz anders, als du denkst.« Rusty stieg aus und knallte die Tür zu.

Verdammt noch mal, wofür hält dieser Suppenkasper sich? Blake wusste, dass er mit Sally reden musste. Aber im Augenblick hatte er keine Lust auf den ganzen Kram. Wenn er jetzt mit Sally sprach, musste er sich damit auseinandersetzen, was Rusty über seinen Vater gesagt hatte. Blake warf einen Blick auf sein Telefon. Keine Antwort von Danica. Hatten Therapeuten denn keinen Bereitschaftsdienst? Der Abend wurde immer besser.

Dreizehn

Bis Sonntagmorgen hatte Danica nicht nur zwei neue Patienten dazugewonnen, sondern auch eine Idee, wohin sie mit Michelle gehen konnte. Sie zog sich Jeans und einen älteren weißen Kaschmir-Pullover mit V-Ausschnitt an. Dann schlüpfte sie in knöchelhohe weiße Sneakers. Die Schuhe hatte sie vor Jahren zusammen mit Kaylie gekauft, aber nie getragen. Die üblichen Pumps blieben heute im Schrank. Sicher würde es guttun, auch äußerlich einen Unterschied zwischen ihrem Berufsleben und ihrem Privatleben zu machen, und Sneakers würde sie niemals zur Arbeit anziehen. Sie legte sich einen königsblauen Schal um und schnappte sich den geliebten alten Armeeparka, den früher ihr Vater getragen hatte. Auf dem Weg aus der Tür warf sie einen Blick in den Spiegel. *Nicht übel.* Dieses jugendliche Outfit hatte Vorteile. Zum Beispiel sah ihr Haar endlich einmal so aus, als gehörte es tatsächlich zu der Person, die damit herumlief. Danica überlegte, warum sie sich nicht öfter so kleidete. Kaum tauschte sie ihren strengen dunklen Kurzmantel gegen einen Parka ein, schon fühlte sie sich wie ein anderer Mensch. Mit frischem Schwung ging sie zu ihrem Wagen.

Vom Hals bis hinunter zu den Sneakers in Schwarz gekleidet, stand Michelle in der Diele ihrer Großmutter. Danica fühlte sich wie ein kleines Mädchen. Sie wollte umherhopsen, Michelle umarmen und jubeln: *Guck mal, ich habe heute auch Sneakers an!* Stattdessen sagte sie: »Können wir?«

Michelle betrachtete Danicas Outfit, grinste und nickte.

»Ich bringe sie gegen drei wieder her, Nola«, sagte Danica.

Michelles Großmutter ergriff Danicas Hand. »Ich weiß gar nicht, wie ich dir danken soll. Du bist ein Segen für sie, Danica.«

»Danke. Und Michelle ist ein Geschenk für mich.«

Michelle verdrehte die Augen und stapfte aus dem Haus.

Danica fuhr ins Village. Dort ging sie nur selten hin, obwohl sie bei ihrer Rückkehr nach Allure nach dem College geglaubt hatte, sie würde nun ständig dort sein. Sie hatte sich romantische Spaziergänge und Abendessen mit Blick auf die Berge vorgestellt. Doch allzu bald hatte das echte Leben sie in Atem gehalten. Sie hatte sich ihre Träume verboten und beinahe vergessen. Das musste sich ändern.

Danica parkte vor dem Steam, einem kleinen Café, wo die Leute Schlange standen bis hinaus auf den Gehsteig. Die Straßen im Village waren mit Backsteinen gepflastert, viele Häuser aus Backstein oder Naturstein gebaut. Es gab unzählige Geschäfte und Restaurants und überall verschnörkelte schmiedeeiserne Zäune und Geländer. Straßenlaternen auf altmodischen schwarzen Metallpfählen beleuchteten nachts die engen Gassen. Danica erinnerte sich noch gut daran, wie sie sich in das Village verliebt hatte. Kaylie war in ihrer Jugend mindestens so oft hier gewesen wie sie in der Bücherei. Sie hatte der Charme dieses Viertels erst nach dem College in seinen Bann gezogen.

»Steigen wir aus?«, fragte Michelle.

Danica schnappte sich ihre Handtasche. »Aber sicher doch.«

Sie schlenderten den Gehsteig entlang.

»Hier war ich schon mal«, sagte Michelle.

»Ach ja? Erst kürzlich? Oder ist das schon länger her?«

»Schon länger. Ich war fünf oder so, meine Mom hat mich mitgenommen. An die Backsteine und an die Lichter kann ich mich noch erinnern.«

»Klingt nach einer schönen Erinnerung.« *Rede nicht daher wie eine Therapeutin.* »Ich meine, die Lichter müssen schön ausgesehen haben.«

»Hm-hm. Ich glaube, wir haben dort drüben gesessen.« Michelle zeigte auf einen Innenhof. »Es gab ein Feuerwerk, aber am vierten Juli kann das nicht gewesen sein.«

»Im Sommer gibt es hier an jedem zweiten Freitag im Monat ein Feuerwerk. Vielleicht war das damals auch schon so.«

»Vielleicht.«

Sie spazierten an einem Tabakladen, einem Bonbonladen und einem weiteren Café vorbei.

»Hier ist es.« Danica zeigte auf eine Tür. Darüber hing ein hübsches hölzernes Schild. *Schätze der Vergangenheit* war in verschnörkelter Schrift darauf geschrieben. Danica hatte von dem Geschäft gehört und wollte es Michelle zeigen.

»Was gibt's denn hier?«

»Schöne alte Sachen.« Beschwingt von der kühlen Morgenluft und ihrer jugendlichen Kleidung nahm Danica Michelle an der Hand und zog sie die drei Stufen zur Ladentür hinauf. Der Geruch von Räucherstäbchen hing in der Luft, Windspiele und hübsche Mobiles hingen von der Decke. Regale voller Vintage-Klamotten, Bücher und Krimskrams standen an den Wänden. Eine schmuckbehängte Frau trat hinter der Kasse hervor. Zahllose Armreifen klimperten an ihren Unterarmen.

»Willkommen in unserer kleinen Schatzkammer, Ladys.«

Ihre braunen Augen sprühten vor Energie, ihre dunklen, schulterlangen Locken waren mindestens so unbezähmbar wie Danicas Mähne.

Danica erwiderte das warme Lächeln der Frau. »Was für ein wunderbarer Laden!« Mit dem unbeschreiblichen Sammelsurium von Gegenständen und dem erdigen Aroma in der Luft erinnerte das Geschäft Danica an ihre Studentenbude. Am College hatte sie zwischen Postern und Krimskrams gehaust. Kein Möbelstück hatte zum anderen gepasst und als Schmuckhalter hatte ihr der Ast eines Baumes gedient. Sie fragte sich, wie ihre jetzige Wohnung wohl roch. Darauf musste sie dringend einmal achten. Inzwischen lebte sie in einer perfekt organisierten Maisonette inklusive Bananenhalter, Tischläufer und genau aufeinander abgestimmter Möbelstücke. Sogar der Mülleimer im Badezimmer passte zum Rest der Einrichtung. Sie hatte das ungute Gefühl, in einem biederen, langweiligen Apartment zu wohnen und selbst ebenfalls bieder und langweilig geworden zu sein. Verflixt, sie hatte sich ganz schön verändert.

Michelle hatte ein Dreierset Schachteln entdeckt. Auf den ersten Blick glichen sie schön gemaserten, glattpolierten Holzscheiten. Dass man sie aufklappen konnte, war nicht sofort zu erkennen. Michelle öffnete vorsichtig die erste Schachtel. »Danica, schau dir das an!«, hauchte sie.

Schwang da etwa Begeisterung in ihrer Stimme?

»Die macht mein Sohn selbst«, sagte die Frau stolz. »Er lebt mit meinen zwei süßen Enkeln in Kanada in einer kleinen Farm-Kommune.« Sie legte ihre Hand auf Michelles Schulter und schaute zu, wie das Mädchen behutsam über das glatte Holz strich.

»Die sind wunderschön.« Danica schaute in die Schachtel.

Auf rotem Samt stand ein kleiner, aus Kupferdraht geformter Baum. An seinen Ästen baumelten winzige Halbedelsteine.

»Ihr Sohn macht die wirklich selbst?« Michelle stellte die kleinste Schachtel weg und nahm die mittlere zur Hand. »Die sind absolut cool.«

»Er ist sehr begabt. Das hat er wohl von mir.« Lächelnd lehnte die Frau sich an eine Vitrine. Der Stoff ihrer blauen Baumwollhose spannte über ihrem üppigen Hinterteil. »Du hast schöne Augen. Wie alt bist du? Vierzehn? Fünfzehn?«

»Fast fünfzehn.« Mit einer geübten Bewegung schüttelte Michelle sich den Pony ins Gesicht.

»Und dein Outfit hat Stil. Hast du schon mal daran gedacht, deine dunkle Aura mit einem Farbtupfer zu unterstreichen?«

Aura?

Die Frau zog ein buntes Tuch von einem Ast eines baumartigen Ständers, schlang es um Michelles Hals, drapierte es auf ihrer Brust und zog dann Michelles langes Haar unter dem Tuch hervor. »Perfekt.«

Danica blieb der Mund offen stehen. War es tatsächlich so einfach? Hätte sie nur das tun müssen, was eine Mutter tat? Oder eine coole Tante? Neid streckte seine Finger nach ihrem Herzen aus, weil diese Frau sich Michelle so unbefangen näherte. Danica hingegen legte jedes Wort auf die Goldwaage. War es das richtige? Klang es zu sehr nach Therapeutin? Löste es womöglich schmerzhafte Erinnerungen aus?

Die Frau war ständig in Bewegung. Jetzt nahm sie eine lange Halskette mit einem flachen Metallanhänger von der Theke und legte sie Michelle um. Auf dem Anhänger bildete eine Girlande aus einander überlappenden Monden, Sternen und Blumen einen Rahmen um das Wort *unvollkommen.*

Darüber strahlte ein daumennagelgroßer grüner Glücksstein. Danica hielt den Atem an. Würde Michelle sich durch die Botschaft der Halskette angegriffen fühlen?

Vorsichtig hob sie die Kette mit dem Finger an. Unter den langen Ponyfransen hervor linste sie zu Danica.

Danica seufzte. Zu gern wollte sie Michelle sagen, dass das Grün in dem Tuch ihre Augen strahlen ließ und dass die Halskette ihr Ninja-Outfit schlagartig feminin und einzigartig machte. Michelle erwartete ganz offensichtlich eine Reaktion, aber Danica hatte Angst, zu viel zu sagen und das Mädchen in sein Schneckenhaus zurückzutreiben. Sie verschränkte die Arme und legte dabei die rechte Hand auf ihr Herz. Michelle wirkte gleichzeitig stark und zerbrechlich. Tausende Teenager hätten sie um dieses Aussehen beneidet. »Einfach schön«, sagte Danica nur.

Die Frau nahm Michelle an der Hand und führte sie zu einem Spiegel. Sie schob ihr das Haar aus dem Gesicht und legte es auf ihren Rücken.

Michelle trat näher an den Spiegel heran, strich über das Tuch und betastete die Halskette. Sie beugte sich so dicht an das Glas, als hätte sie Mühe, ihr eigenes Gesicht zu erkennen. Im Spiegel suchte sie Danicas Blick, biss sich auf die Unterlippe und runzelte die Stirn.

»Das sieht wirklich gut aus.« Danica stellte sich hinter sie. Michelles neuer Look gefiel ihr, aber sie wollte nicht zu viel Aufhebens darum machen. Ein falsches Wort, und Michelle würde die Augen verdrehen und davonlaufen.

Zu Danicas grenzenloser Verwunderung wandte Michelle sich zu der Frau um und umarmte sie.

Die Frau lachte. »Schön, dass es dir gefällt.«

»Gefällt es dir auch?«, fragte Michelle Danica.

»Das wäre untertrieben. Du siehst aus wie ein Filmstar, cool und selbstbewusst. Überhaupt nicht wie die Girlies, die sich stundenlang vor dem Spiegel zurechtmachen.« *Das war doch eine gute Antwort, oder?*

Michelle lächelte, doch einen Augenblick später war das Lächeln wieder erloschen. Sie nahm das Tuch ab und gab es der Frau zurück. »Danke. Die Sachen sind wirklich toll. Aber dafür reicht mein Geld nicht.«

»Kein Problem, Süße. Du weißt ja, wo sie sind.« Als Michelle ihr den Rücken zudrehte, suchte die Frau Danicas Blick.

Danica nickte. Sie würde die Sachen für Michelle kaufen.

Die Frau lächelte.

Michelle nahm die Halskette ab. »Die passt zu mir.«

Die Frau schloss Michelles Finger um das Schmuckstück. »Dann behalte sie.«

Michelle riss die Augen auf. »Was? Nein. Das kann ich nicht annehmen. Danke, aber …« Ihr Blick flog zu Danica.

Danica hatte vor Freude einen dicken Kloß im Hals.

»Hör zu, junge Frau. Jemand wie du kommt sehr selten hier rein. Klar, manchmal fallen ganze Scharen von Highschool-Girls gleichzeitig ein. Aber die meisten haben einfach nur große Klappen und zu viel Taschengeld.« Die Frau wedelte mit der Hand. »Kaum eine nimmt sich die Zeit, wirklich genau hinzuschauen. Aber bei dir habe ich das Gefühl, dass du einen Blick für die Schönheit von Dingen hast, die das Besondere in uns hervorheben.«

Danica zückte ihre Geldbörse und bezahlte das Tuch.

»Nein, Danica. Das geht doch nicht«, sagte Michelle verlegen.

Danica legte ihr den Arm um die Schultern und zog sie an

ihre Seite. »Ich bin deine große Schwester. Und ich möchte dir das Tuch schenken.«

»Bist du sicher?« Michelle strahlte.

»Hundertprozentig.«

Während des Mittagessens betastete Michelle immer wieder das Tuch und die Kette, als hätte sie Angst, die Sachen könnten verschwinden. Danica fand, dass Michelle aufrechter ging und gerader saß. Das Lächeln, das sich letzte Woche so rar gemacht hatte, strahlte bei ihrem Bummel durch weitere Geschäfte immer wieder auf.

Auf der Rückfahrt zu ihrer Großmutter hielt Michelle die Enden des Tuches fest.

»Sieht das wirklich nicht doof aus?«, fragte Michelle.

»Doof? Nein, ganz im Gegenteil.« Danica lächelte sie an.

»Vorhin im Village haben mir die Sachen so gut gefallen. Aber vielleicht finden in der Schule ja alle, dass ich damit beknackt aussehe. Irgendwie so, als wollte ich etwas sein, was ich gar nicht bin.« Michelle starrte in ihren Schoß.

Danica hielt vor Nolas Haus an. »Ich kenne dieses Gefühl.« Sie drehte sich zu Michelle.

»Wirklich?« Michelle schaute Danica fast flehentlich an.

»Ja. Als ich mich heute Morgen angezogen habe, habe ich mich jung gefühlt und sogar ein bisschen cool. Aber jetzt, wo wir wieder in der Stadt sind, fühle ich mich in diesen Klamotten ein bisschen … fehl am Platz, vielleicht. Ich bin so an meine adrette Berufskleidung gewöhnt, dass ich mir in diesen lässigen Sachen fast fremd vorkomme.«

»Deine Sneakers und der Parka sind toll«, sagte Michelle.

Geht doch! »Wirklich?«

»Hm-hm. Du siehst super aus. Nicht so … brav.«

Sie lachten.

»Ja, du hast recht. Ich glaube, ich muss meinen Stil ein bisschen ändern. Eigentlich fühle ich mich ziemlich wohl in dieser Kleidung. Besser.«

»Dann mal los.«

»Michelle.« Danica wollte nach Michelles Hand greifen, ließ es aber bleiben. »Meine Schwester hat neulich etwas gesagt, was vielleicht auch für dich passt. Sie meint, wir müssen nicht so sein, wie unsere Eltern und unsere Umgebung es erwarten.«

»Du hast eine Schwester?«

»Ja.« Danica lächelte. Sie ging immer davon aus, dass einfach jeder Kaylie kannte. »Sie ist jünger als ich, sehr schön, lebhaft, kontaktfreudig und beängstigend abenteuerlustig.«

Michelle lachte. »Und sie findet, dass wir nicht so sein müssen, wie andere uns gerne hätten.«

»Aber du sagst doch immer, ich soll mich anstrengen und etwas aus mir machen. Und meine Oma sagt das auch.«

»Ja, natürlich, und das ist richtig. Aber es geht noch um etwas anderes. Ich gebe dir ein Beispiel: Mein Leben lang hat man mich als die klügere und vernünftigere Schwester betrachtet. Kaylie war für alle immer die Kreative. Keiner hat etwas anderes von ihr erwartet. Sogar in der Schule durfte sie immer ein bisschen schlechter sein. Der Bücherwurm mit dem Collegeabschluss war ich.« Danica dachte an ihre Unfähigkeit, in der Freizeit eine andere zu sein als bei der Arbeit. »Die Angepasste. Im Augenblick versuche ich herauszufinden, ob ich wirklich so bin, wie ich sein möchte, oder ob ich nur das bin, was von mir erwartet wird.«

»Und?«

Danica seufzte. »Ich denke noch darüber nach. Aber findest du nicht, dass wir beide in einer ähnlichen Situation sind?«

»Ach was. Ich bin doch kein Bücherwurm«, scherzte Michelle.

»Vergiss mal die Bücher. Aber du sagst doch, viele Leute glauben, dass du irgendwie … sagen wir einen Schaden davongetragen haben müsstest. Ich meine …«

»Ich weiß genau, was du meinst.« Michelle drehte sich zu Danica. »Und so ist es auch. So lebe ich. Alle schauen mich an, als müssten sie Mitleid haben. Wegen meiner Mutter oder weil ich bei meiner Großmutter wohne. Was für mich normal ist, finden sie armselig.«

Danica konnte kaum glauben, dass sie so ruhig und offen über dieses Thema sprachen. Sie hatte mit einer schnippischen Antwort oder Michelles typischem Augenrollen gerechnet. »Schon möglich. Aber du musst nicht so sein, wie sie dich sehen.«

Michelle spielte mit den Zipfeln des Tuchs. »Muss ich doch. Irgendwie habe ich ja einen Schaden.«

Danica berührte Michelles Hand. »Nein, hast du nicht. Deine Mutter ist krank, nicht du. Und deine Großmutter ist eine liebe Frau, die sich alle Mühe gibt, ihre Enkelin großzuziehen. Mit dir ist alles in Ordnung, Michelle. Du kannst nichts für diese Situation. Ich sage nicht, dass du perfekt bist, denn das wäre gelogen.«

»Und Lügen hasst du.«

»Japp.« Danica freute sich, dass Michelle das verstanden hatte. Soweit sie das beurteilen konnte, hatte das Mädchen sie erst einmal belogen, ganz am Anfang ihrer Bekanntschaft. Michelle hatte Danica nicht angerufen, um ein Treffen abzusagen. Als Danica sie hatte abholen wollen, hatte Michelle behauptet, sie hätte ihr eine Nachricht aufs Band gesprochen. Danica hatte ihr klipp und klar gesagt, wie wichtig ihr Ehrlichkeit war, und Michelle hatte genickt. »Ja, ich hasse Lügen. Und kein Mensch ist perfekt. Die Mitschüler, die dich behandeln wie eine Aussätzige, haben einfach nur Schiss. Was, wenn ihre Mütter Probleme hätten? Was würden sie tun? Wie würden sie klarkommen? Sie haben Angst vor dir, weil deine Situation ihnen vor Augen führt, was alles passieren kann.«

Michelle nickte bedächtig. »Ja, das könnte sein.«

»Ich will dir keine Vorträge halten. Aber ich weiß, dass mit dir alles in Ordnung ist. Du musst nicht in die Schublade passen, in die dich irgendwelche Leute stecken wollen. Du kannst stolz auf dich sein, dein Tuch und eine Halskette tragen, auf der das Wort *unvollkommen* steht. Du musst deine Fehler nicht verstecken. Sie gehören zu dir und machen dich sympathisch.«

Jetzt muss ich mich nur noch an meine eigenen Ratschläge halten.

Vierzehn

Am Montagmorgen trieb ein böiger Wind den Schnee vor sich her. Blake stemmte sich aus dem Bett und tappte im Halbschlaf ins Badezimmer. Nur mit schwarzen Boxershorts bekleidet beugte er sich übers Waschbecken. Sein durchtrainierter Körper fühlte sich an wie eingerostet. Er streckte sich und versuchte, sich für die Rückkehr ins Geschäft zu motivieren. Die Leere, die Dave hinterließ, saß ihm als dumpfer Schmerz in den Knochen und Muskeln.

Er wusch sich das Gesicht mit kaltem Wasser. Beim Abtrocknen ging er die Planung für den Morgen durch. Kaffee, das Weiße von ein paar Eiern essen, das Geschäft aufsperren, mehr Kaffee. Vielleicht lief ihm beim Kaffeeholen ja Danica über den Weg. Schlagartig fühlte er sich ein wenig wacher. Seine Mundwinkel zuckten nach oben. Er hatte eine ganze Nacht ohne eine Frau in seinem Bett durchgestanden. Wenn das kein gutes Zeichen war. Er würde einen Tag nach dem anderen angehen und gegen seine Sucht ankämpfen wie jeder Junkie, der clean werden wollte. Nur dass er sich nicht mit irgendwelchem Zeug betäubte, das man sich bei einem Dealer holte. Er betäubte sich mit unverbindlichem Sex.

Am Vormittag hatte er den nächsten Termin bei Danica.

Hände weg von Dr. Snow, ermahnte er sich. Danach würde er Sally anrufen und mit ihr über Rusty reden. Er hatte ein schlechtes Gewissen, weil er das nicht schon längst getan hatte. Aber jedes Mal, wenn er zum Telefon griff, musste er an Daves Geschichten über Rustys Basketball-Training denken. Irgendetwas stimmte da nicht, und er hatte Angst vor dem, was er womöglich ins Rollen bringen könnte. Vielleicht wusste Danica einen Rat.

Er drehte die Dusche an und streifte die Boxershorts ab. Aus alter Gewohnheit spannte er seine Oberschenkel an, lockerte sie wieder und spannte sie erneut. Er genoss das Gefühl, wenn seine Muskeln zum Leben erwachten.

Im Kopf schrieb er seine To-do-Liste weiter. Er musste jemanden finden, der einen Teil von Daves Arbeit übernahm. Und sich ein Hobby suchen. *Ein Hobby.* Was gab es noch, außer Frauen und Skilaufen? Direkt nach dem Unfall hatte er bezweifelt, dass er sich je wieder Bretter anschnallen wollte. Aber Skifahren gehörte zu seinem Leben. Dave hätte sicher nicht gewollt, dass er es aufgab. Von jetzt an würde er einfach vorsichtiger sein, weniger Risiken eingehen. Er stand sowieso nicht mehr wie früher jeden Tag auf der Piste. Mit der Eröffnung des Skigeschäfts hatte sich sein Leben grundlegend geändert. Vorher hatte er als Skilehrer und Trainer gearbeitet. Für den Laden hatte er einen Teil seiner Freiheit aufgegeben, aber das hatte sich gelohnt. Auch finanzielle Freiheit hatte ihre Vorteile.

Er stellte sich unter die Dusche und ließ sich das Wasser aufs Gesicht und auf den Rücken prasseln. Langsam lockerten sich seine verspannten Muskeln. Er stützte die Handflächen gegen die Fliesen und ließ sich von dem harten Wasserstrahl die Schultern massieren.

Schritt für Schritt, einen Tag nach dem anderen. Er würde das schaffen.

Der Arbeitstag bei AcroSki begann um zehn. Als Alyssa, die Teilzeitkraft, da war, ging Blake ins Büro. Er wollte ein kleines Schild auf die Theke stellen, damit er nicht ständig nach Dave gefragt wurde. Er schrieb: *Der Mitbesitzer von AcroSki, unser Freund Dave Tuft, ist durch einen Unfall verstorben. Wir werden ihn sehr vermissen. Schriftliche Beileidsbekundungen bitte an…* Blake fügte die Adresse der Kirchengemeinde hinzu, der Sally angehörte. Er vermisste Daves Scherze und seine Geschichten über die Wochenenden voller Familienaktivitäten, auch wenn er sich inzwischen fragte, wie viel davon wahr gewesen war.

Blake sah die Unterlagen in Daves Schreibtisch durch und staunte, um wie viele Dinge sein Freund sich gekümmert hatte. Sie hatten sich so gut ergänzt, dass die Arbeitsteilung wie von selbst gelaufen war. Von jetzt an musste Blake sich auch um Inventarlisten, Lagerbestände, um die Buchhaltung und die Dienstpläne kümmern. Ihm wurde ein bisschen flau. Bevor er sich wieder an Daves Schreibtisch setzte, brauchte er ein bisschen frische Luft.

»Ich hole mir einen Kaffee. Willst du auch einen?«, fragte er Alyssa.

Alyssa war groß, schlank und so durchtrainiert wie die meisten guten Skifahrerinnen. Sie drehte den Kopf mit dem Pferdeschwanz zu ihm. »Nein, danke. Aber geh ruhig. Ich halte hier die Stellung.«

Blake verließ das Geschäft. Zu seiner Enttäuschung hatte er Danica vor der Arbeit nicht im Café gesehen. Jetzt stapfte er schon zum zweiten Mal an diesem Tag dorthin.

Der Kaffeeduft erinnerte ihn an den Morgen, an dem er Danica fast die Nase gebrochen hatte. Er grinste. *Die Welt ist klein.* Drei Frauen blickten von ihrem Tisch auf. Ihre Augen verschlangen ihn, als wäre er ein gigantischer Schokoriegel. Er stellte sich in die Warteschlange.

Es ging schnell voran. Bald war er an der Reihe. Die Bedienung begrüßte ihn. »Hey Blake. Wie immer?«

»Ja, wie immer.« Ihm kam ein Gedanke. »Nein, Moment. Ich glaube, ich möchte heute mal einen Vanille Latte und einen Bagel mit Frischkäse.«

»Wow. Aber übernimm dich nicht!«, scherzte die junge Frau.

Veränderung ist gut. Einen Bagel hatte Blake seit gefühlten fünf Jahren nicht mehr gegessen. Auf seinem Speiseplan standen normalerweise nur Kaffee, Protein, Gemüse und – natürlich – Frauen. Er bezahlte, nahm die Tüte und den Becher und ging wieder hinaus in den Schnee. Mit gesenktem Kopf und hochgezogenen Schultern marschierte er gegen den Wind an und fand die Idee mit dem Bagel plötzlich gar nicht mehr so großartig.

Eine Böe riss ihm beinahe die Tür des Geschäfts aus den Händen. Er zog sie hinter sich zu und wischte sich den Schnee von den Schultern.

»Ziemliches Sauwetter heute«, sagte Alyssa.

»Ich habe dir was mitgebracht.« Er zog den Parka aus, stellte den Kaffee ins Büro und brachte Alyssa den Bagel. Seine persönlichen Gewohnheiten zu ändern, war schon anstrengend genug. Seine Ernährung gleich auch noch umzustellen, ging vielleicht ein bisschen zu weit.

»Eigentlich esse ich so was nicht.« Sie tätschelte ihren

flachen Bauch.

Er lachte. »Die Kohlehydrate brauchst du heute. Wir müssen jetzt auch Daves … Wir haben mehr Arbeit als sonst.« Sein Herz zog sich zusammen, als das Blitzen in Alyssas Augen erlosch.

»Ja, das stimmt.« Mit dem Bagel in der Hand ging sie davon. Blake setzte sich in das Büro, das er und Dave sich geteilt hatten, hing eine Weile seinen Gedanken und Erinnerungen nach und merkte, wie Angst in ihm hochkriechen wollte. Er starrte auf den Schreibtisch. So vieles hier erinnerte an Dave. Von dem Familienfoto über die Einträge auf dem Wandkalender bis zu den Klebezetteln, die kreuz und quer an der Wand pappten.

Blake stützte die Stirn in die Hände, schloss die Augen und atmete tief durch. *Konzentrier dich. Was würde Dave tun?* Genau das war das Problem. Er kannte Dave seit Jahren, hatte aber keine Ahnung, wie er mit einer solchen Situation umgegangen wäre. Rustys Stimme hallte durch seinen Kopf. *Meinem Dad war ich doch scheißegal. Der hat sich nur für sich selbst interessiert.*

»Was zum Teufel hast du eigentlich getrieben, Dave?«, fragte Blake in den leeren Raum.

Sich helfen zu lassen, noch dazu von einer Frau, war eine Herausforderung für Blakes Ego. Als er Danica gegenübersaß, musste er sich energisch klarmachen, dass er freiwillig hier war. Leider half das nicht viel. Er kam sich vor wie ein Schuljunge, der beim Direktor antanzen musste. Oder bei einer sehr attraktiven Direktorin.

»Worüber würdest du heute gern reden, Blake? Kannst du

schon über Dave sprechen?«

Blakes Blick wanderte von Danicas wilden Locken über ihr Top und ihre Hose. Irgendetwas war anders als sonst.

»War's das?« Sie fixierte ihn mit hochgezogenen Augenbrauen.

»Entschuldige. Das war kein Blick von einer gewissen Sorte.« Blake rieb sich das Gesicht. *Oder vielleicht doch?*

»Von welcher Sorte?«

»Du weißt schon, der Blick, mit dem Männer Frauen abchecken. Du siehst nur irgendwie anders aus heute.«

Danica lächelte. »Das kann sein. Freut mich, dass dir das auffällt.«

»Ha!«, sagte er triumphierend. »Es ist also tatsächlich so. Aber ganz ehrlich, ich weiß nicht, was sich verändert hat.«

Danica schüttelte den Kopf. »Nicht so wichtig. Wir sind schließlich nicht hier, um uns über meine Kleidung zu unterhalten. Lass uns lieber über Dave reden.«

Blake holte tief Luft und verschränkte die Arme. »Dave, ja.« *Wo fange ich an?* »Letzte Woche habe ich Daves Sohn Rusty, er ist fünfzehn, zum Basketballtraining gefahren. Zumindest dachte ich das. Aber anstatt zu trainieren, hat er sich mit seinen Freunden verdrückt, und ich habe ihn erwischt.«

»Das passiert bei Jungs in dem Alter schon mal.« Danica schrieb etwas auf ihren Notizblock.

»Kann schon sein. Aber … wie soll ich das erklären?« *Rede nicht um den heißen Brei rum. Sag's ihr einfach.* »Okay, es ist so: Dave hat immer erzählt, er ginge jede Woche mit Rusty zum Training. Er hat von seinem tollen Familienleben geschwärmt. Aber Rusty behauptet, Dave sei nie mit beim Training gewesen.«

»Hört sich an, als hätte Dave dich angelogen. Wie geht es

dir damit?« Danica lehnte sich zurück. Sie schaute Blake direkt in die Augen.

Er wand sich unter ihrem Blick. »Es ist kein Weltuntergang. Die meisten Leute stellen ihr Leben nach außen harmonischer und besser dar, als es ist.« Blake konnte die Hände nicht stillhalten. Er rutschte auf seinem Stuhl herum. Danicas Schweigen machte ihn nervös. Er schaute sie sich noch einmal genau an. Die Veränderung musste an ihrem Outfit liegen. Beim letzten Mal hatte sie strenge, geradezu maßgeschneiderte Sachen getragen. Heute trug sie ein weich fließendes Batikoberteil über einem Trägershirt. Andere Frauen hätten darin vielleicht ausgesehen wie altbackene Ökotanten. Aber nicht Danica.

Blake setzte sich etwas aufrechter hin. »Viel schlimmer finde ich, dass ich meinen besten Freund so wenig gekannt habe. Wir hatten zusammen ein Geschäft. Er hat sein Ding gemacht und ich meins, und manchmal sind wir zusammen Skilaufen gegangen. Und jetzt merke ich, dass ich keine Ahnung habe, was er in bestimmten Situationen getan hätte. Was in seinem Leben wirklich gelaufen ist, habe ich nicht mitbekommen. Rusty meint, er sei seinem Vater schei…« Blake brach ab. »Entschuldigung. Er sagt, Dave hätte sich überhaupt nicht für ihn oder für sonst jemanden interessiert. Aber ich habe ein anderes Bild von Dave. Der Dave, den ich kenne, war ein Familienmensch.«

»Teenager sehen vieles aus einem ganz eigenen Blickwinkel. Wenn ihr Vater sich kümmert, haben sie vielleicht das Gefühl, dass er ihnen nachspioniert, sich zu viel einmischt oder peinlich ist.«

Blake dachte darüber nach. »Ja, sicher. Aber Rusty behauptet, Dave sei nie mit zum Training gekommen.«

»Die meisten Teenager leben im Hier und Jetzt. Vielleicht hat Dave ja die letzten paar Trainingsabende geschwänzt. Aber okay, möglicherweise war er wirklich nie dabei. Hätte das zwischen Dave und dir etwas geändert?«

»Vermutlich nicht. Aber wenn es so wäre, hätte er mich angelogen.«

»Und wie fühlt sich das für dich an? Wie, glaubst du, hättest du das verhindern können? Hättest du etwas tun können, damit er dich nicht belügt?«

»Keine Ahnung. Vielleicht hätte ich ihm mehr Fragen stellen, mehr mit ihm reden müssen.«

»Möglicherweise. Aber war das deine Rolle in eurer Freundschaft? Beim Zusammensein mit anderen Menschen übernehmen wir bestimmte Aufgaben. Mal sind wir die treibende Kraft, der Dreh- und Angelpunkt. Wir können auch nur zum Angeben da sein, wie zum Beispiel die schönen Frauen, mit denen manche Männer sich schmücken. Wir können derjenige sein, der den anderen aufbaut, oder derjenige, der aufgebaut werden muss. Alle Bereiche decken wir niemals ab, wir können nie für alles zuständig sein.« Danica legte ihren Notizblock beiseite. »Nicht alle Freunde besprechen Probleme miteinander und führen tiefschürfende Gespräche. Aber auch eine oberflächlichere Freundschaft, in der man vor allem Spaß hat, ist wertvoll. Sie kann sogar wichtiger sein als die ernsthaftere Form. Vielleicht hat euch beide ja eher eine Spaß-Freundschaft verbunden. Vielleicht konnte er mit dir zusammen unbeschwert sein.«

»Ich weiß nicht, ob wir tatsächlich immer so feste Rollen haben. Man verändert sich doch und ist mal so und mal so.« Blake beugte sich vor.

»Ja, das stimmt. Und doch gibt es bestimmte Muster, die

sozusagen die Grundlage für unsere Beziehungen bilden. Du musst dir also überlegen, was deine Rolle in eurer Freundschaft war.«

Blake lehnte sich wieder zurück und verschränkte die Arme. *Ich war der Typ, den Dave angestachelt und beneidet hat. Ich war fürs Witzereißen und Frauenabschleppen zuständig.* »Ich glaube, ich war kein guter Freund.«

»Du bist sehr hart mit dir. Warst du der Freund, den Dave gebraucht hat? War er der Freund, den du gebraucht hast?«

Unter Danicas Blick verknotete sich Blakes Magen. Er nahm an, dass sie eine profunde Antwort erwartete, aber ihm fiel keine ein. »Wie soll ich das beurteilen?«

»Nun ja. Glaubst du erst jetzt, dass eurer Freundschaft etwas gefehlt hat? Oder hattest du dieses Gefühl schon, als Dave noch am Leben war? Trauer hat viele Gesichter und manchmal verzerrt sie unsere Erinnerungen.«

Verdammt, du bist gut. Hatte er verzerrte Erinnerungen an die Freundschaft mit Dave? »Ich fand, es lief gut zwischen uns. Wir waren gern zusammen. *Ich* war gern mit *ihm* zusammen. Ob es Dave genauso ging, weiß ich nicht.«

»Stimmt, das kannst du nicht wissen, und ändern könntest du es auch nicht mehr. Aber ein schlechter Freund warst du ganz sicher nicht. Niemand trifft sich immer wieder freiwillig mit jemandem, mit dem er nicht gern zusammen ist.« Danica tippte mit dem Stift an ihre Lippen. *O Mann, diese Lippen.* »Sorgt Daves Tod möglicherweise dafür, dass du hinterfragst, was für eine Art Freund du überhaupt bist? Ich meine ganz allgemein, nicht nur in Bezug auf Dave?«

Blake verschränkte die Arme.

Danica legte ihren Stift weg und lehnte sich zurück. *Du siehst aus wie ein Kabelbündel vor einem Kurzschluss. Was geht dir durch den Kopf? Was will dir nicht über die Lippen?*

Blake wirkte verärgert und angespannt.

»Ich weiß, solche Fragen gehen ans Eingemachte. Aber ich überlege gerade, ob es wirklich nur darum geht, dass du Dave zu wenig gekannt hast. Vielleicht ist das nur ein Teil einer viel größeren Frage. Vielleicht kennst du dich ja selbst nicht richtig.«

Blake atmete tief aus und sagte. »Na schön. Ich sage dir jetzt was: Ich habe keine anderen Freunde. Dave war der einzige. Ich bin kein Typ, mit dem Leute abhängen wollen. Ich bin einer, mit dem Frauen schlafen und mit dem Männer vielleicht mal ein Bier trinken oder Skifahren gehen. Oder den sie angaffen, als hätte er magische Kräfte, weil er jede Frau rumkriegt, die er haben will.« Seine Wangen standen in Flammen. Er fühlte sich wie ein Tiger im Käfig. Einen Fluchtweg gab es nicht. Blake stand auf und fing an, vor dem Fenster auf und ab zu gehen. Dass Danica so gelassen dasitzen konnte, während ihm vor Anspannung fast der Dampf aus den Ohren stieg, ging ihm gewaltig gegen den Strich. »Das wolltest du doch hören, oder?« *Du Hexe.*

»Es geht nicht darum, was ich will.« Sie klang wie eine Lehrerin. Eine Schuldirektorin. Eine Bewährungshelferin.

»Okay. Hierherzukommen war ein Fehler.«

»Das kannst nur du entscheiden.«

»Du sitzt auf deinem hohen Ross, als würdest du nie irgendetwas versemmeln und dich hinterher beschissen fühlen.«

Hitzig funkelte er sie an. Danica saß mit übereinandergeschlagenen Beinen auf ihrem Stuhl. Sie wirkte ruhig, gelassen und gefasst, während er innerlich kochte.

»Dass du dieses Gefühl hast, tut mir leid. Wir machen alle Fehler und jeder fühlt sich manchmal unzulänglich. Auch wütend zu werden, wenn man Dinge über sich herausfindet, die einem nicht gefallen, ist normal.«

»Jetzt bin ich also unzulänglich«, zischte er.

»Nein.« Sie lächelte, aber ihre Augen verrieten sie. Sie sagten: *Klar bist du das.*

Blake fixierte sie mit verschränkten Armen. Er erwartete mehr als nur dieses Nein.

»Ich will nur sagen, dass du die Zeit mit Dave nicht zurückdrehen kannst. Aber wenn du das Gefühl hast, kein guter Freund zu sein, wenn du glaubst, auch ein paar andere Dinge ändern zu müssen, dann kannst du das jetzt angehen.«

Blake riss seine Jacke vom Haken. »Ich glaube, das genügt für heute.«

Danica stand auf, mit weichen, mitfühlenden Augen sah sie ihn an. Ihre Lippen waren leicht geöffnet. »Kein Problem. Es ist deine Sitzung.«

Blake hätte sie gern in seine Arme gerissen und ihre verdammte professionelle Gelassenheit aus ihr herausgeküsst. Sie war unglaublich verführerisch und sie machte ihn unglaublich wütend. Er stelzte zur Tür. »Danke.«

Mit fester, selbstbewusster Stimme sagte sie: »Eine Therapie ist harte Arbeit, Blake. Meistens wird es schlimmer, bevor es besser wird.«

Fluchtbereit, eine Hand auf der Türklinke, in der anderen seine Jacke, drehte er sich zu ihr.

»Du bist nicht hier, weil du perfekt bist. Du bist hier, weil du Veränderung willst. Wir zerren dabei auch Dinge ans Licht, die du lieber nicht sehen würdest. Stell dir das vor wie einen Garten, den wir umpflügen. Manches, was vergraben war, kommt dabei nach oben. Das können schmutzige, schwere, faulige oder vergessene Dinge sein, die vielleicht viel zu lange verschüttet waren. Sich die vor Augen zu halten, ist nicht leicht.«

Dazu fiel Blake nichts ein. Zorn, Ärger und Frustration rissen an ihm, aber er wusste, dass sie recht hatte.

»Mit der Zeit wird es leichter. Ehrlich.«

Er verließ wortlos den Raum.

Fünfzehn

Mist! Die Therapiesitzung mit Danica war Stunden her, doch noch immer konnte Blake die Spannung nicht abschütteln, die an jedem Nerv seines Körpers zerrte. Er saß auf einem Barhocker bei seiner vierten Whiskey-Cola und ließ seinen Jägerblick durch die Bar schweifen. Frauen, die um fünf Uhr nachmittags hier herumhingen, warteten entweder auf einen Trupp lärmender Freundinnen oder sie waren etwas in die Jahre gekommen und wollten sich wieder mal jung fühlen. Blake war es beinahe egal, mit wem er die Bar verließ, so lang er nur nicht allein nach Hause gehen musste. Er würde *ihr* zeigen, wie unzulänglich er wirklich war.

Im Moment war die Auswahl nicht groß. Die Rothaarige in der Ecke zog ihn seit einer geschlagenen Stunde immer wieder mit den Augen aus. Rothaarige gingen manchmal ziemlich aggressiv ran. Normalerweise gefiel ihm das. Aber im Moment wünschte er sich eher ein ausgedehntes, sinnliches Dahindriften. Verspielt und heiß, das wäre ideal. Er schaute auf den Bildschirm über dem Tresen. Wie üblich lief eine Sportübertragung.

»Kennen wir uns nicht irgendwoher?«

Blake drehte sich um. Kaylies kecke Brüste waren genau auf

Augenhöhe. Er lachte. »Wer so aussieht wie du, braucht wirklich keinen originelleren Anmachspruch.«

Kaylie schwang sich auf den Hocker neben ihm und drehte ihm die Knie zu. Ihr dunkelblauer Minirock bedeckte kaum das, was Blake darunter vermutete: einen winzigen Spitzenstring.

Sie lehnte sich vor. Verlangen trat in ihren Blick. »Gibst du mir einen aus?«

Er hob sein Glas in Richtung des Barmanns.

»Was darf's denn sein?« Der Blick des Kerls klebte lüstern an Kaylie.

Blake beugte sich besitzergreifend zu ihr.

»Ich nehme, was er hat«, sagte Kaylie. Sie zwirbelte eine Haarsträhne um den Zeigefinger. »Was machst du denn hier?«, fragte sie Blake. »Ist es dafür nicht noch ein bisschen früh?« Sie zeigte auf die Reihe leerer Gläser neben ihm.

»Ich hatte einen harten Tag.« Blake konnte die Augen nicht von der Wölbungen ihrer Brüste lassen, die oben aus dem V-Ausschnitt ihres engen, weißen Shirts lugten.

»Ich auch. Ich komme gerade von einem ziemlich wilden Konzertwochenende zurück. Ich bin platt.« Sie nahm einen Schluck von ihrem Drink. »Genau das, was ich jetzt brauche.«

»Bist du hier mit jemandem verabredet?« Blake sah sich in der Bar um. Vage erinnerte er sich, dass sie beim letzten Mal mit einem blonden Typen abgezogen war.

»Nein.« Sie wedelte mit der Hand. »Eigentlich wollte ich mich mit meiner Schwester treffen. Aber sie hat gerade angerufen und irgendwas von wegen schwierigem Tag bei der Arbeit erzählt. Also«, sie zuckte die Achseln, »dachte ich, ich lege hier einen kurzen Stopp ein, entspanne ein bisschen und gehe dann nach Hause.«

»Klingt gut.« Blake senkte die Lider und lehnte sich beim Sprechen dicht zu ihr. *Ich hab's noch drauf.*

Kaylie kicherte. »Findest du? Na dann.« Sie kippte den Drink in sich hinein und signalisierte dem Barmann, dass sie noch einen wollte. »Und jetzt erzähl mal, Blake.« Das *B* in seinem Namen sprang kraftvoll von ihren Lippen. »Was war so schlimm an deinem Tag? Hast du zu wenige Skier verkauft?«

Blake leerte sein Glas mit einem Schluck. Die Erinnerung an Danicas selbstzufriedenen Blick, als er angefangen hatte, etwas von sich preiszugeben, kam zurück. »Bloß eine anstrengende Besprechung. Nichts, worüber du dir deinen hübschen Kopf zerbrechen musst.« An Danica wollte er jetzt wirklich nicht denken. Er überlegte, ob er sich noch einen Drink bestellen sollte. Aber eigentlich hatte er sein Limit erreicht. Und jetzt, wo er Kaylie ins Visier genommen hatte, wollte er gern im Vollbesitz seiner Kräfte sein. Für später.

»Skigeschäftbesitzer haben Besprechungen?« Sie drückte ihr Knie an seinen Schenkel.

»Wie man's nimmt.« Blake wusste nicht, wohin mit seinen Händen. Ihm fehlte ein Glas, an dem er sich festhalten konnte. Deshalb legte er den linken Arm um die niedere Lehne ihres Barhockers.

»Erzähl mal. Wie lebt es sich denn so, wenn man Skier verkauft? Das macht doch sicher Spaß.«

Seine Fingerspitzen streiften ihren Rücken. Sie lehnte sich an seine Hand. Es war so leicht. Wenn er wollte, konnte er in fünf Minuten mit ihr im Bett liegen. Verdammt, er könnte jetzt sofort seine Hand unter ihren Rock schieben. Blake spürte das vertraute Pulsieren zwischen seinen Beinen, doch seine Gedanken kamen von dem Gespräch mit Danica nicht los. *Wir machen alle Fehler und jeder fühlt sich manchmal unzulänglich.* Er schnaubte. *Verdammtes Weibsstück.* Er ließ den Arm von Kaylies Rücken rutschen und bestellte sich noch einen Drink.

»Ich habe gerade meinen Geschäftspartner verloren.« Warum zum Teufel erzählte er ihr das?

»Wie lästig. Seid ihr euch in die Haare geraten? Gab es Zoff?«

»Er ist gestorben.« Blake nahm einen Schluck von seinem Drink.

»Du lieber Gott. Das tut mir leid. Das ist schlimm.« Kaylie legte ihre Hand auf sein Bein.

Blake starrte auf diese Hand. Ihm war, als säße der Teufel auf seiner linken Schulter und ein Engel auf seiner rechten. Beide flüsterten ihm Ratschläge ins Ohr. »Er fehlt mir.« *Zur Hölle, warum kann ich den Mund nicht halten?* Er wollte nicht einmal daran denken, dass ihn morgen ein neuer Tag im Geschäft erwartete und dass weder morgen noch übermorgen noch an sonst einem Tag Dave bei AcroSki auftauchen würde.

»Ach du Armer. Das nimmt dich sicher ziemlich mit.«

Ihre Worte waren voller Mitgefühl und Blakes harte Schale fiel von ihm ab wie die zu eng gewordene alte Haut von einer Schlange. »Ich kann nicht mal mit seiner Frau reden. Ich weiß nicht, was ich ihr sagen soll.« Er hatte keine Ahnung, was in ihn gefahren war. Seit wann litt er unter Sprechdurchfall? Warum plötzlich dieses Gequatsche über Gefühle? Er betrachtete sein Glas. Es musste am Alkohol liegen. Er fuhr sich durchs Haar, spürte die Hitze ihrer Hand auf seinem Schenkel.

»Wahrscheinlich möchte sie gern hören, dass alles gut wird.«

Blake fragte sich, ob es tatsächlich so einfach sein konnte.

»Natürlich kannst du ihr ihren Mann nicht zurückgeben. Aber du kannst sie in den Arm nehmen, sie trösten und ihr durch die schwere Zeit helfen, indem du für sie da bist.«

»Wahrscheinlich will sie das gar nicht. Ich würde sie nur ständig daran erinnern, dass er nicht mehr wiederkommt. Außerdem hatte ich bisher keinen engeren Kontakt zu ihr. Ja, okay, ich war hin und wieder zum Essen bei Dave und seiner Familie. Aber ich weiß nicht …« *Ich habe noch nie mit jemandem viel Zeit verbracht.*

Sie malte mit dem Zeigefinger Kringel auf seinen Schenkel, leerte ihr Glas und bestellte sich Nachschub. »Dass jemand mit dir nicht zusammen sein will, kann ich mir nicht vorstellen.« Sie befeuchtete ihre Lippen mit der Zungenspitze.

Blake schaute in den Spiegel hinter der Bar. Das Abbild, das zurückstarrte, kannte er aus dem Spiegel der Toilette, in der er sich mit der Roten vergnügt hatte. Er sah einen hungrigen, müden Jäger, der sich vor den wirklich wichtigen Dingen im Leben versteckte, ohne recht zu wissen, was wirklich wichtig war. So wollte er nicht mehr sein, und doch lag er hier in der Bar auf der Lauer. Er betrachtete Kaylies Spiegelbild. Ihre Welpenaugen hingen an seinen Lippen. Danica fiel ihm ein. Sie hatte ihm zugehört, ihn einen Weg durch sein Gefühlswirrwarr suchen lassen, ihm erlaubt ans Licht zu bringen, was ihn bewegte. Sie verurteilte ihn nicht, sie bezeichnete ihn nicht als schlechten Freund. *Wir machen alle Fehler und jeder fühlt sich manchmal unzulänglich. Alle* hatte sie gesagt. Und er hatte sich immerhin vorgenommen, sich zu ändern.

Kaylie beugte sich zu ihm und flüsterte: »Kommst du mit zu mir? Ich sorge dafür, dass es dir wieder besser geht.«

»Mit dem allergrößten Vergnügen«, sagte er aus purer Gewohnheit, rührte sich aber nicht von der Stelle.

Kaylie stand auf und griff nach seiner Hand. Sie war sehr attraktiv und ganz offensichtlich willens und in der Lage, ihre Ankündigung in die Tat umzusetzen. Aber wenn er jetzt mit ihr nach Hause ging, war er wieder genau da, wo er angefangen hatte. Blake stellte sich ihren nackten Körper unter seinem vor, den Geschmack ihrer Lippen, und sein Verlangen wuchs. Beim Aufstehen schaute er erneut in den Spiegel. *Derselbe Typ, derselbe Fehler.*

Einen Moment lang schloss er die Augen. Dann sagte er: »Tut mir leid, aber ich glaube, es ist besser, wenn ich nicht mitkomme.« *Verdammt. Kriege ich das wirklich fertig?*

Kaylie blieb der Mund offen stehen. »Wie bitte?« Sie hielt das Ohr näher an seine Lippen, als hätte sie ihn nicht richtig verstanden.

»Es tut mir leid. Du siehst toll aus und man kann richtig gut mit dir reden. Aber im Moment bin ich ganz schön von der Rolle. Und das hier«, er bewegte die Hand zwischen Kaylie und ihm hin und her, »würde es nicht besser machen.«

»Ich fasse es nicht. Was ist los mit dir?« Ihre Wangen liefen rot an.

»Das wüsste ich selbst gern.« Blake drehte sich wieder zum Tresen. »Aber ich werde es noch rauskriegen.«

»Du hast echte Probleme, Blake. Großer Gott. Du brauchst dringend einen Seelenklempner. Du hast mich schon beim letzten Mal abblitzen lassen. Und heute hast du mich erst nach allen Regeln der Kunst angebaggert …«

Ihre zornsprühenden Augen gaben ihm einen Stich. »Es liegt nicht an dir, okay? Es liegt an mir. Ich kann so was einfach nicht mehr.«

»Meine Schwester ist auf hoffnungslose Fälle wie dich spezialisiert. Vielleicht solltest du dir einen Termin bei ihr besorgen.« Kaylie lachte.

Blake sah trotzdem, wie verletzt sie war. »Es tut mir wirklich leid. Vielleicht bin ich wirklich ein hoffnungsloser Fall. Und einen Seelenklempner habe ich mir schon gesucht.«

»Geh zu meiner Schwester. Danica ist zehnmal besser als alle anderen. Garantiert.« Kaylie schnappte sich ihre Jacke vom Barhocker und stapfte davon.

Danica? Ihre Schwester? Blake hatte das Gefühl, haarscharf an einer großen Dummheit vorbeigeschlittert zu sein.

Sechzehn

Jemand klopfte energisch an die Tür. Danica blickte von ihren Patientenakten auf.

»Danica!«

Kaylie. Als Danica die Tür öffnete, stürmte ihre Schwester wutschnaubend an ihr vorbei. »Weiß Gott, was mit dem Kerl los ist. Aber verdammt noch mal, wenn er so weitermacht, liege ich demnächst auf deiner Couch.«

Kaylie stapfte durchs Zimmer und ließ sich aufs Sofa fallen. Die Aktenordner rutschten zu Boden. »Was ist passiert? Und wer war's diesmal?« Danica sammelte die Akten auf und stapelte sie auf dem Couchtisch.

»Blake. Dieser Idiot. Der Kerl aus der Bar, du erinnerst dich? Hat er nicht mal in deiner Praxis angerufen oder einen Termin bei dir gehabt oder so?« Kaylies Gesicht war gerötet, ihre Augen waren glasig. Wie ein beleidigter Teenager, der vom Klassenschwarm versetzt worden war, fläzte sie in ihrem zerknautschten Minirock auf der Couch.

Dass sie Kaylie von Blakes Besuch in der Praxis erzählt hatte, hatte Danica vergessen. Und dass er inzwischen tatsächlich ihr Patient war, behielt sie lieber für sich. Auf Kaylies Frage ging sie nicht weiter ein. »Blake? Du meinst Blake Carter?

Den Mistkerl mit dem Skigeschäft?« *Was war da los?*

»Den Mistkerl, genau. Ich habe ihn zufällig in der Bar None getroffen.« Kaylie schnaubte verächtlich. »Danke übrigens. Wenn du mich nicht versetzt hättest, würde ich mich jetzt nicht so beschissen fühlen.«

Danica nahm den Aktenstapel, schob Blakes Akte ganz unten hin, legte die Unterlagen auf den Esstisch und setzte sich zu Kaylie.

Danica seufzte. »Lass mich raten. Er ist mit einer anderen abgezogen.« *Ich wusste, dass unser heutiges Gespräch ihm zu schaffen machen würde.*

»Ja. Nein. Mist. Er ist mit gar niemandem abgezogen.« Kaylie schlug die Hände vors Gesicht und schrie in ihre Handflächen. Als sie die Hände sinken ließ, sah sie eher enttäuscht als wütend aus. »Erst dachte ich, er kommt mit mir nach Hause, aber …«

»Moment mal. Was ist denn aus Chad geworden? Oder Chaz? Wie war doch gleich sein Name? Kommst du nicht gerade von einem Konzertwochenende mit ihm zurück?«

»Keine Predigt, okay?«

Danica lehnte sich gegen die Polster. Kaylie war ihre Schwester, keine Patientin. »In Ordnung. Erzähl weiter.«

»Mit Chaz lief es gut. Aber dann hast du unser Treffen abgesagt und ich wollte noch einen Drink. Blake saß in der Bar und … na ja, du weißt ja, wie er aussieht. Soll ich mir so eine Gelegenheit entgehen lassen?«

Ja, verdammt. Genau das sollst du. Er ist mein Patient, auch wenn es mir in seinem Fall schwerfällt, die professionelle Distanz aufrechtzuerhalten.

Kaylie ließ Danica keine Zeit zu antworten. »Wir wollten eigentlich schon zusammen los, da labert er plötzlich irgendwas von wegen, er könnte das jetzt nicht.«

»Hat er gesagt, weshalb?« *Was geht in dir vor, Blake Carter?*

»Er hat seinen Geschäftspartner verloren. Der soll gestorben sein. Wenn man will, kann man das glauben.«

»Kann man.«

»Und er sagt, er weiß nicht, wie er mit der Frau des Typs reden soll.«

Ach ja? Danica nahm sich vor, dieses Thema bei der nächsten Sitzung mit Blake aufzugreifen. Sie überlegte, ob sie Kaylie sagen sollte, dass er jetzt ihr Patient war. Dann wäre er für sie sofort abgehakt. Von Männern, die Therapeuten aufsuchten, hielt Kaylie sich fern. Solche Kerle hielt sie für Waschlappen und gestrandete Existenzen. Zu gern hätte Danica ihr gesagt, dass eine Therapie auch ihr helfen könnte, ihr unstillbares Verlangen nach flüchtigen Abenteuern in den Griff zu bekommen – und dass Blake aus demselben Grund zu ihr kam. Aber schließlich gab es die Schweigepflicht. Dagegen konnte Danica nicht verstoßen, ganz gleich, wie verletzt Kaylie sein mochte.

»Klingt, als hätte er im Moment einiges mit sich auszumachen. Und außerdem: Wieso bleibst du nicht bei Chad?«

»Chaz.«

»Chaz«, wiederholte Danica. Er hätte auch Rick, Steve, Dean oder Carl heißen können. Normalerweise machte sie sich nicht die Mühe, sich die Namen von Kaylies Eroberungen zu merken. Kaylie wechselte ihre Männer öfter, als der Wind sich drehte.

Kaylie legte die Füße auf den Couchtisch. Danica zog ihr die Stiefel aus und stellte sie beiseite.

»Danke«, sagte Kaylie mit ihrer süßesten Kleinmädchenstimme. »Glaubst du, es liegt an mir?«, fragte sie.

»An dir? Nein. Du hast doch eben selbst gesagt, dass es bei ihm zurzeit nicht rund läuft. Die Sache mit seinem Freund scheint ihn ziemlich mitzunehmen. Ich würde einen Bogen um ihn machen.« Kaylie sollte Blake von ihrer Wunschliste streichen. Er würde sie nur verletzen. Aber auch Kaylie konnte Blake sehr wehtun, vor allem in seiner derzeitigen Verfassung. Viele Männer machten irgendwann in ihrem Leben Sinnkrisen durch. Sie stellten fest, dass sie nicht so waren, wie sie gern sein wollten: Sie tranken zu viel, hatten zu viele Affären, aßen zu viel, hassten Frauen, hassten ihre Mütter, hassten das Leben. Bis sie mit Blake zum Ursprung seiner Probleme vorgedrungen war, würde noch einige Zeit vergehen. Sich mit seinen Schwächen auseinanderzusetzen, war ein schmerzhafter Prozess. Aber offenbar war dieser Prozess bereits in Gang und zeigte Wirkung. Die nächsten Wochen würden darüber entscheiden, ob Blake sich wirklich nachhaltig ändern konnte. Und vor allem, ob er das auch wollte. Die barbieschöne Kaylie abzuweisen, war ein erster Schritt in die richtige Richtung.

»Was in aller Welt hast du denn da an?«, fragte Kaylie plötzlich lachend.

Danica zeigte auf ihr weich fließendes Top. »Mir gefällt's. Ich war am Wochenende mit Michelle im Village und fand plötzlich, dass ich herumlaufe, wie eine alte Frau.«

»Dafür musstest du extra ins Village? Reicht es nicht, dass ich dir das ständig sage?« Kaylie wedelte mit dem Fuß.

»Wie findest du es?«, fragte Danica ein wenig verunsichert.

Kaylie musterte Danicas Outfit. »Ganz gut. Nur die Hose passt nicht richtig dazu.«

»Wirklich? Schwarz passt doch zu allem.«

»Eigentlich schon. Aber dieses Top musst du mit Jeans und

Stiefeln tragen, nicht mit einer braven Stoffhose und hohen Schuhen. So kannst du mit sechzig noch rumlaufen.«

»Ach.« Kein Wunder, dass Blake sie so seltsam angesehen hatte. Dabei hatte sie geglaubt, mit dem Top nicht mehr ganz so bieder und gesetzt zu wirken.

Kaylie nahm Danica an der Hand und zog sie zur Treppe. »Komm, Schwesterherz. Ich will schon seit Ewigkeiten mal ein Umstyling mit dir machen.« Sie rannte die Treppe hinauf wie ein Teenager auf dem Weg zu einer Pyjamaparty.

Danica folgte ihr seufzend.

Oben im Schlafzimmer warf Kaylie einen prüfenden Blick auf den Nachttisch. »Keine Lakritze?«

»Doch, leider. Eine ganze Schublade voll.« Danica grinste achselzuckend.

Kaylie war bereits in Danicas begehbaren Kleiderschrank abgetaucht. Sie zog Shirts und Blusen heraus und warf sie Danica zu. »Leg die mal aufs Bett.«

Danica nahm Jacken, Jeans, Leggings und weitere Shirts entgegen. Dann setzte sie sich aufs Bett und schaute zu, wie Kaylie den Schmuck in der Kommode durchging. Einige Stücke legte sie heraus. Schließlich öffnete sie die oberste Schublade.

»Hey, die kannst du zulassen«, protestierte Danica.

»Von wegen.« Kaylie wühlte in Danicas Unterwäsche und zog die durchsichtigsten und zugleich unbequemsten Stücke heraus.

Danica schaute kopfschüttelnd zu.

»Nie lässt du dir mal helfen.«

»Das ändert sich gerade. Und vielleicht ist Veränderung ja gut.«

Kaylie drehte sich zu ihr um. »Ja, vielleicht.« Sie setzte sich neben Danica. Zusammen schauten sie in den Spiegel über der

Kommode. »Warum mache ich das?«

Danica legte den Kopf schief. »Weil du Klamotten liebst und ich eine schwierige Beziehung zu ihnen habe?«

»Davon rede ich nicht. Ich rede von den Kerlen. Chaz ist wirklich nett. Er ist richtig lieb zu mir und er ist heiß. Weshalb will ich dann trotzdem andere Typen abschleppen?«

Danica wollte diese Frage nicht für Kaylie beantworten.

»Jetzt komm. Du bist Therapeutin. Kannst du mir nicht helfen?«, bat Kaylie.

Sie schauten einander im Spiegel in die Augen. Danica lehnte den Kopf an Kaylies Schläfe. »Du willst meine Hilfe gar nicht, Kaylie.«

»Vielleicht hast du recht«, antwortete Kaylie. »Aber ich kann mir vorstellen, was du denkst. Du findest das, was ich tue, falsch.«

»Ich maße mir kein Urteil an. Dafür habe ich dich viel zu lieb«, antwortete Danica.

»Wenigstens du.« Kaylie sprang auf und begann, Outfits zusammenzustellen.

Danicas Herz zog sich schmerzhaft zusammen. Jeder schleppte irgendwelchen Ballast mit sich herum. Manche trugen leichter daran, andere schwerer.

Siebzehn

Blake saß vor dem Bestattungsinstitut in seinem Wagen. Draußen gefror der Nieselregen im dichten Nebel zu kleinen Nadeln. Mit eingezogenen Köpfen, die Schirme wie schützende Schilde vor dem Körper, fanden sich die Trauergäste vor dem flachen Backsteinbau ein. Kein Schild würde Blake in den nächsten Stunden vor den Stichen in sein Herz schützen. Die Einsamkeit legte sich wie ein Mantel über seinen Schultern. Er würde der Einzige sein, der das Gebäude allein betreten musste. Bislang hatte ihn so etwas nie gekümmert. Normalerweise betrat er einen Raum mit Stolz und Selbstbewusstsein, wohl wissend, dass er mit seinem Aussehen bewundernde Blicke auf sich ziehen würde. Aber im Augenblick wäre er am liebsten unsichtbar gewesen.

Sein Handy klingelte. Er starrte auf die Nummer auf dem Display. *Danica Snow.* »Hallo?« Seine Stimme klang belegt.

»Blake?«

»Ja. Hi, Danica … ähm … Dr. Snow?« Warum stellte er sich so idiotisch an? Wie redete man seine Therapeutin an?

»Danica. Ich habe gerade meinen Terminplan für nächste Woche vor mir. Du bist zwar für Montag eingetragen, hast den Termin aber noch nicht bestätigt. Bevor ich ihn anderweitig vergebe, wollte ich fragen, ob du kommen möchtest.« Ihr professioneller Ton ließ keinerlei Interpretationsspielraum, was den Grund ihres Anrufs betraf.

»Ja, bitte.«

»Okay. Soll ich den Montagstermin grundsätzlich für dich reservieren? Dieselbe Uhrzeit?«

Blake hatte das Gefühl, ihr mit seiner Nachlässigkeit Umstände bereitet zu haben. Die Trauer lähmte ihn. Dennoch raffte er sich zu einer Entschuldigung auf.

»Kein Problem. Deshalb rufe ich ja an. Wir können den Montagstermin für die kommenden Wochen festmachen, oder du sagst mir bis jeweils am Mittwoch der Vorwoche, ob du kommen willst oder nicht.«

Blake seufzte. Er hatte es beinahe vermasselt. Er musste verlässlicher werden. »Entschuldige bitte, Danica. Ja, lass uns den Montagstermin festmachen. Hast du gerade ein bisschen Zeit?«

Einen Moment lang blieb es still in der Leitung. »Ich würde gern mit dir reden. Nicht privat, oder so«, setzte Blake hastig hinzu. »Ich sitze vor dem Bestattungsinstitut im Wagen. In zehn Minuten beginnt die Trauerfeier für Dave und ich weiß einfach nicht, wie ... was ich tun soll. Ich bin total aufgeschmissen.«

»Zehn Minuten? Das kriege ich hin. Ich schreibe die Zeit einfach mit auf deine nächste Rechnung.«

Wieder ein Hinweis, dass ihre Beziehung rein geschäftlich war. »Danke.« Blake fühlte sich nicht mehr ganz so allein.

»Hast du Unterstützung?«, fragte Danica. »Jemanden, der mit dir reingeht?«

»Nein. Niemanden.«

»Okay. Was du jetzt tust, tust du weniger für dich als vielmehr für deinen Freund Dave. Du möchtest Abschied nehmen, aber im Augenblick geht es vor allem darum, den Angehörigen deine Anteilnahme zu zeigen.«

»Wirklich? So habe ich das bisher nicht gesehen.«

»Das geht vielen Leuten so. Sie sind mit ihrer eigenen Trauer und ihrer Beklommenheit beschäftigt. Dabei sollten sie vor allem an die Hinterbliebenen denken.«

Blake stellte sich Danica hinter ihrem Schreibtisch vor. Mit gezücktem Stift und Augen voller Mitgefühl.

»Sally und Rusty wird es guttun, dich zu sehen. Du warst Daves Geschäftspartner und sein Freund, selbst wenn du eure Freundschaft inzwischen mit anderen Augen siehst. Aber die beiden brauchen dich jetzt. Du musst Dave die letzte Ehre erweisen und zeigen, dass du ihn nicht vergessen wirst.«

Blake sah ein junges Paar zum Eingang streben. Der Mann hatte den Arm um die Schultern der Frau gelegt und sie eng an sich gezogen. Er hielt den Schirm über sie. Blake überlegte, ob den beiden genauso flau war wie ihm. »Ja, in Ordnung. Aber was tue ich, was sage ich? Ich weiß nicht, wie man sich bei so einer Feier benimmt. In einer Bar wäre ich mehr zu Hause.« Er brachte ein kleines Lachen zustande.

Danica blieb sachlich. »Du kannst das, Blake. Du kannst viel mehr als bloß in Bars rumhängen. Schau in den Spiegel und sag mir, was du siehst. Jetzt. Los, komm.«

Blake drehte den Rückspiegel so, dass er sein Gesicht sehen konnte. Sich selbst beschreiben zu sollen, machte ihn verlegen. Wer schaute aus dem Spiegel zurück? Ein gut aussehender Mann? Ein trauernder Freund? Was sollte er sagen?

»Blake? Nicht lange überlegen. Sag einfach das Erste, was dir in den Kopf kommt. Was siehst du?«

»Es geht nicht. Ich weiß nicht, was ich sehe. Einen Typen. Einen ratlosen, heruntergekommenen Typen.« Er drehte den

Spiegel weg.

Danica seufzte. »Das habe ich mir gedacht. Ich weiß, du hast den Spiegel gerade weggedreht. Dreh ihn wieder zu dir und schau noch einmal rein.« Sie wartete.

Was soll das? Er drehte den Spiegel zu sich.

»Ich wette, wenn du genau hinsiehst, siehst du den coolen Kumpel, den auch Dave gesehen hat. Den selbstbewussten, unternehmungslustigen, erstklassigen Skifahrer. Den Geschäftsmann und Freund. Das alles steckt in dir drin. Siehst du es?«

Blake spürte, wie sich ein Lächeln auf sein Gesicht stehlen wollte. »Vielleicht.« Das klang bissig. Er räusperte sich und sagte: »Okay, ja. Ich sehe es.«

»Gut. Und jetzt weg mit allen Vorstellungen, von einem heruntergekommenen Typen. Der hat bei einer Trauerfeier nichts verloren. Ratlos ist in Ordnung. Such den Kerl, den Dave gemocht hat, und nimm ihn mit rein. Setz dich irgendwo in die Mitte, nicht zu weit nach vorn, nicht ganz nach hinten. Zu weit vorn wäre anmaßend. Ganz hinten sitzen Leute, die sich verstecken wollen.«

»Verstecken? Ich wäre am liebsten unsichtbar.«

»Das geht jetzt nicht. Dave war dir wichtig und du warst ihm wichtig. Setz dich in eine Bank, hör gut zu und lass die Worte auf dich wirken. Ehre das Andenken deines Freundes durch deine Aufmerksamkeit und deine Gefühle. Weinen ist in Ordnung. Lachen ist in Ordnung. Jede Art von Gefühlen ist gut. Nur das ist wichtig. Es geht um Dave und seine Familie. Nicht darum, wie du da drin aussiehst. Okay?«

In ihrem letzten Wort schwang so viel Mitgefühl, dass Blakes Magen sich zusammenzog.

»Okay. Ich versuch's.«

»Du schaffst das. Wir sehen uns am Montag.«

Dave beendete das Gespräch mit einem Tastendruck und suchte im Spiegel noch einmal nach der Person, von der Danica behauptete, sie sei da. *Tu es für Sally und Rusty.* Er stieg aus dem Wagen und ging in das Gebäude. Dort steuerte auf eine der mittleren Sitzreihen zu und setzte sich neben eine erschreckend dünne, grauhaarige Frau mit fast durchsichtiger Haut. Sie lächelte ihn an. Ihre trüben graugrünen Augen schwammen in Tränen.

Blake nickte ihr zu. Ihm fiel auf, dass der Platz auf ihrer anderen Seite leer war. Anscheinend war auch sie allein hier. Zunächst tröstete ihn das. Doch dann schämte er sich ein wenig, dass er sich mit der Einsamkeit eines anderen Menschen über seine eigene hinwegtrösten wollte. Seine Unsicherheit wuchs. Er straffte die Schultern. *Sally und Rusty.*

Die Trauerfeier dauerte eine Dreiviertelstunde. Sie beschwor jede Menge Erinnerungen an Dave herauf. Einige Familienmitglieder hielten kurze Reden und die Frau neben Blake weinte die ganze Zeit. Blake gab sich Mühe, den Rednern aufmerksam zuzuhören. Doch immer wieder drifteten seine Gedanken zu seinem letzten gemeinsamen Abend mit Dave auf der Skipiste. Er hätte merken sollen, wie aufgewühlt sein Freund war. Er hätte ihn aufhalten und darauf bestehen sollen, dass sie zusammenblieben. Aber er war zu sehr mit sich selbst beschäftigt gewesen, und jetzt hatte er seinen Freund verloren. *Du bist nicht wichtig. Sally und Rusty haben ihn verloren.*

Am Ende der Zeremonie reichte Blake der Frau neben ihm die Hand und half ihr auf.

»Danke«, sagte sie mit zittriger Stimme. »Schrecklich, solche

Anlässe«, sagte sie. »In meinem Alter häufen sie sich leider.«

»Haben Sie Dave gut gekannt?«, fragte Blake.

»Eigentlich nicht. Ich habe ihn nur einmal die Woche kommen und gehen sehen. Er war eng mit meiner Nachbarin befreundet. Deshalb wollte ich meine Anteilnahme zeigen.« Sie machten sich auf den Weg zur Tür.

»Ist Ihre Nachbarin hier?«, fragte Blake.

»Ja, sie hat ganz hinten gesessen.« Sie deutete mit dem Kinn auf eine zierliche blonde Frau. »Die Ärmste. Daves Tod nimmt sie sehr mit. Ich frage mich, wie sie klarkommen wird.«

Blake hatte die Frau noch nie gesehen, aber das war nicht weiter verwunderlich. Außer ein paar anderen Skifreaks kannte er niemanden aus Daves Freundeskreis. Zudem hatte Dave immer behauptet, er würde den größten Teil seiner Freizeit mit seiner Familie verbringen. Aber hätte die Frau als Freundin der Familie nicht näher bei Sally gesessen? Blake sah, wie sie in einen dicken Mantel schlüpfte und allein aus dem Gebäude eilte.

Im Anschluss an die Trauerfeier wurde Daves Urne in die Erde gesenkt. Blake war froh, dass er sich an seinem Schirm festhalten konnte. Er wünschte, Sally hätte mit der Beisetzung bis zum Frühjahr gewartet. Aber sie hatte Dave unbedingt sofort begraben wollen. Blake verstand ihren Wunsch, den Abschied nicht aufzuschieben. Aber ihm war scheußlich zumute.

Hinterher ging er zu Sally und umarmte sie. »Es tut mir so leid.« Er fragte sich, ob Sally ihm die Schuld für den Unfall gab, traute sich aber nicht, sie darauf anzusprechen. Wenn er ehrlich war, wollte er die Antwort gar nicht hören.

Sally nickte. Sie konnte nicht sprechen. Sie hielt sich einfach nur an ihm fest und weinte. Blake hielt sie in den Armen, Rusty beobachtete ihn aus den Augenwinkeln. Sicher hatte der Junge

Angst, Blake würde Sally erzählen, dass er das Training schwänzte. Aber sogar Blake wusste, dass dies weder der passende Ort noch der passende Zeitpunkt für solche Diskussionen war. Er zwinkerte Rusty zu und sah ihn erleichtert nicken.

Sally machte sich los und wischte sich über die Augen.

»Dave wäre froh, dass du hier bist«, murmelte sie.

Blake fiel auf, dass sie nicht sagte, *ich* bin froh. *Hier geht es nicht um dich. Hier geht es um Daves Familie.* »Er war ein guter Mann, Sally. Ich wünschte, ich hätte ihn davon abhalten können …«

Sally schüttelte den Kopf. Neue Tränen rannen ihr über die Wangen. »Nein, Blake. Du hättest ihn nicht aufhalten können. Wahrscheinlich musste es irgendwann so kommen.«

»Wie meinst du …«

Sie beugte sich so nahe zu ihm, dass Rusty sie nicht hören konnte. »Dave und ich hatten Probleme.« Sie schaute ihm in die Augen und Blake fragte sich, ob sie ihm seine Ungläubigkeit ansah. »Wir müssen reden«, fügte sie hinzu.

Blake fehlten die Worte. Sally presste die Lippen zusammen, als wollte sie ein lautes Schluchzen unterdrücken. Ihre Brust hob sich krampfhaft. Blake drehte sich zu Rusty um. Der Junge war ein Stück weggegangen, mit hängendem Kopf schaute er zum Parkplatz. *Was war los mit dir, Dave?*

»Ich hatte keine Ahnung …«, fing Blake an.

Sally schüttelte den Kopf. »Nicht jetzt. Am Sonntag? Rusty geht nachmittags zu einem Freund. Kannst du gegen eins bei mir sein?«

Blake hatte das Gefühl, auf einem Gipfelgrat zu stehen. Ein falscher Schritt und er würde in den Abgrund stürzen. *Hier geht es um Sally und Rusty, nicht um mich.* »Ja, sicher. Klar.«

Achtzehn

Am Sonntagmorgen öffnete Michelle mit Tränen in den Augen und geröteter Nase die Tür. Danicas Therapeutinneninstinkt erwachte. »Was ist passiert?« Sie trat in die Diele.

»Meine Oma ist krank.« Michelle schniefte.

»Wie krank? Ist sie hier?« Danica warf einen Blick in die Küche.

»Sie ist im Schlafzimmer.« Michelle brachte Danica ins Wohnzimmer. Dort setzte sie sich aufs Sofa. Über einem kleinen offenen Kamin hingen Familienfotos. Der ehemals goldfarbene Teppich war abgewetzt und hatte eine schmuddelige Senffarbe angenommen. Auf dem Klavier an der Wand standen Fotos von Michelle in jedem Alter und einige ältere von ihrer Mutter.

»Wie schlimm ist es, Michelle? Soll ich sie ins Krankenhaus bringen?« Danica wartete auf eine Erklärung. Michelle rieb sich schniefend die Augen.

Sie schüttelte den Kopf. »Sie hat kein Fieber oder so. Sie ist bloß müde und sie hat Halsschmerzen.«

Danica atmete erleichtert auf. »Gott sei Dank. Du hast mich ganz schön erschreckt. Aber warum weinst du? Hast du noch etwas anderes auf dem Herzen?« Sie musterte Michelle eingehend. Das Kinn des Mädchens zitterte. »Michelle, was ist? Bitte sag es mir.«

»Es …« Sie wischte sich die Augen ab. »Es ist albern, ich weiß. Aber ich muss immer denken … Was ist, wenn meine Oma stirbt? Wer kümmert sich dann um mich?«

Daran hatte auch Danica schon hin und wieder gedacht. Andere Angehörige hatte Michelle nicht. Vermutlich würde sie in einem solchen Fall bis zu ihrem achtzehnten Geburtstag in einer Pflegefamilie leben. Es sei denn, ihre Mutter schaffte es, ihr Leben in den Griff zu bekommen.

»So darfst du nicht denken. Deine Großmutter ist nicht sehr alt und eine Erkältung ist keine schlimme Sache.«

Michelle schnappte sich ein Papiertaschentuch und putzte sich die Nase. »Ich wusste, dass du mich nicht verstehst.« Sie stand auf und ging ins Esszimmer.

Danica folgte ihr. »Michelle, Süße. Ich verstehe, dass du dir Sorgen machst. Aber deine Großmutter ist sicher bald wieder auf den Beinen. Es gibt keinen Grund, gleich vom Schlimmsten auszugehen.«

Michelle funkelte sie trotzig an. »Woher willst du das wissen? Es kann alles Mögliche passieren.«

»Das stimmt. Komm, lass uns reden. Deine Mom ist schließlich auch noch da. Sie könnte …«

»Meine Mutter? Ach ja? Weißt du eigentlich, von wem du da redest? Sie hat schon den zweiten Entzug hinter sich. Aber sie packt das nicht. Sie bleibt nur so lange nüchtern, bis sie den nächsten widerlichen Säufer gefunden hat, mit dem sie sich zusammentun kann, und dann ist die nächste Katastrophe vorprogrammiert.« Michelle sank auf einen Stuhl. »Mein Leben ist so kaputt.«

»Michelle, deine Mom ist nicht mehr in der Klinik, und du

wolltest nicht mehr bei ihr wohnen. Sie hatte zwei Jobs, um euch über die Runden zu bringen. Freiwillig hat sie dich sicher nicht allein gelassen, sie musste Geld verdienen. Allein ein Kind großzuziehen, ist keine leichte Aufgabe.«

»Du nimmst sie in Schutz«, blaffte Michelle.

»Nein, tue ich nicht. Ich sage nur, sie tut, was sie kann, und vielleicht solltest du ihr eine Chance geben. Wann hast du sie zum letzten Mal gesehen?« Michelle hatte schon ewig nichts mehr von einem Besuch bei ihrer Mutter erzählt.

»Ich gehe sie nicht besuchen. Ich bin noch nicht mal fünfzehn! In meinem Alter darf man noch Quatsch machen, aber sie müsste es besser wissen.« Michelle sprang auf, verschränkte die Arme und schluchzte wutschnaubend auf.

Danica warf die Hände in die Luft. »Was fällt dieser Frau eigentlich ein?« Sie sah, wie Michelle die Augen aufriss. »Wie kann sie es wagen, dir solche Probleme zu bereiten? Ist sie noch ganz bei Trost? Für wen hält diese Person sich eigentlich?« Sie verschränkte die Arme, Michelle ließ ihre fallen.

»Was soll das?«, fragte Michelle kopfschüttelnd.

»Ich bin stinksauer. Sie hat dich in diese grässliche Situation gebracht. Von wegen Krankheit, von wegen Sucht, die sie nicht kontrollieren kann. Werd' endlich erwachsen, Mom!«

»Das sagst du jetzt nicht im Ernst.«

Der Zorn in Michelles Stimme bröckelte, Danica machte weiter. »Todernst. Die Sucht ist doch bloß eine Krücke. Zur Hölle damit. Sie soll sich verdammt noch mal zusammenreißen und sich ihrer Verantwortung stellen. Deine arme Großmutter liegt krank im Bett. Sie macht sich Sorgen um dich und um ihre Tochter. Und was tut deine Mutter? Taumelt von einem Entzug zum nächsten. Wer die Klinikaufenthalte wohl bezahlt?« Danica zeigte auf Nolas Schlafzimmertür. »Deine Mom hängt doch bloß rum und genießt sicher jede Minute ihres gottverdammten Lotterlebens.«

»Sie kann nicht dagegen an. Sie ist süchtig.«

Innerlich freute Danica sich, dass Michelle ihre Mutter verteidigte. Ihre Strategie schien aufzugehen. »Doch, kann sie«, beharrte sie. »Sie kann aufhören zu trinken, und wenn sie nüchtern ist, kann sie weniger arbeiten, damit sie mehr Zeit für dich hat.«

»Du weißt ja nicht, wovon du redest. Du bist Therapeutin. Du solltest wissen, dass man nicht mit Absicht süchtig ist«, zischte Michelle.

Gut. Lass es raus. »Aber letztens hast du doch selbst gesagt, dass sie sich entschieden hat zu trinken und dass sie sich eben anders hätte entscheiden müssen. Erinnerst du dich? Was ist, wenn Nola stirbt?« Danica verdrehte die Augen, als wäre sie fassungslos vor Empörung.

»Ich war sauer. Sie kann nichts dafür. Und meine Oma wird nicht sterben. Du sollst mich unterstützen, nicht mir Angst machen.« Michelle stapfte zurück ins Wohnzimmer.

Danica blieb wie ein bockiger Teenager mit verschränkten Armen im Esszimmer stehen. Michelle drehte sich langsam zu ihr um. Ein Lächeln zuckte um ihre Mundwinkel.

»Ich weiß, was du machst.« Sie zeigte auf Danica. »Du tust, als wärest du ich.«

Danica zuckte die Achseln und lächelte. »Ärgert dich das?«

»Ja!« Michelle ließ sich auf die Couch plumpsen.

Danica setzte sich zu ihr, legte ihr den Arm um die Schultern und zog sie an sich. »Unsere Eltern können wir uns nicht aussuchen und es ist wirklich nicht leicht für dich. Nola ist für dich da, aber vielleicht sollten wir deine Mom trotzdem mal besuchen.«

»Will ich aber nicht«, beharrte Michelle.

»Okay, aber denk daran: Du bist nicht allein. Deine Mom gibt sich Mühe. Vielleicht fasst sie gerade wieder Fuß. Aber das findest du nur raus, wenn du ihr eine Chance gibst.«

Michelle sank schweigend tiefer in die Polster. Sie lehnte sich an Danica und zu Danicas Verwunderung streifte sie auch ihren Arm nicht ab. Danica genoss diesen Augenblick der Nähe. Sie wusste noch gut, wie geborgen sie sich immer gefühlt hatte, wenn sie mit ihrer eigenen Mutter so dagesessen hatte. Sie war nicht Michelles Mutter, aber sie war froh, dass sie für sie da sein konnte.

Als Michelle sich beruhigt hatte, ging Danica zu Nola. Nola lag in ihren Kleidern auf dem Bett, hatte ihre Beine zugedeckt, sich ein Kopfkissen hinter den Rücken gesteckt und las in einem Buch.

»Wie geht es dir?«, fragte Danica.

»Nicht besonders. Ich habe eine üble Erkältung und bin ziemlich schlapp. Aber ich fühle mich eher müde als krank. Ich habe euch gehört und es zerreißt mir fast das Herz. Michelle leidet schrecklich unter der Situation.«

Danica drückte die Tür ein Stück weiter zu. »Wie geht es ihrer Mom?«

»Schwer zu sagen. Im Moment scheint sie auf dem richtigen Weg zu sein. Aber man weiß nie.«

»Hast du mit ihr gesprochen?« Danica betrachtete die Häkeldeckchen auf der Kommode und die dicke Strickjacke auf dem Schaukelstuhl in der Ecke. Besaß denn jede Großmutter einen Schaukelstuhl? Das ordentlich aufgeräumte Schlafzimmer erinnerte Danica an ihre eigene Großmutter und daran, wie sehr sie ihr fehlte.

»Selbstverständlich. Was glaubst du, was ich mache, wenn

du mit Michelle unterwegs bist?« Nola legte ihr Buch beiseite und klopfte auf die dünne, geblümte Bettdecke.

Danica setzte sich zu ihr.

»Mich wundert das alles nicht. Mein Mann war ein Trinker. Zweiundfünfzig Jahre lang, bis es ihn umgebracht hat. Furchtbar, dass Nancy jetzt genau das tut, was er auch getan hat.«

»Sie macht das nicht mit Ab…«

»Ich weiß. Ich kenne die Erklärungen. Es kann sogar an den Genen liegen. Trotzdem verstehe ich es nicht und trotzdem finde ich es schrecklich.« Nolas Blick ging in die Ferne. »Nancy ist ein guter Mensch. Sie war ein liebes Mädchen. Mit dem Trinken hat sie erst nach Michelles Geburt angefangen. Vielleicht war es einfach zu viel für sie. Ihr Kind allein aufzuziehen, meine ich. Ich hätte mehr für sie da sein müssen.« Nola setzte sich auf und legte ihre Hand auf Danicas Schenkel.

»Michelle hat mir mal erzählt, dass du damals zwei Stunden von ihnen entfernt gewohnt hast.«

»Ja, aber eine Mutter wird ihre Schuldgefühle nicht so leicht los. Ich möchte Michelle helfen. Sie ist ein gutes Kind, aber ich habe Angst, sie könnte anfangen zu trinken wie ihre Mutter.« Nola nahm das Wasserglas vom Nachttisch und nippte daran.

»Ich mache mir auch Sorgen um sie. Sie leidet sehr unter ihrer Situation. Aber ich glaube, wenn wir ihr klarmachen können, dass sie gefährdet ist, dass Alkoholismus sich oft innerhalb der Familie fortsetzt … Sie ist ein kluges Mädchen. Sie wird auf sich achten.« Danica hoffte es von Herzen.

»Oder auch nicht.« Nola zuckte mit den Schultern. »Wenn ich eins im Leben gelernt habe, dann das: Wir können Ratschläge geben, hoffen und beten. Aber letztendlich entscheidet jeder für sich selbst, was er tut.«

»Wäre es in Ordnung, wenn ich Nancy mal besuche?« Danica wusste noch nicht, ob sie das wirklich wollte. Aber sie dachte seit einiger Zeit darüber nach. Vielleicht war es hilfreich, wenn sie mit Nancy sprach.

»Natürlich. Nancy ist sehr dankbar, dass du dich um Michelle kümmerst. Sie hofft wirklich auf einen Neuanfang. Aber aus dem Teufelskreis auszubrechen, ist nicht leicht. Michelle wird älter und hat den Respekt vor ihrer Mutter verloren. Das zieht Nancy natürlich runter und macht alles noch schwerer für sie.« Nola seufzte. »Hast du einen guten Rat für eine alte Frau?«

Danica schüttelte den Kopf. »Ich weiß nicht. Hab sie lieb, sprich mit ihr. Hilf ihr, ihren Weg zu finden.« Auf dem Nachttisch stand ein Foto von Nola, ihrem Mann und Nancy als kleinem Mädchen. »Oder noch besser: Hab sie beide lieb, sprich mit beiden und hilf ihnen, ihren Weg zu finden. Jeder von uns braucht die Unterstützung seiner Lieben.« Bei den letzten Worten dachte sie nicht an Nancy. Sie dachte an Kaylie.

<h1 style="text-align:center">Neunzehn</h1>

Nervös wippte Blake unter Sallys Küchentisch mit den Füßen. Blumenduft hing schwer im Raum. Auf jeder verfügbaren Fläche in der Küche standen frische Sträuße.

Sally stellte Blake eine Tasse Kaffee hin und setzte sich ihm gegenüber. Sie legte die Hände um ihre Tasse und schaute in das dunkle Getränk. »Danke fürs Kommen.«

»Kein Problem. Sag mir einfach, wenn du mich brauchst. Ich komme gern. Aber bevor du mir erzählst, was du auf dem Herzen hast, muss ich mit dir über Rusty sprechen.« Die halbe Nacht hatte er darüber nachgegrübelt, wie er Sally beibringen sollte, dass Rusty das Basketballtraining schwänzte. Aber das Einzige, was jetzt half, war schonungslose Offenheit. Sally musste erfahren, was los war.

Sie hob den Kopf. »Egal, was es ist, ich glaube, ich weiß es schon.« Sie schaute wieder in ihre dampfende Tasse.

»Sally, als ich Rusty zum Basketball gefahren habe ist er … na ja, er ist nicht zum Training gegangen. Ich hätte es dir längst sagen müssen. Aber bei allem, was du gerade durchmachst …«

»Das weiß ich«, sagte sie müde.

»Du weißt Bescheid?«

Mit Tränen in den Augen schaute sie ihn an. »Auch darüber

wollte ich mit dir reden. Du hast sicher von unseren Problemen gehört? Von Daves und meinen?«

Mist. Bei Beziehungskrisen war Blake der falsche Ansprechpartner. »Nein. Ich hatte keine Ahnung. Für mich wart ihr beide das glücklichste Paar weit und breit. Dave hat ständig von euren Familien-DVD-Abenden und von Rustys Basketballtraining gesprochen. Verdammt, ihn mal von euch wegzulotsen, war schwerer, als den Mount Everest zu erklimmen.«

Eine Träne glitt über Sallys Wange. »Familien-DVD-Abende? So was haben wir genau einmal gemacht. Und unsere Sonntagabenddates? Schon nach dem ersten war damit Schluss. Dave war alles andere als glücklich, Blake.« Sally ließ den Kopf wieder sinken. »Wow. Ich dachte, das weißt du.«

»Nein«, sagte Blake nachdenklich. »Aber warum erzählst du mir das alles?«

»Wegen Rusty. Vor zwei Monaten hat sein Trainer mich angerufen und mir gesagt, Rusty käme nicht mehr zum Training.« Sie schluckte. »Etwa um dieselbe Zeit ist mir klargeworden, dass Dave eine Affäre hat.« Sie wischte sich eine Träne ab. »Vorher hatte ich bloß ein vages Gefühl, dass irgendetwas nicht stimmt.«

»Ich will das gar nicht glauben, Sally. Dave hat mich immer kritisiert, weil ich mit so vielen Frauen ... Weil ich ständig Dates hatte.« *Wirklich? Hat er mich nicht eher angestachelt?* Blake war sich nicht sicher. »Du und Rusty, ihr wart alles für ihn. Mir hat er erzählt, er sei jede Woche mit beim Training.« Blake fuhr sich durchs Haar und seufzte. »Ich verstehe das nicht. Das kann doch alles nicht wahr sein.«

»Ist es aber. Dave hat seine Spuren gut verwischt. In den ersten Wochen hat er behauptet, er müsste länger arbeiten und würde anschließend noch mit dir zum Skilaufen gehen.«

»Mit mir? Wir beide waren schon eine halbe Ewigkeit nicht mehr zusammen auf der Piste. An dem Abend, an dem … der Unfall passiert ist, waren wir zum ersten Mal seit Monaten wieder miteinander unterwegs.« Blake nahm einen Schluck Kaffee. Dann legte er das Gesicht in die Hände. Was war mit Dave losgewesen? Warum hatte sein Freund ihn so leicht hinters Licht führen können? Blake hob den Kopf. In ihm brodelte eine Mischung aus Wut und Trauer. Danicas Worte fielen ihm wieder ein. *Hier geht es nicht um dich. Es geht um Sally und Rusty.* Auch Kaylies Rat, Mitgefühl zu zeigen, schoss ihm durch den Kopf. »Dass ihr Probleme hattet, tut mir leid«, sagte er aus tiefstem Herzen. »Aber mir ist noch immer nicht klar, warum du mir das erzählst. Dave ist nicht mehr da, ich kann nichts mehr tun.«

Sally stützte die Ellbogen auf den Tisch und kreuzte die Arme vor der Brust. Sie öffnete den Mund und schloss ihn wieder, als könnte sie die richtigen Worte nicht finden. Blake hätte sie gerne in den Arm genommen und ihr gesagt, alles würde wieder gut. Aber mit schönen Worten war Sally nicht geholfen.

»Mir ist das alles furchtbar peinlich. Ich fühle mich so verletzt und gedemütigt. Nicht mal meiner Familie habe ich etwas gesagt. Wie hätte ich denn dagestanden?« Tränen strömten ihr übers Gesicht. »Rusty ist völlig fertig, und ich weiß einfach nicht, wie es weitergehen soll.«

Dass Dave eine Affäre gehabt haben sollte, wollte Blake partout nicht in den Kopf. »Weiß Rusty Bescheid?« *Das würde seine Kommentare erklären.*

»Ich glaube nicht. Wenigstens hat er nichts gesagt. Aber er ist ein Teenager und verhält sich auch so. Außerdem hat er ziemlich viel mit sich selbst zu tun. Als er an dem Abend, an dem du ihn gefahren hast, nach Hause gekommen ist, kam er mir zum ersten Mal seit Langem ziemlich normal vor. Sonst ist er meistens wütend und verstockt. Aber was immer zwischen euch beiden vorgefallen ist, scheint ihm geholfen zu haben.«

»Dabei habe ich ihn doch erwischt. Von Erziehung habe ich keine Ahnung und eigentlich war ich ziemlich ratlos.« Blake dachte an den Abend mit Rusty zurück. Rusty war furchtbar mürrisch und wortkarg gewesen.

»Wegen des Trainings hätte ich dich warnen müssen.« Sally malte mit den Fingern Anführungszeichen um das Wort *Training* in die Luft. »Aber ich war fix und fertig und wollte nur, dass er endlich mal wieder vor die Tür geht. Von dem Anruf seines Trainers weiß er nichts, und ich habe es einfach nicht mehr ausgehalten, dass er fluchend hier rumpoltert.« Ihre Stimme wurde lauter. »Das war egoistisch von mir. Ich muss mich bei dir entschuldigen. Aber ich habe dringend eine Pause gebraucht.« Sallys Körper schien in sich zusammenzufallen. Sie schlug die Hände vors Gesicht und fing an zu schluchzen. Ihre Schultern zitterten. Sie sah aus wie ein kleines Kind, das sich vor den Problemen der großen, bösen Welt verstecken wollte. Und ihre Probleme waren riesig.

»Hey, hey«, sagte Blake beschwichtigend. »Ich habe Rusty gern gefahren. Ihn zu … zu seinen Freunden oder sonst wohin zu bringen, macht mir nichts aus. Und das war nicht egoistisch. Ehrlich, mach dir keine Gedanken.« Er musste dringend mit Danica reden. Sie würde einen Rat wissen.

»Es ist bloß …« Sallys Stimme wurde immer dünner. »Rusty braucht einen Mann, der sich ein bisschen um ihn kümmert. Ich spreche nicht von einem Freund für mich oder von einem Vaterersatz. Es soll einfach jemand sein, der weiß, wie ein Junge tickt. Das ist ziemlich viel verlangt, das ist mir klar. Aber ich habe keine Ahnung, wen ich sonst fragen könnte. Ach, vergiss es einfach. Ich hätte gar nicht davon anfangen sollen.«

Blake war so schockiert, dass ihm schlicht die Worte fehlten.

»Sie war auch da. Die Frau, mit der er eine Affäre hatte. Sie hat bei der Trauerfeier in der letzten Reihe gesessen«, sagte Sally.

Blake dachte an die zierliche Frau im Andachtsraum des Bestattungsinstituts und zählte eins und eins zusammen.

»Am liebsten hätte ich sie angeschrien, was ihr eigentlich einfällt, dort aufzutauchen. Aber sie war ganz allein und sie hat geweint. Dave hat sie genauso an der Nase herumgeführt wie mich.« Sie wischte sich die Augen ab.

»Sally«, begann Blake, wusste aber nicht weiter. Dave hatte seine Frau betrogen, aber er war sein Freund und Geschäftspartner gewesen. Was sagten Freunde und Geschäftspartner in einem solchen Moment?

»Hör zu, ganz gleich, was passiert ist, und ob du es glaubst oder nicht, ich liebe diesen Mann immer noch. Und die Frau? Wie soll ich ihr einen Vorwurf machen? Vielleicht hat sie nicht gewusst, dass er verheiratet ist. Oder vielleicht doch. Vielleicht hat sie sich aus denselben Gründen in ihn verliebt wie ich. Aber es ist beschissen und einfach zum Heulen.«

»Ich komme mir vor wie ein Vollidiot. Ich hätte doch etwas merken müssen.«

»Nein, hättest du nicht. Dave hat alles getan, damit niemand etwas mitbekommt. Aber das ist jetzt nicht mehr wichtig. Dave ist nicht mehr da, und Rusty fehlt ein Mann, der sich mit ihm beschäftigt.«

»Hast du schon mal daran gedacht, ihn eine Therapie machen zu lassen? Ich weiß nämlich wirklich nicht, wie ich

Rusty helfen kann.«

»Du bist ein Mann«, sagte Sally leichthin. »Und irgendwann warst du auch mal ein Teenager. Außerdem würde er sowieso nicht zu einem Therapeuten gehen. Das habe ich ihm schon vorgeschlagen, aber da macht er nicht mit.«

»Ich weiß nicht, wie gut du mich kennst, Sally.« Blake stand auf und tigerte durch die Küche. Sally blieb sitzen, wischte sich die Tränen ab und atmete tief durch, als wollte sie sich wappnen.

Sie straffte die Schultern und räusperte sich.

»Vermutlich hat Dave dir manche Sachen nicht erzählt. Ich bin ein … man könnte sagen, ich bin ein Serien-Dater.«

»Du sammelst One-Night-Stands. Das weiß doch jeder.« Das klang beinahe gelangweilt.

»Ja, okay. So könnte man es ausdrücken.« Er zögerte. »Im Ernst? Weiß das jeder?«

»Du hast es nie verheimlicht. Seitdem ich dich kenne, hast du nie zweimal von derselben Frau gesprochen. Das sagt einiges. Trotzdem: Du sollst Rusty ja keine Dating-Tipps geben. Er braucht nur einen Mann, mit dem er hin und wieder reden kann.« Sie seufzte. »Aber mach dir keine Gedanken. Eigentlich darf ich das weder von dir noch von sonst jemandem verlangen.«

Blake dachte an Rusty. Würde er dem Jungen mehr schaden als nützen? Konnte er Sallys Bitte ablehnen? Was hätte Dave von ihm erwartet? *Verdammt noch mal, Dave.* Blake schaute Sally nachdenklich an. Sie litt furchtbar und er wollte nicht alles noch schlimmer machen. Sally war eine gebrochene Frau. Genauso wie die zierliche Blonde aus der letzten Reihe im Andachtsraum. Dave hatte beide auf dem Gewissen. Blake drehte Sally den Rücken zu. Auch er hatte jede Menge Frauen tief verletzt. *Warum hast du nicht angerufen? Du behandelst mich wie ein Stück Fleisch. Du hast mich benutzt.* Er kannte die Vorwürfe.

Er wandte sich wieder zu Sally um. »Wenn du damit klar kommst, was ich aus meinem Leben gemacht oder eben nicht gemacht habe, wenn du damit leben kannst, dass ich nie ein anständiger Kerl war, können wir es versuchen. Dann helfe ich dir mit Rusty, so gut ich kann. Ich werde alles tun, damit er nicht so wird wie ich.«

Zwanzig

Danica hatte die halbe Nacht darüber nachgedacht, weshalb Blake Kaylie einen Korb gegeben hatte. Er hatte auf die exquisiten Genüsse verzichtet, die ihre Schwester ihm sicher bereitet hätte. Sie ahnte, wie schwer ihm das gefallen sein musste, und war stolz auf ihn. Bei ihrer Schwester waren schon viel härtere Brocken butterweich geworden. Andererseits hatte er wieder in der Bar gesessen und mit der Versuchung geflirtet. Danica schob die Gedanken an Blake und Kaylie beiseite.

»Wie ist es dir bei der Trauerfeier ergangen?« Blake saß ihr in Jeans und einem dunklen Shirt gegenüber. Sie hatten erst ein paar kurze Sitzungen hinter sich und eine Verhaltensänderung konnte Jahre dauern. Der Weg dorthin war oft mit Rückschlägen gepflastert. Weshalb suchte sie dann bei Blake bereits nach Zeichen einer Veränderung? *Konzentrier dich, Danica.*

»Es ging, ich habe es geschafft. Das Gespräch mit dir hat mir geholfen. Danke noch mal. Aber seither ist so viel passiert, dass ich das Gefühl habe, Daves Beisetzung sei Jahre her. Es ist immer dasselbe: Wenn ich zu einer Sitzung herkomme und über etwas Bestimmtes reden will, landen wir bei einem ganz anderen Thema. Ständig liegen neue Probleme an.«

Ich würde auch gern irgendwo liegen. Mit dir. Herrje, Danica, reiß dich zusammen!

Sie dachte daran, wie erbost Kaylie am neulich abends durch ihre Tür gerauscht war. Gut, dass sie ihrer Schwester nicht gesagt hatte, dass Blake jetzt ihr Patient war. Aber langsam fragte sie sich, ob sie ihn überhaupt weiter behandeln konnte. Ihre Pfade hatten sich ein wenig zu sehr ineinander verschlungen. Was, wenn Kaylie ihn abgeschleppt hätte? Hätte sie dann weiter schweigen können? Hätte sie Blake sagen müssen, dass sie und Kaylie Schwestern waren? All diese Was-wäre-wenn-Fragen konnte sie im Moment nicht beantworten. Sie war nachts um drei aufgewacht und hatte vom Grübeln Magenschmerzen bekommen. Und jetzt, wo sie Blake gegen-übersaß, flatterte ihr Magen schon wieder. Zu den normalen Begleiterscheinungen einer Therapiesitzung gehörte das nicht.

Um wieder sicheren Boden unter die Füße zu bekommen, schaute sie ihm in die Augen und sagte: »Das passiert bei einer Therapie ziemlich oft. Aber worüber wir reden, bestimmst du.« *Konzentration.* »Wenn du möchtest, machen wir eine Liste von Themen, die du besprechen willst. Dann können wir Prioritäten setzen und sie nach und nach abarbeiten.«

»Okay.« Blake beugte sich vor und stützte die Ellbogen auf die Knie.

Ein Hauch seines würzig-herben Aftershaves stieg Danica in die Nase. Um ihre professionelle Distanz aufrechterhalten zu können, lehnte sie sich zurück.

»Soll ich alles aufschreiben, oder …?«

»Nein, leg einfach los. Ich mache mir Notizen.« *Und halte mich an meinem Stift fest.*

»Okay. Also, da wären meine Barbesuche, Dave und Rusty.« Er richtete sich auf und sah Danica an.

Lag außer Sorge noch etwas anderes in seinem Blick oder bildete sie sich das ein? Projizierte sie vielleicht ihr wachsendes Verlangen auf ihn? Sie musste sich wirklich zusammenreißen. Sie notierte sich die Themen. »In Ordnung. Ist das alles?« Danica fragte sich, ob nur sie spürte, wie heiß ihr war, oder ob ihre Wangen bereits rot leuchteten.

Blake grinste. »Genügt das nicht?«

Sie lächelte über seinen Scherz. »Oh doch. Das genügt. Also: Womit willst du anfangen?«

Sein Blick wanderte nachdenklich von ihrem Haar über ihr Gesicht und blieb an ihrem Muttermal hängen. *Hör auf. Bitte hör auf.* Er schaute ihr in die Augen. »Ich weiß jetzt, was an dir anders ist. Du ziehst dich nicht mehr so streng an. Nein, Moment, so wollte ich das nicht sagen.«

Ein Lächeln stahl sich auf ihre Lippen. Sie konnte es nicht verhindern. *Er hat es gemerkt. Wie alt bist du? Vierzehn? Nimm dich zusammen.* »Ach das.« Mit einer betont lässigen Geste deutete sie auf ihre Bluse und das Halstuch. »Hat meine Schwester mir zusammengestellt. Ich glaube, ich bin im Moment auch ein bisschen auf der Suche nach mir selbst.«

»Versteh mich bitte nicht falsch. Ich finde, du siehst in allem gut aus. Aber das blaue Tuch unterstreicht deine Augenfarbe.«

Danica schwankte zwischen Freude und Unbehagen. So durfte dieses Gespräch nicht weiterlaufen. Entschlossen knipste sie ihr Lächeln aus und nickte mit unbewegter Miene. Wenn sie seine Therapeutin bleiben wollte, musste sie eine rote Linie ziehen.

»Entschuldige bitte. Ich wollte nichts Unpassendes sagen.« Blake reagierte schnell.

»Schon in Ordnung. Sollen wir uns mit deiner Liste

beschäftigen?« Wieder suchte sie in seinen Augen nach dem rätselhaften Glühen, wurde aber enttäuscht. Sie hatte ihn in die Schranken gewiesen und das war das Ergebnis. *Verdammt.*

»Als Erstes brauche ich einen Rat wegen Rusty. Dann sollten wir uns über Dave unterhalten und dann, na ja, du weißt schon.« Er schaute an ihr vorbei.

»Okay. Rusty. Vor unserem letzten Gespräch hattest du ihn zum Training gefahren und er hat sich mit seinen Freunden verdrückt. Wenn ich mich recht erinnere, hat er einige ziemlich bittere Bemerkungen über seinen Vater gemacht.« Danica stellte dankbar fest, dass sie die Kontrolle zurückgewann. Rusty war ein gutes Thema. Damit konnte sie umgehen.

»Ja, stimmt. Und es kommt noch dicker. Sally hat mich gebeten, mich ab und zu mit Rusty zu treffen, am liebsten einmal die Woche. Ich glaube, sie braucht dringend hin und wieder eine Pause.«

»Und wie geht es dir damit? Fühlst du dich wie eine Art Babysitter oder meinst du, du kannst mehr sein?« Blake wirkte jetzt nicht mehr wie ein rastloser Tiger zwischen Flucht und Angriff. Er entspannte sich zusehends.

»Sally wünscht sich wohl vor allem einen Mann, mit dem Rusty sich mal austauschen kann. Aber … Ach, es ist schwer, darüber zu reden.« Er spannte die Finger um seine Schenkel.

Danica räusperte sich. Der rastlose Tiger war zurück. Der unverschämt gut aussehende rastlose Tiger. »Nur du allein entscheidest, wie viel du mir von dir zeigen willst.«

Weshalb hörte sich alles, was sie sagte, an wie ein Flirtversuch?

Blake stand auf und marschierte im Zimmer umher. Danica gewöhnte sich langsam an diese Eigenheit. Sie hoffte nur, dass nicht wieder ein Wutausbruch folgen würde.

»Sally hat mir ein paar Dinge über Dave erzählt, die mich völlig umhauen. Ich weiß, wir haben schon über meine Zweifel an meinen Qualitäten als Freund gesprochen, über meine Unzulänglichkeit ...« Er schaute Danica mit hochgezogenen Brauen an. »Dein Wort, nicht meins.« Er lächelte. »Als Freund bin ich wirklich eine ganz müde Nummer. Dave hatte eine Affäre und ich habe nichts davon geahnt.«

»Ach. Und Sally hat es gewusst?« *Die arme Frau.*

»Ja. Und dass Rusty sich vom Training abseilt, wusste sie auch. Nach Einzelheiten habe ich sie nicht gefragt. Manches will ich gar nicht so genau wissen. Aber dass Dave mich anlügt, hätte ich doch merken müssen, oder?«

»Nicht unbedingt. Ich habe ihn nicht gekannt, aber ich denke, er hat dich wissen lassen, was er dich wissen lassen wollte, und du hast ihn gesehen, wie du ihn sehen wolltest.«

»Das ist zu einfach. Du bist zu nachsichtig mit mir.« Das war nicht als Scherz gemeint.

»Ich bin nur realistisch. Überleg doch mal: Wenn du mit einer Frau zusammen bist – lässt du sie dann dein ganzes Leben sehen oder zeigst du ihr nur bestimmte Ausschnitte?« *Wie viel hättest du Kaylie von dir gezeigt?*

»Pffft. Das kann man nicht vergleichen. Dave und ich waren Freunde, und die Frauen, mit denen ... Mit den Frauen bin ich nicht befreundet, ich schleppe sie nur ab.« Er lehnte sich zurück und verschränkte die Arme.

»Trotzdem: Sobald wir mit anderen Menschen in Verbindung treten, selbst bei einem Gespräch wie diesem hier, zeigen wir nur, was wir zeigen wollen. Das ist ganz normal. Dave hat aus irgendwelchen Gründen ein Doppelleben geführt und es vor dir verborgen. Selbst Nachfragen hätten zu nichts geführt.«

Blake beugte sich wieder vor. »Du kannst dir nicht vorstellen, wie verletzt Sally ist. Es ist schrecklich. Sicher fragt sie sich jeden Tag, was sie falsch gemacht hat, und malt sich aus, was er mit der anderen getan hat. Diese Frau war sogar bei der Trauerfeier.« Er schüttelte den Kopf.

»Ich kann mir vorstellen, dass Sally am Boden zerstört ist. Vertrauen ist alles in einer Beziehung.« Sie wartete, bis er aufblickte. »In jeder Beziehung.«

»Dann hat Dave mir wohl nicht vertraut.«

»Oder doch, und er hatte nur Angst, dass du ihm etwas sagst, was er nicht hören wollte.«

»Was immer der Grund war, so kann es nicht weitergehen. Ich bin nicht verheiratet, und wer weiß, ob ich es je sein werde. Aber ich will kein Mensch sein, der anderen wehtut.« Sein Blick wurde weicher. »Ich bin froh, dass ich hier bin. Vor ein paar Wochen hätte ich mir eher die Pulsadern aufgeschnitten, als solche Gedanken und Gefühle zuzulassen. Ich will nicht mehr so sein, wie ich war. Ich möchte jemand werden, auf den man stolz sein kann.«

»Das ist ein erstrebenswertes Ziel, Blake. Und ich traue dir zu, dass du an deinen Unzu… – an deinen Fehlern arbeiten und dich ändern kannst.«

»Sally hat nicht mal ihrer Familie davon erzählt. Sie schämt sich zu sehr. Und ich glaube, auch Dave muss sich geschämt haben. Sonst hätte er mir sicher etwas gesagt. Seltsamerweise macht Sally der anderen Frau keine Vorwürfe. Es ist fast, als hätte sie Verständnis für sie.« Blake schüttelte den Kopf. »Unfassbar.«

»Was zwischen Ehepartnern vorgeht, ist für Außenstehende manchmal unverständlich. Häufig kann man nur rätseln, was ein Paar wirklich zusammenhält. In Sallys Situation suchen manche Frauen die Schuld allein bei sich, andere bei ihrem Ehemann und wieder andere bei der Geliebten.«

Blake legte die Stirn in Falten. »Aber sie müsste die Frau doch hassen. Sie müsste Dave hassen und vielleicht auch mich, weil ich bin, wie ich bin. Ich weiß nicht. Ich verstehe das nicht.«

»Jeder hat seine eigene Art, mit solchen Situationen umzugehen. Sally und Rusty können dir leidtun – oder auch nicht. Du kannst den beiden jetzt beistehen – oder auch nicht. Aber egal, wofür du dich entscheidest, rechne damit, dass du Daves Verhalten vielleicht nie verstehen wirst. Genauso wenig wie Sallys Gefühle.« Danica legte ihren Notizblock beiseite und schlug einen versöhnlicheren Ton an. »Einfluss haben wir nur auf das, was wir selber tun, Blake. Du bist auf dem richtigen Weg. Du arbeitest an dir, sodass du – und nur du bist hier wichtig – irgendwann stolz auf dich sein kannst.« Danica dachte an die vielen Patienten, die zu ihr kamen und darauf hofften, dass ein anderer Mensch sie glücklich machen oder ihre Probleme für sie lösen würde. Aber der Schlüssel lag in ihnen selbst. Wenn sie stolz auf sich sein konnten, erhöhte sich die Chance, glücklich zu sein. Sie dachte an Michelle und Nancy. Was tat Nancy, um stolz sein zu können? Wie sehr schmerzte sie die Ablehnung durch ihre Tochter? Danica überlegte, ob sie Nancy dasselbe sagen sollte, was sie gerade zu Blake gesagt hatte. Vielleicht konnte sie einen Beitrag dazu leisten, dass Nancy in Zukunft nicht mehr zur Flasche griff.

»Mein Kopf versteht das. Und ich möchte Rusty gern helfen. Nur weiß ich leider nicht wie.«

»Was stellt Sally sich denn vor?«

»Ich soll einfach für ihn da sein und ab und zu etwas mit ihm unternehmen.« Blake warf einen Blick auf die Uhr. »Unsere Zeit ist schon fast um, und ich würde gern noch kurz über das andere reden.«

Danica war froh, dass er bereit war, über seine Jagd nach Abenteuern zu reden. Aber ob sie ihm auch sagen sollte, dass Kaylie ihre Schwester war, wusste sie noch immer nicht. »Meinst du, du kommst mit der Rusty-Sache zurecht? Wir haben noch nicht besprochen, was du mit ihm unternehmen könntest.«

»Stimmt, aber darüber zu reden, hat schon geholfen. Ich weiß jetzt, dass ich ihn unterstützen will, und mir wird schon was einfallen, was wir machen können. Wie schwer kann das sein?«

»Okay, dann weiter.« Beim Gedanken daran, wie Blake mit Kaylie in der Bar saß, beschleunigte sich Danicas Puls.

»Kürzlich war ich wieder in der Bar None.« Er schaute ihr fragend in die Augen und Danica bemühte sich um einen möglichst neutralen Gesichtsausdruck. »Kaylie war auch da.«

Oh Gott. Jetzt oder nie. »Ja.« *Feigling. Du hättest es ihm sagen sollen.*

»Na ja, sie und ich haben … geredet.« Er senkte den Blick, dann hob er ihn wieder und schaute Danica verlegen an. »Geflirtet. Wir haben geflirtet.« Er errötete. »Es fällt mir schwer, darüber zu reden. Aber es ist wichtig. Vor allem, wenn ich einen guten Einfluss auf Rusty haben soll.«

»Kein Problem. Lass dir Zeit. Es ist schön, dass du dir Gedanken wegen Rusty machst. Richtig gut.«

»Okay. Na ja. Eigentlich wollte ich mit ihr nach Hause gehen. Ich wollte es sogar sehr.«

Danica schluckte. Plötzlich hatte sie ein Bild von Blake mit einer gigantischen Erektion im Kopf. Eine heiße Welle rollte über ihren Nacken. Sie räusperte sich.

»Und?«

»Ich hab's nicht getan. Ich bin nicht mit ihr nach Hause gegangen.« Wieder sah er ihr forschend in die Augen. Diesmal lächelte Danica. »Aber das weißt du vermutlich schon.«

Danica ließ die Bemerkung unbeantwortet stehen. »Und wie hast du dich dabei gefühlt?« Der Gedanke an eine kalte Dusche drängte sich auf.

»Recht gut, eigentlich. Es wäre ein One-Night-Stand geworden. Ich bin zwar nicht auf der Suche nach etwas Festem, aber so weitermachen wie bisher, will ich nicht. Trotzdem: Deine Schwester ist unglaublich attraktiv, das weißt du ja.«

Autsch. Und ob ich das weiß.

»Ja, das ist sie.« *Ich hätte gern einen Dollar für jedes Mal, wenn das jemand sagt.* »Das war ein guter erster Schritt, Blake. Ich bin stolz auf dich.« Danica hoffte, dass er ihr die Erleichterung über seine Entscheidung nicht ansah.

»Warum hast du mir nicht gesagt, dass sie deine Schwester ist?«, fragte er.

»Anfangs gab es keinen Grund. Als wir uns kennengelernt haben, warst du noch nicht mein Patient. Und dann hat es sich einfach nicht ergeben. Aber dass du es jetzt weißt, ist gut.«

Er machte ein nachdenkliches Gesicht. Dann lächelte er. »Noch besser ist, dass ich im letzten Moment zur Vernunft gekommen und nicht mit ihr nach Hause gegangen bin.«

»Du kannst daten, wen du willst, Blake. Du bist mein Patient und ich deine Therapeutin. Mit wem du deine Zeit verbringst, geht mich nichts an.« *Auch wenn die Eifersucht mit spitzen Zähnen an mir nagt.*

»Ja, das ist wohl so.«

Sie sahen einander an. Jeder wartete darauf, dass der andere etwas sagte. Danica spürte, wie der Rhythmus ihrer Herzen die Luft zwischen ihnen zum Schwingen brachte. Sie griff nach ihrem Block und dem Stift, um den Bann zu brechen und nicht länger die Energie zu spüren, die Blakes Körper ausstrahlte.

»Okay, gut. Und worüber würdest du in dem Zusammenhang noch gern sprechen?«, fragte sie.

»Ich wollte dir nur sagen, dass ich es anders gemacht habe als sonst und dass es nicht so schwierig war, wie ich gedacht habe. Gleichzeitig ist mir klargeworden, dass ich ein ziemlich einsamer Mensch bin. Als ich später allein zu Hause war, war die Stille in meiner Wohnung ziemlich bedrückend. Bislang war ich eher selten daheim, und wenn ich in letzter Zeit dort bin, denke ich überraschend oft an meinen Vater. Ich frage mich, wie es ihm wohl gegangen ist, als meine Mom weg war. Wahrscheinlich war er einsam, obwohl er viel gearbeitet hat und obwohl er mich hatte.«

»Allein zu sein, heißt nicht zwingend, dass man einsam ist. Vielleicht brauchst du diese etwas ruhigere Zeit, um dich selbst besser kennenzulernen. Du bist Skifahrer und du hast ein eigenes Geschäft, aber was noch?« Sie schaute zur Uhr. »Das heben wir uns für die nächste Sitzung auf. Heute bekommst du von mir eine Hausaufgabe.«

Blake hob seine Augenbraue.

»Keine Angst, du musst keinen Aufsatz schreiben, nur eine Liste. Darauf sollten vier Dinge stehen, die dich ausmachen oder die du an dir magst. Ich glaube, das hilft uns weiter.«

»Vier Dinge.« Blake nickte nachdenklich. »Okay, in Ordnung. Aber eins wollte ich heute noch loswerden.«

Danica stand auf. »Ja?«

Blake stand nur eine halbe Armlänge von ihr entfernt. Sie hätte seine Brust berühren können. Er schaute sie an. Wieder füllte sich die Luft zwischen ihnen mit Verlangen. In heißen Wellen strömte es ihr aus seinen dunklen Augen entgegen. *Ich schmelze.* Danica ging an ihm vorbei zur Tür.

»Ich frage mich, ob Dave vielleicht Selbstmord begangen hat.« Blake nahm seinen Parka und folgte Danica. Er hielt die dicke Jacke fest in beiden Fäusten. Hilfesuchend sah er sie an.

»Das ist ein bedrückender Gedanke«, sagte Danica leise. »Arbeite bitte an deiner Liste und lass uns beim nächsten Mal darüber reden.«

Blake wandte sich zum Gehen, drehte sich aber in der Tür noch einmal um. »Das hätte ich fast vergessen: Jeffrey hat mich zu seiner Hochzeit eingeladen. Als alten College-Kumpel. Sehen wir uns nächstes Wochenende bei der Vorbereitungsfeier?«

College-Kumpel? Danica nahm sich vor, mit Blake über seine Freundschaft mit Jeffrey zu sprechen. Vielleicht war er doch nicht der soziale Analphabet, für den er sich zu halten schien. Die Party hatte Danica völlig vergessen. Und jetzt sagte Blake ihr, dass er auch eingeladen war. Konnte das gutgehen? Eins stand fest: Alkohol war für sie an dem Abend tabu. »Jap.«

Einundzwanzig

Blake fragte sich, ob jeder irgendwann im Leben an einen Punkt kam, an dem er alles infrage stellte, oder ob er der Einzige war, den eine Lawine von Chaosgedanken mitzureißen drohte. Er trat hinaus auf den Gehsteig. Ein eisiger Wind schlug ihm ins Gesicht. Spielte ihm seine Fantasie einen Streich oder lag zwischen Danica und ihm ein Knistern in der Luft? Er hätte schwören können, dass er in ihren Augen Verlangen gesehen hatte. Vermutlich verzerrte die Enthaltsamkeit seine Wahrnehmung. Er zog den Reißverschluss seines Parkas hoch und machte sich auf den Weg zu seinem Wagen.

Auf der Hauptstraße war der Verkehr zum Stillstand gekommen, deshalb fuhr er über Nebenstraßen zu AcroSki. An der Kreuzung, an der er eigentlich nach links musste, fuhr er nach rechts. Den Weg zum Friedhof schlug er nicht absichtlich ein. Sein Wagen fuhr fast von selbst dorthin, er war nur ein machtloser Passagier.

Er parkte vor dem Friedhof, nahm einen Schal vom Rücksitz und schlang ihn sich zum Schutz gegen die bitterkalte Luft um den Hals und halb ums Gesicht. Kurz darauf stand er im frostigen Wind. Drei weitere Wagen parkten vor der Mauer, doch auf dem Friedhof sah Blake keine Menschenseele. Was er dort wollte, wusste er nicht recht, aber seine Füße fanden ganz selbstverständlich den Weg zu Daves Grab. Er stemmte sich gegen den Wind und stand bald darauf an dem frischen kleinen Erdhügel. Die Hände tief in den Taschen seines Parkas vergraben betrachtete er die krümelige Erde, die sich dunkel gegen den Teppich aus Schnee abhob.

Blake schaute in den Himmel. »Dave? War ich ein guter Freund? Hat mein Leben dich dazu verführt, aus deiner Ehe auszubrechen? Falls es so gewesen ist, Kumpel, dann tut es mir leid. So großartig ist es nämlich gar nicht.« Er hörte Schritte, dann stand plötzlich jemand neben ihm. Er hatte mit Sally gerechnet, aber es war die Frau von der Trauerfeier.

»Hi«, sagte sie leise.

»Hallo.« Blake starrte zu Boden. Ihre Gegenwart machte ihn beklommen. Was, wenn Sally zufällig vorbeikam und sie beide zusammen sah? Würde sie dann glauben, er hätte sie belogen und doch von der Frau gewusst?

»Dave war ein guter Mann«, sagte sie.

Blake nickte. Darüber, wie gut Dave wirklich gewesen war, traute er sich kein Urteil mehr zu. »Waren Sie mit ihm befreundet?« Blake musste die Frage einfach stellen. Er war neugierig, ob die Frau die Wahrheit sagen würde.

Sie drehte sich zu ihm. Unter einer roten Strickmütze lugte welliges blondes Haar hervor. Sie hatte auffallend kleine braune Augen. Ihr Lippenstift war so knallrot wie ihre Mütze und der taillierte graue Mantel reichte ihr bis fast zu den Knien. Sie sah aus wie eine Porzellanpuppe mit aufgemaltem Make-up. Sie verschränkte die Arme gegen den Wind. »Ja. Sie sind Blake, nicht wahr?«

»Ja, richtig. Kenne ich Sie?« Er war überrascht.

Die Frau wandte sich wieder dem Grab zu. »Nein, eher

nicht.« Sie bohrte die Hände in die Manteltaschen.

Blake musterte sie aus den Augenwinkeln. Sie war zierlich und reichte ihm gerade mal bis zur Brust. »Was hat Sie mit Dave verbunden?«

Sie stieß mit der Spitze ihres Gummistiefels gegen einen Stein. »Wir haben einander beigestanden.«

»Beigestanden.« Er manövrierte sich immer weiter in eine Ecke, in der er eigentlich nicht sein wollte. Aber er musste einfach herausfinden, was Dave in dieser Frau gesehen hatte und weshalb er für sie seine Familie aus Spiel gesetzt hatte.

»Dave und ich kannten uns schon als Teenager und hatten uns, bis ich wieder hierher zurück gezogen bin, jahrelang nicht gesehen. Wir waren … Freunde.«

Trotz der Eiseskälte stieg heiße Wut in Blake auf. Er drehte sich zu ihr. »Freunde?« *So einfach lasse ich dich nicht vom Haken.* »Weshalb wissen Sie, wer ich bin, und ich habe keine Ahnung, wer Sie sind?«

»Sie waren Daves Geschäftspartner.« Sie wich seinem herausfordernden Blick nicht aus. »Dave hat mir viel von Ihnen erzählt.« Sie schaute in den Himmel, als erhoffte sie sich Hilfe von dort. »Dave und ich waren … Er war … Ich habe einen siebzehnjährigen Sohn.« Sie schaute Blake in die Augen und er verstand, was sie ihm sagen wollte.

»Daves Sohn?« Blake war, als hätte man ihm in den Magen getreten. *Sally. Rusty. Oh Gott.*

Sie nickte und sprach leise, mit zitternden Lippen. »Wir waren so jung. Dave hat nichts von Chase gewusst. Als er jetzt von ihm erfahren hat, wollte er alles richtig machen, ihn kennenlernen, Zeit mit ihm verbringen.«

»Und mit Ihnen schlafen.« Blakes Stimme war ein einziger Vorwurf.

»Nein.« Sie schüttelte den Kopf. »So war das nicht. Er wollte sich nur erst klarwerden, wie es weitergehen sollte.« Sie wischte sich mit den behandschuhten Händen über die Augen. »Er hat sie geliebt und hätte sie nie für mich verlassen. Er wollte nur eine Beziehung zu Chase aufbauen.«

»Aber Sally weiß von Ihnen. Sie sagt, sie …«

Die Frau schüttelte den Kopf. Ihr Blick wirkte offen. »Er hat versucht, ihr von Chase zu erzählen. Aber sie dachte, es steckt mehr dahinter.«

»Er hat Sally in dem Glauben gelassen. Es zerreißt ihr das Herz. Sie leidet furchtbar, weil sie denkt, Dave hätte eine Affäre gehabt.«

»In gewisser Weise hatte er das. Aber nicht mit mir. Er hat Gefühle und Zeit investiert. In Chase. Er wollte die Beziehung zu ihm festigen, bevor er ihn mit Sally und Rusty zusammenbringt. Es gab so viel zu bedenken.«

»Warum jetzt? Warum sind Sie nach so vielen Jahren zurückgekommen?« Blakes Wut steigerte sich. »Brauchen Sie Geld? Einen Ehemann?«

»Nein«, fuhr sie auf. »Mein Vater ist gestorben. Ich musste herkommen und seine Angelegenheiten ordnen. Dave habe ich zufällig im Skigeschäft getroffen. Er hat gesehen, wie alt Chase ist und eins und eins zusammengezählt. Von mir aus hätte ich das Thema nicht angeschnitten. Ich wollte nie, dass er und Chase einander begegnen. Es ist einfach passiert.«

Blake gab sich keine Mühe, seinen wachsenden Zorn zu verbergen. »Haben Sie irgendeine Vorstellung, was seine Frau durchmacht? Er hat unglaublich viel Zeit mit Ihnen verbracht, oder mit Chase. Auf Kosten seiner Familie. Und jetzt glauben seine Frau und sein Sohn, er hätte sie nicht geliebt.«

»Er wollte doch nur alles richtig machen.« Tränen liefen ihr über die Wangen.

»Kann schon sein, aber jetzt ist er tot, und seine Angehörigen sind völlig am Boden. Wie soll es bloß weitergehen?« Blake musste dringend zu Sally. Er musste ihr erzählen, was er erfahren hatte. Aber war das überhaupt noch wichtig? Dave hatte seiner Familie Zeit gestohlen, die sie niemals zurückbekommen würde.

»Was soll ich darauf antworten? Ich habe auch einen Sohn, um den ich mich sorge. Er hat seinen Vater gerade erst kennengelernt und ihn sofort wieder verloren.«

Darauf wusste Blake keine Antwort. Wortlos wandte er sich um und machte sich auf den Weg zu seinem Wagen. Er hatte genug mit sich selbst zu tun und wollte sich nicht noch weitere Probleme aufladen. Einmal mehr fragte er sich, ob sein Freund absichtlich in den Tod gesprungen war. Vielleicht hatte Dave sich so hoffnungslos im Gespinst seines eigenen Lebens verfangen, dass er keinen Ausweg mehr gesehen hatte. Vielleicht hatte er die Vorstellung, Sally zu verlieren, nicht ertragen.

Während er seinen Wagen aufschloss, überlegte er, ob die Frau die Wahrheit gesagt hatte oder ob Dave doch eine Affäre mit ihr gehabt hatte. Aber eigentlich war das nicht mehr wichtig. Dave hatte Zeit und Gefühle in sie investiert. Beides hätten Sally und Rusty dringend gebraucht.

Auf dem Weg zum Geschäft musste er an einer roten Ampel anhalten. Er konnte hier abbiegen und zu Sally fahren. Als die Ampel auf Grün sprang, gab er Gas und setzte seinen Weg zu AcroSki fort.

Zweiundzwanzig

Nancy kam mit einem Teller mit Käse und Crackern und einem Krug Wasser aus der Küche zurück zu Danica ins Wohnzimmer. Der Raum war sparsam möbliert. Ein zerschlissenes grünes Sofa, ein Couchtisch und eine klapprige Regalwand, die schon bessere Zeiten gesehen hatte – mehr stand nicht darin. Auf jedem einzelnen Regalbrett standen Fotos von Michelle. Die ältesten zeigten sie als Baby, das neueste war ein aktuelles Schulfoto. Dasselbe Bild stand gerahmt auf Nolas Klavier. Soweit Danica sehen konnte, lagen nirgendwo unordentliche Kleiderstapel oder ungeöffnete Rechnungen herum. Verstohlen warf sie einen Blick durch die Tür zur Küche. Dort war alles sauber, in einem Plastikständer trocknete Geschirr. Danica stellte sich vor, wie Nancy mit einer Tasse Tee auf dem Sofa lag und an ihre Tochter dachte.

»Tut mir leid, dass ich Ihnen nichts anderes anbieten kann. Aber Zucker ist für mich im Moment tabu. Es heißt, er würde das Verlangen nach Alkohol steigern.«

Danica kannte Nancy nur von Fotos. Jetzt, wo sie neben ihr saß, staunte sie, wie ähnlich sie und Michelle einander sahen. Mutter und Tochter hatten dasselbe ovale Kinn, dieselben schmalen Hände, und beide versteckten sich gern hinter ihrem

Haar. »Das sieht doch gut aus.« Danica schenkte sich ein Glas Wasser ein.

Nancy war höchstens Mitte dreißig, doch das Leben hatte tiefe Furchen in ihre Stirn gegraben. »Ich bin Ihnen sehr dankbar für alles, was Sie für Michelle tun«, sagte sie verlegen.

»Michelle ist ein tolles Mädchen. Sie können stolz auf sie sein.«

»Das bin ich auch. So stolz wie auf niemanden sonst. Außer meiner Mutter vielleicht. Sie gibt sich so unglaublich viel Mühe, alles am Laufen zu halten. Ich weiß, für die beiden ist es nicht leicht.«

Das kann man wohl sagen. »Genau deswegen bin ich hier. Eigentlich geht es mich nichts an, aber ich wüsste gern, wie Sie nach dem Entzug zurechtkommen.«

»Sie haben jedes Recht, diese Frage zu stellen«, sagte Nancy. »Ich habe bei Friday's in der Stadt einen Job als Bedienung. Alkohol schenke ich dort nicht aus. Ich gehe regelmäßig zu den Treffen meiner Selbsthilfegruppe, und diesmal hatte ich noch kein einziges Mal das Verlangen, wieder zu trinken.« Sie lächelte unsicher.

»Das freut mich für Sie, Nancy. Sie haben eine ziemlich schwere Zeit hinter sich.« Ob Nancy ihr die Wahrheit sagte, konnte Danica nicht beurteilen. Der Kampf gegen eine Sucht folgte keinem vorgezeichneten Pfad, mit Rückschlägen musste man immer rechnen. Ganz gleich, wie sehr Nancy sich ändern wollte, die Sucht würde stets als dunkle Wolke über ihr hängen. Dass Michelle zögerte, ihre Mutter wieder in ihr Leben zu lassen, war verständlich. Sie konnte sie jederzeit wieder verlieren.

»Es ist immer noch ziemlich hart. Verstehen Sie mich bitte nicht falsch.« Nancy lehnte sich zurück und blinzelte ein paarmal, als müsste sie die Tränen zurückhalten. »Michelle ist mein Ein und Alles. Eine Zeitlang ist mir das Gefühl dafür verloren gegangen. Ich habe mit den falschen Leuten zusammengehangen und mich überfordert gefühlt, weil ich mich allein um mein Kind kümmern musste.« Sie schlug die Beine übereinander. »Das soll keine Rechtfertigung sein. Der Alkohol war mein Versteck. Ich bin vor der Verantwortung weggelaufen. Aber bei meinem zweiten Entzug war alles anders. Ich bin weder in Selbstmitleid versunken, noch war ich zornig auf die ganze Welt. Diesmal musste ich nur immer daran denken, was für ein großartiges Geschenk Michelle ist und wie sehr ich sie im Stich gelassen habe. Sie sieht mich noch immer als das, was ich war. Aber ich bin fest entschlossen, das zu ändern. Für mich gibt es kein Zurück. Ich werde tun, was ich kann, um sie nicht noch einmal zu enttäuschen.«

»Nehmen Sie außer der Selbsthilfegruppe noch andere Hilfsangebote wahr?«

Nancy nickte. »Ja. Seit ich aus der Klinik raus bin, gehe ich einmal die Woche zu Dr. Paltron. Ich habe sie sogar um unangekündigte Urintests gebeten.« Nancy schrieb eine Telefonnummer auf einen Zettel und gab ihn Danica. »Rufen Sie Dr. Paltron doch einfach an. Sie kann Ihnen sagen, wie es vorangeht. Ich habe nichts zu verbergen.«

Danica nahm den Zettel. »Sie lassen sich testen?«

»Ja. Ich möchte alles tun, um nicht noch mal abzurutschen. Die Tests sind eine Art Mahnung für mich.«

Danica war beeindruckt. Ihrer Erfahrung nach liefen Suchtkranke immer Gefahr, in alte Gewohnheiten zurückzufallen. Bei Nancy war alles ein bisschen anders. Sie pendelte nicht schon ein halbes Leben lang zwischen Entzug und Rückfall. Ihr hatte vor allem der Tod von Michelles Vater schwer zugesetzt. Er war drogenabhängig gewesen und hatte in Michelles Leben nie eine Rolle gespielt, doch Nancy hatte ihn abgöttisch geliebt.

»Ich weiß, was Sie jetzt denken«, sagte Nancy. »Was, wenn ein Urintest nicht ausreicht, damit ich mich am Riemen reiße? Ich kann nur sagen, tief im Herzen fühle ich, dass es diesmal klappt. Ich gehe nicht zurück in mein altes Leben. Ich schäme mich für den Kummer, den ich Michelle bereitet habe.« Eine Träne rann über ihre Wange. »Ich kriege das hin. Ich werde es nicht noch mal vermasseln. Mein Mädchen braucht mich, trotz all meiner Fehler. Sie braucht ihre Mutter.«

»Jeder braucht gute Eltern. Aber Michelle ist gerade in einer schwierigen Phase. Die Pubertät ist kein Zuckerschlecken.«

»Ja, das stimmt. Dass ich getrunken habe, hat viel mit Michelles Vater zu tun. Sie hat ihn nicht gekannt, aber ich habe ihn geliebt. Er hat mich mit runtergerissen. Irgendwann habe ich den ersten Entzug gemacht. Eine Weile lief es gut, dann ist er gestorben, und ich habe mich in den Alkohol geflüchtet. Ich wollte meine Gefühle betäuben, aber das ist mir nicht gelungen. Ich war verzweifelt und einsam und jetzt schäme ich mich.« Sie rutschte auf die Sofakante. »Die Trauer über seinen Tod ist geblieben. Vor der kann ich nicht weglaufen. Seit ich das akzeptiert habe, kann ich endlich wieder nach vorn blicken.« Sie schien in Danicas Augen etwas zu lesen, denn sie fügte hinzu: »Michelle ist alles für mich. Diesmal gibt es kein Zurück. Ich werde dafür sorgen, dass mein Mädchen stolz auf mich ist, und wenn es das Letzte ist, was ich tue.«

Diese Aussage kannte Danica von einigen ihrer Patienten. Manche meinten es ernst, andere nicht. Nancys Stimme und die Mischung aus Verzweiflung und Entschlossenheit in ihren Augen sagten ihr, dass sie sich wirklich ändern wollte. Jedenfalls im Augenblick. Aber Danica dachte vor allem an Michelle. »Sie müssen nicht mich überzeugen. Michelle weiß nicht, ob sie Ihnen trauen kann. Sie hat Sie in Ihren schlimmsten Zeiten erlebt, es könnte also dauern, bis sie wieder Vertrauen fasst.«

Nancy nickte. Sie wischte sich mit dem Ärmel die Tränen ab. »Ja, ich weiß. Ich muss Geduld haben.« Nancy schaute Danica an. »Meine Mutter hat mir erzählt, wie gut Sie Michelle tun. Wie kommt mein Mädchen denn klar? Sie tut doch nichts, was sie nicht tun sollte, oder? Hat mein Einfluss sie verdorben?«

Danica dachte daran, wie nachdenklich Michelle im Museum die Kunstwerke betrachtet hatte und wie sehr sie im Village aufgeblüht war. »Ich glaube, sie wird ihren Weg gehen. Es ist nicht leicht für sie und sie grübelt noch, wie es mit ihr und Ihnen weitergehen soll. Und ob sie je wieder eine normale Mutter-Tochter-Beziehung mit Ihnen eingehen kann.«

»Normal war bei uns bisher noch nicht viel«, murmelte Nancy verlegen.

Im Nebenzimmer klingelte ein Wecker. »Tut mir leid.« Sie stand auf und ging in Richtung des aufdringlichen Geräuschs. »Ich muss mich für die Arbeit fertig machen.« Mit einem Umschlag in der Hand kam sie aus dem Schlafzimmer zurück. »Könnten Sie das hier bitte Michelle geben?«

»Ähm …« Danica war besorgt, was in dem Umschlag stecken könnte. Ein letzter Wunsch? Versprechungen für die Zukunft? Sie streckte die Hand nicht nach dem Umschlag aus.

Nancy zuckte die Achseln. »Es ist bloß, weil sie doch nicht mit mir redet. Aber ich vermisse sie so. Deshalb habe ich angefangen, ihr Briefe zu schreiben. Irgendwann ist mir klargeworden, dass ein junges Mädchen sicher keine Lust hat, einen Stapel weinerlicher Ergüsse zu lesen. Deshalb habe ich alles in einem Brief zusammengefasst. Ich möchte ihr sagen, was in mir vorgegangen ist, und wie leid mir alles tut. Und es stehen noch ein paar andere wichtige Dinge drin. Sie soll wissen, dass ich tue, was ich kann, um nicht wieder abzurutschen.«

Danica war erleichtert. »Okay. Ich gebe ihn ihr nächste Woche.«

Von Nancys Wohnung aus fuhr Danica direkt in die Praxis. Sie warf einen Blick auf die Uhr. Patienten hatte sie heute Nachmittag keine mehr. Sie griff zum Telefon und wählte Kaylies Nummer.

»Was gibt's Schwesterherz?«, sagte Kaylie gut gelaunt.

»Hast du schon ein Kleid für die Party am Wochenende? Ich nämlich nicht.« Kaylie quietschte begeistert auf. »Ich brauche etwas, was mehr nach der neuen Danica aussieht, weniger …«

»Verkniffen?«

»Soweit würde ich nicht gehen. Aber lockerer sollte es schon sein. Kommst du ins Village?«

»Ich hab' aber nur eine Stunde. Ich singe heute Abend im Mantra.« Das Engagement im Mantra war Kaylies Brotjob. Bislang war Danica nur dreimal bei Auftritten ihrer Schwester gewesen. Wenn sie sah, wie alte Typen ihre Schwester lüstern angafften, wurde ihr übel.

»Eine Stunde? Das schaffen wir. Komm direkt zum Hauptparkplatz.«

Gemeinsam schauten sie sich Röcke und Kleider an. Kaylie sah ihn ihren Boots und den engen Jeans aus wie zweiundzwanzig, Danica fühlte sich in ihren drögen Arbeitsklamotten noch einmal um zehn Jahre älter. Warum tat sie sich das an? Sie musste sich zum Weggehen eine übergewichtige, unattraktive Freundin suchen, damit sie sich besser fühlte. *Herrje. Ich denke schon wie meine Patienten.*

»Dr. Snow!«

Danica drehte sich zu Belinda Trenton um.

»Wie lustig, Sie ausgerechnet hier zu sehen.« Belinda plapperte drauflos. »Sie suchen ein Kleid?«

»Ich arbeite an ihrem Stil«, erklärte Kaylie.

Außerhalb der Praxis liefen Danica nur selten Patienten über den Weg. Aber das war schon das zweite Mal in zwei Wochen, dass jemand, den sie therapierte, sie mit Kaylie sah. Danica hatte das Gefühl, eine Schlinge zöge sich um sie zu. Allure war wirklich eine sehr kleine Stadt, das wurde ihr langsam bewusst. Sie trennte gern Arbeit und Privatleben. »Wir schauen uns nur ein bisschen um.« Danica lächelte schmallippig. Sie wollte professionelle Höflichkeit ausstrahlen, keine Kumpelhaftigkeit.

»Wie finden Sie das hier?« Belinda deutete auf ihre Kleider.

Wie hatte Danica die flachen schwarzen Schuhe und die Schlaghosen übersehen können? Die Kombination war tausendmal besser als Belindas übliche Kluft aus High Heels zu knallengen Jeans. »Der Look steht Ihnen wirklich gut.« Danica konnte ihren Stolz nicht ganz verhehlen. Vielleicht brachte die Therapie Belinda ja tatsächlich weiter.

»Sehen Sie? Ich höre auf Sie.«

Belinda musterte Kaylie neidvoll von Kopf bis Fuß. So wie fast jede Frau. »Tolles Outfit.«

Kaylies bemühtes Lächeln sagte: *Dass du zu meiner Schwester gehst, hat einen Grund. Also bleib mir vom Leib.*

»Na dann noch viel Spaß beim Shoppen. Bis nächste Woche!«

Belinda verließ das Geschäft und Danica atmete auf.

Kaylie berührte ihren Arm und flüsterte. »Jetzt, wo die Irre weg ist, wie wär's damit?« Sie hielt ein kurzes braunes Wildlederkleid mit einem langen Fransensaum in die Höhe.

»Nenn sie nicht so. Und was soll ich mit dem Kleid? Bin ich Winnetous Schwester?«

Kaylie hängte das Kleid zurück und suchte weiter.

»Tschuldige. Ich wollte bloß ein bisschen Pep in deinen Kleiderschrank bringen.«

Vielleicht hätte ich doch allein losziehen sollen. »Wie geht's Chaz?«

»Der behandelt mich wie eine Königin. Ruft an, schreibt Nachrichten, schickt mir Blumen.« Kaylies Ton war gelangweilt.

»Klingt doch perfekt.«

Kaylie seufzte. »Ja, kann sein. Wenn man auf so was steht.« Sie zog ein schlichtes schwarzes Kleid vom Ständer. Das Wickeltop wurde an der Hüfte geknotet, perfekt für Danicas Figur. Ein glänzender Goldfaden an den Nähten wirkte als dezenter Blickfang.

»Mir würde das gefallen. Anscheinend mag er dich sehr.« Danica nahm das Kleid und machte sich auf den Weg zu den Kabinen. Kaylie folgte ihr.

»Tut er.«

»Aber?« Danica verschwand hinter dem Vorhang.

»Ich weiß nicht. Ich mag ihn auch, aber es ist alles viel zu einfach. Und irgendwann geht die Sache den Bach runter.«

Danica steckte den Kopf hinter dem Vorhang hervor. »Du

hast Angst, dass es dir ergeht wie Mom. Glaubst du, weil Dad eine Affäre gehabt hat, tut Chaz zwangsläufig dasselbe?« Danica schloss den Vorhang wieder.

»Vielleicht. Keine Ahnung.«

Danica schlüpfte in das Kleid und band es in der Hüfte. Sie sah fantastisch aus. Hatte sie abgenommen? Sie achtete nie sonderlich auf ihr Gewicht, war mal ein paar Kilo leichter, mal ein paar Kilo schwerer und wunderte sich nur hin und wieder, dass ihre Kleider nicht mehr passten. »Du bist nicht Mom, und einfach ist gut, Kaylie.«

Danica trat aus der Kabine und Kaylie schnappte nach Luft. »Dan, oh mein Gott. Du siehst traumhaft aus!«

Danica drehte sich um die eigene Achse. Sie fühlte sich jung und hübsch. Am liebsten wäre sie durch das Geschäft getanzt. »Findest du?«

»Aber hallo.« Kaylie umarmte ihre Schwester. »Was immer in letzter Zeit mit dir los ist, es steht dir.«

Danicas Wangen wurden heiß. »Kaylie, hör zu: Was zwischen Mom und Dad passiert ist, war deren Problem. Du bist nicht Mom und Chaz ist nicht Dad. Gesteh dir ausnahmsweise mal zu, glücklich zu sein. Untergrab dieses Glück nicht gleich von Anfang an.« Danica verschwand hinter dem Vorhang, bewunderte sich noch einen Moment lang im Spiegel und zog dann wieder ihre eigenen Kleider an.

Während Danica das Kleid bezahlte, lümmelte Kaylie an der Theke und musterte sie nachdenklich.

»Was?«, fragte Danica.

»Wie fühlt es sich an, wie du zu sein?« Kaylie richtete sich auf. »Du hast dein Leben im Griff. Du weißt, wie man sich in einer Beziehung verhält, obwohl du keine hast. Und du hast vor nichts Angst.« Sie seufzte. »Das muss … schön sein.«

»Wenn du wüsstest, Kaylie.« Danica war versucht, ihre Selbstzweifel vor ihrer Schwester auszubreiten, aber dass jemand zu ihr aufblickte, tat gut. Lächelnd legte sie Kaylie den Arm um die Schultern, dann machten sie sich auf den Weg zum Parkplatz.

Die nächsten Tage vergingen wie im Flug. Danica hatte unzählige Therapiesitzungen und abends um neun war sie immer völlig erschlagen. Trotzdem schaffte sie es, Nancys Therapeutin anzurufen, die ihr bestätigte, dass Nancy nicht nur gut zurechtkam, sondern auch während des Entzugs eine Musterpatientin gewesen war. Dr. Paltron fand die wöchentlichen Urinproben eigentlich unnötig. Nancy gehörte zu den wenigen erwachsenen Patienten, denen sie eine gute Prognose stellte. Michelles Mutter hatte keine typische Suchtkarriere hinter sich. Dr. Paltron erzählte, Nancy hätte sich eines Nachmittags bis zur Besinnungslosigkeit betrunken und Michelle hätte sie gefunden. Michelles Vater war gerade gestorben und Nancy und Michelle hatten sich gestritten. Nola hatte sich eingeschaltet und Nancy hatte sich selbst zum Entzug angemeldet. Aus Dr. Paltrons Sicht wäre eine stationäre Kur nicht unbedingt nötig gewesen. Aber weil Nancys Vater ein Trinker gewesen war, verstand sie ihre Befürchtungen. Nach dem Telefongespräch war Danica viel zuversichtlicher. Aus Michelles Mund klang die Geschichte, als hätte Nancy immer getrunken. Wieder einmal bestätigte sich, dass Teenager ihre eigene Sicht auf die Dinge hatten. Ohne böse Absicht verzerrten sie manchmal die Wirklichkeit. Michelle tat ihr leid. Sie hatte Schlimmes erlebt und darüber den Zustand ihrer Mutter vielleicht dramatischer dargestellt, als er gewesen war.

Am Abend der Vorbereitungsfeier für Jeffreys und Camilles Hochzeit war es ungewöhnlich warm für die Jahreszeit. Danica freute sich nicht gerade auf das Fest. Sie hätte lieber in einer Schlabberhose vor dem Fernseher gesessen oder ein gutes Buch gelesen. Stattdessen malte sie sich jetzt aus, wie Kaylie und Blake wohl reagieren würden, wenn sie einander wiedersahen. Aber sie konnte Camille unmöglich versetzen.

Danica ging in ihrem neuen schwarzen Kleid und in hochhackigen, aber bequemen Schuhen zu dem Fest. Auf keinen Fall wollte sie sich noch einmal den Knöchel verstauchen und sich zum Affen machen. Als sie das Restaurant betrat und auf das Nebenzimmer zusteuerte, flog in ihrem Magen ein ganzer Schwarm Schmetterlinge auf. Sie spähte in den Raum und musste sich eingestehen, dass sie nach Blake suchte.

Eine große Hand legte sich auf ihre Schulter. Sie spürte warmen Atem am Ohr, als jemand flüsterte: »Guckst du nur oder gehst du noch rein?«

Ihr Puls begann zu jagen. *Blake.* Plötzlich spürte sie den irren Wunsch, sich herumzuwerfen und ihn zu küssen. Sie schüttelte die Vorstellung ab und atmete tief durch. »Ich gehe rein.« Sie schaute stur geradeaus. Insgeheim hoffte sie, dass er die Hand auf ihrer Schulter liegen ließ. Doch er nahm sie weg. Sie setzte ein Lächeln auf, trat in den festlich geschmückten Raum und ging zu den anderen Brautführerinnen.

»Danica!«, jauchzte Camille. Die Frauen zogen sie in ihre Mitte und jemand drückte ihr einen Cocktail in die Hand. »Wir tun so, als wären wir in New York. Heute werden nur

Manhattans getrunken.«

Sollte sie etwa die Spaßbremse geben? Sie nahm einen Schluck und genoss die bittersüße Kombination von Whiskey, Wermut und Cocktailkirsche. Gleichzeitig ermahnte sie sich, es nicht zu übertreiben. Sie behielt Blake unauffällig im Blick. Er stand bei Jeffrey und seinen Freunden, lachte herzhaft und sah in seiner grauen Hose und dem schwarzen Pullover zum Anbeißen aus. Ihre Blicke trafen sich. *Verdammt.* Er hatte sie dabei ertappt, wie sie ihn anstarrte. Sie wandte sich ab, stürzte ihren Drink hinunter und gab dem Barmann ein Zeichen, dass sie noch einen wollte.

Dann schaute sie sich nach Kaylie um. Eigentlich musste sie längst hier sein. »Weißt du was von meiner Schwester?«, fragte sie Marie.

»Ich weiß, dass sie kommt. Sie hat mich vorhin noch angerufen.« Marie warf einen Blick durch den Raum. »Wahrscheinlich ist sie noch mit Chaz unterwegs. Du liebe Güte, der Mann ist total verknallt in sie.«

»Dann brauchen wir uns seinen Namen nicht zu merken«, sagte Camille trocken.

»Ach ja?« Marie zog die Augenbrauen zusammen. »Was willst du damit sagen?«

»Ihr kennt doch Kaylie. Wenn es ernst wird, ist bei ihr der Spaß vorbei.«

»Ich glaube, sie mag ihn mindestens so sehr, wie er sie. Sie hängt dauernd mit ihm zusammen«, sagte Marie.

»Tatsächlich?«, fragte Danica. *Warum weiß ich nichts davon?*

»Wenn sie nicht bei ihm ist, ist er bei ihr. Wenn ich Kaylie nicht so gut kennen würde, würde ich glatt denken, sie hat sich verliebt.«

Danica fragte sich, was wirklich hinter Kaylies

abenteuerlichem Männerverschleiß steckte. Suchte sie vor allem Aufmerksamkeit oder wollte sie nur nicht genauso enttäuscht werden wie ihre Mutter?

»Mr. Brandheiß ist auf dem Weg zu dir. Ich bin dann mal weg.« Marie zwinkerte.

Als Blake sich näherte, schien der Raum kleiner zu werden. *Ruhig bleiben. Er ist dein Patient.*

»Du siehst umwerfend aus«, sagte er. »Ich meine das natürlich auf einer ganz sachlichen Ebene«, fügte er augenzwinkernd hinzu.

Warum musst du so süß sein? »Natürlich. Danke.« Danica spürte, wie sie errötete, und fluchte stumm in sich hinein. Die Bedienungen servierten bereits den Salat. Die anderen Gäste hatten sich an den großen runden Tisch gesetzt. Nur noch drei freie Stühle gab es. Danicas Herz fing an zu stolpern. Zwei davon standen nebeneinander, der dritte stand zwischen Marie und Stephanie. »Komm, wir setzen uns hin.« Neben Blake zu stehen, machte sie ganz flatterig.

Er legte ihr die Hand ins Kreuz und führte sie zu den beiden nebeneinanderliegenden Plätzen. Die sinnliche Wärme seiner Handfläche brachte sie vollends durcheinander. Eigentlich war die Geste viel zu vertraut, aber Blakes Anziehungskraft war so stark, dass sie ihn einfach machen ließ. Er rückte einen Stuhl für sie zurecht. Danica setzte sich und bemerkte Maries aufmunterndes Lächeln.

Endlich fand Danica ihre Stimme wieder. »Hat jemand was von Kaylie gehört?« Blake anzuschauen, wagte sie nicht. Die Hitzestrahlen, die er aussandte, machten ihr schon genug zu schaffen. Sie wollte weder in seinen glutvollen Augen versinken noch seinen verführerischen Duft riechen.

»Sie hat mir eine Nachricht geschickt. Sie ist bald da«,

antwortete Camille. Danica hörte zu, wie die Männer über das Joch der Ehe scherzten und die Frauen über Kleider, den Blumenschmuck und die Hochzeitsreise redeten. Ihr fiel auf, dass Blake sich nicht an den Gesprächen beteiligte. Vorsichtig riskierte sie einen Blick. Er hatte einen angestrengten Zug um die Augen und seine Kiefermuskeln waren gespannt. Zu gern hätte sie seine Wange berührt und ihm gesagt, alles würde gut.

Er drehte sich zu ihr und verzog die Lippen zu einem Lächeln. Sie wusste nicht, ob es die Therapeutin in ihr oder weibliche Empathie war, die sie fragen ließ: »Alles okay?«

Blake nickte und legte seine Serviette beiseite. »Ich muss nur immer wieder an Dave und diese Frau denken. Das lässt mir keine Ruhe.«

Danica lehnte sich näher zu ihm. »Siehst du? Du bist doch ein guter Freund. Sonst würdest du nicht darüber nachdenken.«

»Ich habe sie auf dem Friedhof getroffen, als ... Ich weiß nicht mal, was ich dort wollte.« In Blakes Augen lag tiefer Schmerz. Er rückte so nahe an sie heran, dass sein Mund fast an ihrem Ohr lag. Sein heißer Atem strich über ihren Hals und jagte ihr eine Gänsehaut bis hinunter zur Brust. »Sie hat einen Sohn von Dave. Der Junge ist siebzehn. Und sie behauptet, sie und Dave hätten keine Affäre gehabt, er hätte nur seinen Sohn kennenlernen wollen.«

Danica versuchte, sich auf Blakes Worte zu konzentrieren, aber sein Atem lenkte sie zu sehr ab. Sie spürte ein Ziehen tief in ihrem Bauch und merkte, wie sie die Hand nach seinem Bein ausstreckte. Erschrocken zog sie sie zurück und setzte sich aufrechter hin. *Was ist in mich gefahren, zum Teufel?* Wie das aussehen musste, ging ihr erst bei Blakes nächster Bemerkung auf.

»Entschuldige bitte. Hätte ich das jetzt lieber nicht sagen

sollen?«

Mist. »Was? Nein, schon in Ordnung.« *Sagen? Was denn? Verdammt, Danica. Reiß dich zusammen.*

»Wir können ein andermal reden. Tut mir leid.« Er drehte sich wieder zum Tisch.

»Tut mir leid, dass ich mich verspätet habe!« Kaylie platzte in den Raum.

Dem Himmel sei Dank.

»Wir waren heute Nachmittag unterwegs und sind aufgehalten worden.« Kaylie küsste Camille auf die Wange. »Sorry, meine Süße, war keine Absicht.«

Danica suchte nach Anzeichen, dass Blake Kaylie anziehend fand. Doch sein Blick hing an seinem Teller. Wieder einmal hatte sie ihm das Gefühl gegeben, dass er etwas falsch gemacht hatte. Was war bloß mit ihr los? Im Augenblick konnte sie dieser Frage nicht auf den Grund gehen. Sie musste den Abend irgendwie überstehen und dann nichts wie weg. Mit Blakes Gegenwart kam sie offenbar nur in ihrer Praxis klar. »Tut mir leid«, flüsterte sie ihm zu. »Lass uns am Montag darüber reden.« Sie richtete ihre Aufmerksamkeit auf Kaylies und Camilles Gespräch über die Hochzeit. Kaylie fragte gerade, ob sie jemanden mitbringen dürfe.

»Wie bitte?« Camille machte große Augen. »Als wir die Gästeliste gemacht haben, hast du gesagt, du würdest nie mit einem Date zu einer Hochzeit gehen …«

»… weil dich das zu sehr einengen würde«, sagten Marie, Stephanie und Laurie im Chor.

»Na ja.« Kaylie schaute zu Danica. »Meinungen können sich ändern. Und? Wie sieht es aus? Darf ich ein Date mitbringen?«

»Klar doch. Eine Person kriegen wir locker noch unter.« Camille drückte Kaylies Hand.

Das ständige Auf und Ab im Liebesleben ihrer Schwester nachzuvollziehen, überforderte Danica ebenso wie der Umstand, dass Blakes Knie nur ein paar Zentimeter von ihrem entfernt war, dass der Duft seines Aftershaves sie umfing und dass seine einsamen, ratlosen Augen die Therapeutin in ihr nicht zur Ruhe kommen ließen. Ihr Kopf war benebelt von sinnlichen Tagträumen, ihr Verlangen kaum zu beherrschen. Sie fürchtete, sie könnte sich jeden Moment zu ihm beugen und ihn küssen. Plötzlich traute sie sich selbst nicht mehr über den Weg.

Angestrengt beschäftigte sie sich mit dem Essen auf ihrem Teller. Sie konnte die Gabel in die Hand nehmen und ihren Mund finden. Sie konnte einen Schluck aus ihrem Glas trinken, sich Schritt für Schritt durch die Mahlzeit kämpfen. Sie konzentrierte sich auf das klappernde Besteck, auf die Diskussion über die Rede des Trauzeugen und versuchte mitzubekommen, was Kaylie Marie erzählte. Doch ihre Gedanken waren fahrig und ihr Herz voller Sehnsucht nach Blake.

Endlich war das Essen vorbei und sie konnte sich verdrücken. Danica stand auf. »Ich muss morgen leider ganz früh raus.« Sie lächelte tapfer. »Vielen, vielen Dank, Camille und Jeffrey. Ich freue mich schon auf die Hochzeit. Das Fest wird sicher toll.«

Damit flüchtete aus dem Restaurant in die Sicherheit ihres Wagens. Sie schlug die Stirn gegen das Lenkrad und ließ den Kopf dort liegen. Warum benahm sie sich wie eine Idiotin?

Jemand klopfte ans Fenster. Danica zuckte erschrocken zusammen.

Blake schaute sie durch das Glas hindurch an. Sie atmete tief durch und öffnete das Fenster. Ein eisiger Luftzug wehte herein. »Was kann ich für dich tun?« Sie versuchte, professionell und distanziert zu klingen.

»Danica? Können wir reden?«

»Klar, am Montag.« Sie starrte stur geradeaus.

»Es tut mir leid. Ich wollte dir den Abend nicht mit Arbeit verderben. Ich brauche nur jemanden, der mir zuhört.« Seine Worte klangen aufrichtig, in seiner Stimme lag Bedauern.

»Schon gut. Das ist nicht das Problem.«

»Nicht? Welchen Fehler habe ich dann gemacht? Habe ich etwas Falsches gesagt?«

Sie wagte einen Blick zu ihm. Ein Messer schnitt in ihr Herz. Blakes Augen waren so ratlos und so verwirrt. Danica öffnete die Wagentür und stieg aus. Ob das eine gute Idee war, wusste sie nicht. Aber ihre Beine hatten ihren eigenen Willen und machten sich auf den Weg zur Seite des Restaurants. Blake ging neben ihr her.

Wie hunderte kleine Laternen hingen die Sterne am klaren Himmel. Sie gingen bis zur Terrasse des Restaurants mit ihrem spektakulären Blick auf verschneite Berggipfel. In der warmen Jahreszeit konnte man beim Essen hier draußen sitzen und die Aussicht genießen.

»Blake, ich weiß nicht, ob wir weiter …«

Er stellte sich vor sie. Seine Bewegung schnitt ihr das Wort ab. Ernst schaute er ihr ins Gesicht. »Bitte schick mich nicht weg. Du hast in den letzten Wochen mehr für mich getan als je ein Mensch zuvor. In meinem ganzen Leben.«

Danica war kurz davor, die dünne rote Linie zu überschreiten, die mehr war als die Grenze zwischen richtig und falsch. Ihre berufliche Zukunft stand auf dem Spiel. Doch Blakes Sog auf ihren Körper war übermächtig. *Der Himmel steh' mir bei.* Die Luft zwischen ihnen heizte sich auf. In diesem

Moment wusste sie, dass sie nicht mehr seine Therapeutin sein konnte, sich vielleicht sogar einen anderen Beruf suchen musste.

Er legte die Hände auf ihre Arme. Sie gab sich Mühe, seine Wärme abzublocken.

»Ich will nicht dauernd irgendwelche Fehler machen. Ich weiß, das Verhältnis zwischen Patient und Therapeutin muss sachlich und distanziert bleiben, und ich möchte keine Grenzen überschreiten.«

Sie schaute auf seine Hände, die ihre Arme festhielten, auf ihre Brust, die sich bei jedem Atemzug hob und senkte. Hatte sie seine Signale falsch gedeutet?

»Du gibst mir Klarheit«, sagte er. »Du bemitleidest mich nicht und speist mich nicht mit billigem Trost ab. Du hörst mir zu und hilfst mir. Genau das brauche ich.«

Prima. Ich bin eine gute Therapeutin. Danica straffte die Schultern, seine Hände fielen von ihren Armen. »Dafür bin ich doch da«, sagte sie. Ihre eigenen Hände hingen schwer wie Fremdkörper an ihren Seiten. Sie wollte sie heben, an seine Hüfte legen und ihn zu sich ziehen.

»So wie mit dir kann ich mit sonst niemandem reden«, sagte er.

»Das gehört zu den schönen Seiten meines Berufs«, sagte sie. Dass Patienten sich zu ihren Therapeuten hingezogen fühlten, kam häufig vor. Weniger häufig und schon gar nicht akzeptabel war es, wenn es umgekehrt lief. *Verdammt.* War sie noch mal mit einem blauen Auge davongekommen? Hatte sie zu voreilig daran gedacht, ihren Job aufzugeben? Suchte er nicht die Art von Nähe, die sie vermutet hatte?

»Bei Problemen und schlimmen Ereignissen habe ich mich bisher immer blind und taub gestellt. Aber jetzt denke ich darüber nach und setze mich damit auseinander. Das hätte ich nie für möglich gehalten. Dabei wird mir immer klarer, dass ich nicht mehr der Grund dafür sein will, dass jemand sich schlecht fühlt. Ich will niemanden mehr verletzen. Aber weißt du, was mich am meisten überrascht? Immer, wenn diese Denkprozesse einsetzen, möchte ich zum Telefon greifen und mit dir darüber sprechen.«

Oh Gott. Was war bloß mit ihren Knien los? Sie stakste einen Pfad zu einer Baumgruppe entlang, nur um sicher sein zu können, dass ihre Beine sie noch trugen. Mondlicht brach sich in den Lämpchen der Lichterketten, die die Bäume um das Restaurant das ganze Jahr über schmückten. Hätte Danica sich nicht so zerrissen gefühlt, wäre dies die vielleicht romantischste Nacht ihres Lebens gewesen. Doch sie dachte nur fieberhaft darüber nach, wie sie auf Blakes Worte reagieren sollte. Sie blieb stehen und schaute ihm ins Gesicht. Ehrlichkeit war ihr ungeheuer wichtig und bisher war sie damit gut gefahren. Im Mondlicht stand sie dem einzigen Mann gegenüber, der seit Monaten, wenn nicht gar seit Jahren, Schmetterlinge in ihrem Bauch auffliegen ließ, und doch musste sie aussprechen, was ihr auf dem Herzen lag.

»Ich glaube, wir sollten das lassen«, sagte sie. Na bitte. Jetzt war es heraus. Ihr Magen zog sich zusammen, sie wartete mit angehaltenem Atem auf seine Antwort.

»Was denn? Nächtliche Spaziergänge?«, scherzte er.

Trotz ihrer Angespanntheit musste Danica lachen.

»Ich brauche dich, Danica«, fügte er hinzu.

Nicht so wie ich dich.

»Ich glaube, ohne dich bekomme ich das alles nicht sortiert.« Er hob seine Hand, als wollte er ihre Wange berühren. Im letzten Moment ließ er sie fallen. »Falls ich es vermasselt habe, tut es mir sehr leid«, sagte er.

Wie sollte sie das aushalten? Hatte sie ihn wirklich so gründlich missverstanden? Wollte er sie tatsächlich nur als Therapeutin? Ohne dass sie es wollte, sagte ihr Mund, was sie dachte. »Verdammt, Blake. Täusche ich mich oder ist da mehr zwischen uns? Ich komme mir vor wie ein Schulmädchen, das für den Star der Footballmannschaft schwärmt. Du sagst mir, dass du mich als deine Therapeutin brauchst, aber deine Körpersprache ...«

Er berührte ihre Wange. Seinen ernsten Blick konnte sie nicht deuten. Sie war eine Idiotin. Warum hatte sie nicht einfach den Mund gehalten? Sie wollte sich abwenden, aber Blake hielt sie am Arm fest.

»Heißt das, du magst mich?«, fragte er.

Sie schwieg.

»Du magst mich?« Ein Grinsen spielte um seinen schönen Mund.

»Okay, schon gut. Ich vermittle dir einen anderen Therapeuten.« *Und dann suche ich mir einen neuen Beruf.* »Ich muss mich für meine mangelnde Professionalität entschuldigen.«

Im nächsten Atemzug zog Blake sie an sich und schloss sie in seine warmen Arme. Sein Mund presste sich auf ihren, sein betörend sinnlicher Geruch umwölkte ihre Sinne und sie erwiderte seine Umarmung. Seine Zunge erforschte behutsam ihren Mund. Er drängte nicht, verschlang sie nicht. Sanft tastend kostete er ihren Geschmack. Seine Hände legten sich auf ihren Rücken, sie verlor sich in seinem Kuss, seinem Duft und in der kühlen Nachtluft auf ihren heißen Wangen. Ihr war, als würde sie schweben, als trüge eine Wolke sie davon. Behutsam drückte er einen weiteren Kuss auf ihre pochenden Lippen.

»Und ich dachte, es würde nur mir so gehen«, murmelte er.

Danica hielt sich mit zitternden Fingern an seinem Rücken fest. Ihre Augen hingen an seinen. Sie wollte ihn noch einmal küssen, aber die Therapeutin in ihr ließ das nicht zu. Auch wenn sie ihre berufliche Zukunft gerade in den Wind schrieb, was richtig und was falsch war, wusste sie noch. »Das ist unmöglich. Das geht nicht. Du bist mein Patient. Du *warst* mein Patient. Herrje.« *Oh Gott. Was mache ich jetzt bloß?*

»Ich *bin* dein Patient.«

»Zwischen Therapeutin und Patient darf es so etwas nicht geben. Das ist unethisch.« Sie schaffte es nicht, sich aus seinen Armen zu lösen.

»Ich brauche dich als Therapeutin.« Er küsste sie. »Und ich will, dass du meine Freundin wirst.«

Danica wand sich aus seinen Armen. »Das könnte mich meine Zulassung kosten. Das kann ich nicht tun.« *Aber ich will es.* Sie hatte sich immer an die Regeln gehalten, hatte darauf geachtet, wen sie datete, und ihr Berufsleben strikt von ihrem Privatleben getrennt. Sie konnte nicht alles für einen Mann aufgeben, der noch ganz am Anfang seiner Therapie stand. Doch das Verlangen, das sie von den Fingerspitzen bis zu den Zehen durchrieselte und sich in jeder Faser ihres Körpers einnisten wollte, ließ sich nicht verleugnen. *Ach Mist.* Ihre Beine trugen sie Richtung Parkplatz.

»Danica, warte.« Er eilte hinter ihr her, dann war er neben ihr. »Ich brauche deine Hilfe. Ich muss mein Leben auf die Reihe kriegen und es gibt vieles, was ich noch nicht verstehe.«

»Ich kann dir jetzt nicht mehr helfen.« Sie blieb stehen und sah ihn an. Ihre Stimme klang auch in ihren Ohren überraschend wütend. »Wir haben uns geküsst, Blake. Das geht nicht. Als deine Therapeutin darf ich dich nicht küssen. Das ist falsch.«

Sie standen sich schweigend gegenüber. Ein leiser Wind strich durch die Bäume. Zum ersten Mal im Leben wusste Danica nicht weiter. Mit einem riesigen Klumpen im Hals warf sie sich herum und rannte davon. Als sie bei ihrem Wagen ankam, liefen die Tränen ihr wie Regen über die Wangen.

Dreiundzwanzig

Mit verquollenen Augen und wie erschlagen wachte Danica am Sonntagmorgen auf. Die halbe Nacht lang hatte sie sich hin und her gewälzt. Der Ärger über ihr unsägliches Verhalten, aber auch ihre ungestillten Sehnsüchte hatten sie wachgehalten. Am allerschlimmsten war, dass sie einen Patienten im Stich gelassen hatte. Einen unfassbar heißen Patienten, der ihre Hilfe brauchte.

Mechanisch spulte sie ihre morgendliche Routine ab, duschte und schlüpfte in langweilige Klamotten aus der Zeit vor ihrer zaghaften Veränderung – eine schwarze Hose und einen grauen Kaschmir-Pullover. Mit ihrem Haar hielt sie sich nicht lange auf und verließ das Haus mit einer Frisur, die ihre Mutter als Sixties-Afro bezeichnet hätte. Es war ihr egal. Ihr ganzes Leben lang war sie immer vernünftig gewesen, hatte ihre persönlichen Bedürfnisse ihrer Arbeit und einem professionellen Auftreten untergeordnet. Und all das hatte sie jetzt mit einem Abend, mit einem bittersüßen Kuss weggeworfen. Sie war nicht bei Trost, so viel stand fest. Ihr Patient musste jetzt ohne sie klarkommen. Natürlich würde sie ihn weitervermitteln. Aber sie fragte sich, ob sie gerade vor der Liebe ihres Lebens davonlief, vor dem einen Mann, der alles für sie hätte werden können. Sie dachte daran, mit wie viel Energie Blake die Veränderungen in seinem Leben angegangen war. Größtenteils aus eigenem Antrieb. Sie dachte an seinen ernsten, traurigen Blick, als er gesagt hatte, er wollte nie wieder jemanden verletzten. Aber auch die Erinnerung daran, wie er der Blondine im Café hinterhergeschaut hatte, ging ihr nicht aus dem Kopf. Wenn Kaylie mit einer solchen Geschichte zu ihr gekommen wäre, hätte sie ihr geraten, den Kerl zu vergessen. *Einmal Playboy, immer Playboy.* Danica wusste, was gut für sie war, und wann es gefährlich wurde. Trotzdem kreisten ihre Gedanken unaufhörlich um Blake. Zum Glück musste sie sich heute um Michelle kümmern.

Danica war erleichtert, dass Nola sie diesmal mit rosigen Wangen und strahlenden Augen begrüßte. Sie war wieder auf den Beinen. Michelle war wie üblich ganz in Schwarz gehüllt, aber als sie aus dem Wagen stiegen und zur Bäckerei gingen, zog sie das bunte Tuch aus der Tasche und schlang es sich um den Hals.

»Das Tuch sieht einfach super aus«, sagte Danica.

»In der Schule komme ich mir damit seltsam vor. Aber eigentlich finde ich es toll. Danke, Danica«, sagte Michelle.

Sie setzten sich an ihren Stammplatz am Fenster. Michelle aß ihr Croissant und schaute zu, wie Danica an ihrem herumzupfte.

»Alles in Ordnung?«, fragte Michelle.

Danica versuchte zu lächeln, aber ihre Wangen waren wie taub. »Ja, ich bin bloß müde.« Sie hatte eine Aufgabe als große Schwester zu erfüllen. Michelle zuliebe musste sie sich zusammenreißen.

Vier Teenager platzten in die Bäckerei. Michelle warf einen kurzen Blick zu ihnen hinüber, machte sich auf ihrem Stuhl ganz klein und schüttelte sich das Haar ins Gesicht. Dieser Schleier war immer verfügbar.

Die Teenager lachten und alberten herum. Sie waren laut und unbekümmert und scherten sich nicht um die missbilligenden Blicke der anderen Gäste und Kunden. Danica sah Michelle verstohlen zu der Gruppe schielen. Eigentlich hatte Michelle die Bäckerei für ihre Treffen ausgesucht, weil niemand aus ihrer Schule dorthin ging. Jetzt ließ sie die Schultern hängen, wickelte bedächtig das Tuch von ihrem Hals und knetete es zwischen den Händen. Plötzlich stand der größte Junge aus der Gruppe am Tisch. Er trug den derzeit angesagten Undercut. Das Deckhaar fiel ihm in die Augen.

»Ich kenne dich doch irgendwo her«, sagte er nicht einmal unfreundlich.

Danica wartete schweigend ab. Sie spürte Michelles fast schmerzhafte Verlegenheit.

»Hey.« Michelle starrte auf ihre Hände.

»Was liegt an?«, sagte der Junge zu Michelle. Dann schaute er Danica an. »Hi. Ich bin Brad.« Er winkte kurz, dann versenkte er die Hände in den Taschen seins Sweatshirts.

»Hi Brad. Ich bin Danica, Michelles … Freundin.«

Der Junge blieb freundlich lächelnd stehen, schaute von Michelle zu seinen Freunden und wieder zurück.

Danica hätte das verlegene Schweigen gern mit einem lockeren Spruch überspielt, aber bei Teenagern war sie lieber vorsichtig. Auf Smalltalk reagierten sie oft mit Rückzug, Pampigkeit oder Unverständnis.

»Cooles Tuch«, sagte Brad.

Michelle lächelte unter ihrem Haar.

»Komm endlich, B-Man!«, rief sein Freund.

»Hey, wir sind auf dem Weg ins Village. Kommst du mit?« Geduldig wartete Brad auf eine Antwort.

Heb den Kopf, Michelle. Schau ihn an.

»Danke, wir haben schon was vor.« Michelle starrte weiterhin auf das Tuch in ihrem Schoß.

»Wenn du möchtest, dann …«

Michelles unwirscher Blick ließ Danica verstummen. »Ähm, ja, wir hatten eigentlich schon Pläne. Sorry«, sagte Danica zu Brad. Sein Lächeln erlosch. Er schaute zu seinen Freunden.

»Okay, gut. Vielleicht ein andermal.« Rückwärts ging er zur Tür, wo die anderen warteten.

»Wer war das?«, fragte ihn eins der beiden Mädchen.

»Eine von der Schule. Sie ist cool«, sagte Brad auf dem Weg aus der Tür.

Danicas Herz schlug schneller. Michelle schien dem Jungen zu gefallen. Er fand sie cool. Sie würde sicher glücklich sein.

Michelle verharrte eisern in ihrem Schneckenhaus.

»Der war ganz nett«, sagte Danica.

Michelle zuckte die Achseln.

»Oder habe ich etwas nicht mitbekommen?«

Michelle schüttelte den Kopf. »Können wir gehen? Bitte?«

Danica kannte dieses Gefühl nur zu gut. Sie packte die Croissants ein. Michelle schlich mit gesenktem Blick zur Tür. Das Tuch hielt sie in den Händen.

Schweigend marschierten sie zur Kunstgalerie, wo Michelle im Anschluss ans Frühstück hingewollt hatte.

»Willst du reden?«, fragte Danica.

»Worüber denn?«

»Na ja. Weshalb bist du nicht mitgegangen? Ich fand diesen

Brad eigentlich ganz sympathisch.«

»Ist er auch.«

»Wo ist dann das Problem? Dir gefällt es doch im Village.«

Michelle stopfte das Tuch in die Tasche. Endlich schaute sie Danica an. »Weil, wie lang kann es dauern, bis jemand Witze über mich reißt? Spätestens wenn sie mal bei mir zu Hause vorbeikommen, lachen sie mich aus, weil ich zwischen lauter Mottenkugeln bei meiner Oma wohne.«

»Hey, Nola ist eine super Oma.«

Michele lächelte. »Ja, das stimmt. Ich meine es auch nicht böse. Aber bei denen zu Hause riecht es sicher nach selbstgebackenen Keksen, und ihre Mamis sagen zur Begrüßung: *Hey, habt ihr Lust auf einen Snack?*«

»Glaubst du das wirklich?«

»Sogar wenn meine Mom nicht in der Klinik war, war sie nie da. Entweder sie hat gearbeitet oder sie war vom Arbeiten zu müde für irgendwas oder sie ist mit irgendwelchen Typen rumgezogen. Ich weiß nicht, was normal ist, aber ich weiß, so wie ich lebt sonst keiner.« Michelle ließ sich auf eine Bank vor dem Museum fallen.

»Michelle, heutzutage wird jede zweite Ehe geschieden. Ganz sicher wachsen einige deiner Klassenkameraden bei nur einem Elternteil auf, verbringen das Wochenende mit dem anderen und fragen sich, wo sie eigentlich hingehören. Wir leben nicht mehr in den Fünfzigern. Und ich glaube, kaum eine Mutter backt noch Kekse oder bietet Snacks an. Die meisten haben einen Job, und wenn sie nach Hause kommen, hocken ihre Kinder vor dem Computer und sie selbst vermutlich auch.« Danica setzte sich neben Michelle und atmete aus. »Meine Mom war noch vom alten Schlag. Immer für alle da, hat meinem Dad den Rücken freigehalten, hat gekocht und gebacken. Ich erzähle dir jetzt etwas, was ich nur selten jemandem erzähle, aber ich glaube, du solltest es hören.«

Michelle schaute Danica aufmerksam an.

»Mein Dad hat meine Mom betrogen und sie verlassen. Meine Schwester läuft vor jeder festen Beziehung davon, dabei hatten wir die perfekte Mutter. In den Augen meiner Schwester war sie ein schwacher Mensch, weil sie viele Jahre lang nur wegen uns Kindern bei unserem Vater geblieben ist.«

»Immerhin war sie für euch da.«

»Ja, das war sie. Aber man kann da sein und seinen Kindern langfristig trotzdem schaden.«

»Zum Beispiel, indem man sich bis zur Bewusstlosigkeit besäuft«, sagte Michelle trotzig.

»Ja, oder indem man so tut, als wäre alles in Ordnung, obwohl die Kinder genau merken, dass nichts in Ordnung ist. Oder indem man nach der Scheidung nicht arbeitet, damit man keinen Unterhalt zahlen muss.« *Wow*. Das hatte sie bisher noch nicht einmal zu Kaylie gesagt. Was war bloß in sie gefahren? Heute war einfach alles anders als sonst. »Oder indem man die Familie verlässt und so dafür sorgt, dass die Kinder später weder sich selbst noch anderen genügend vertrauen, um eine feste Beziehung eingehen zu können.« *Belinda. Blake.* »Manche diese Kinder trauen sich gar nicht, glücklich zu sein, oder sie machen sich ihr Glück immer gleich vorsorglich selbst kaputt.« *Kaylie. Und ich? Verstecke ich mich hinter meiner Arbeit? Selbst wenn ich gerade mit dem Gedanken spiele, meine Zulassung zurückzugeben?*

»Ja, so was gibt's.« Michelles Tonfall verriet, dass sie Danica kein Wort glaubte.

»Du kannst dein Leben im Stillstand und voller Angst vor Veränderungen leben. Oder du kannst auf Menschen zugehen, ihnen eine Chance geben und darauf vertrauen, dass sie dich nicht verletzen. Vielleicht erfüllen sie nicht all deine Erwartungen, aber vielleicht doch so viele, dass es zum Glücklichsein reicht.« Danica wartete Michelles Antwort nicht ab. »Und du musst nicht so sein, wie andere dich sehen oder haben wollen.« *Gütiger Himmel. Rede ich etwa von mir selbst?* »Darüber haben wir schon mal gesprochen. Du erinnerst dich sicher. Du kannst ein mutiges junges Mädchen sein, dessen Mutter leider eine Zeit lang zu tief ins Glas geschaut hat.« *Und ich kann eine Therapeutin sein, die sich in einen Patienten verguckt hat.* »Das ist nicht das Ende der Welt. Trau dir ruhig etwas zu.«

Danica griff nach dem Zipfel des Tuchs, der aus Michelles Tasche ragte, und zog daran. Sie schüttelte das Tuch aus und schlang es um Michelles Hals. Dann hob sie Michelles dickes, seidiges Haar über das Tuch, wie die Frau im Village es getan hatte, und lächelte dabei. »Da ist sie wieder. Die glückliche Michelle.«

Michelle packte die Enden des Tuchs. »Es ist wirklich schön.« Sie griff in den Ausschnitt ihres Shirts und zog die *Unvollkommen*-Halskette heraus. Lächelnd rieb sie den Anhänger zwischen den Fingern und schaute gedankenverloren in die Ferne.

Danica sprang auf. Sie fühlte sich erfrischt. »Wohin jetzt?«

Michelle steuerte auf den Eingang des Museums zu. »Komm mit.« Danica folgte ihr in das Gebäude und durch die Lobby zu den Ausstellungsräumen im hinteren Teil.

»Ach ja, das Chaos-Bild.« Danica schaute zu, wie Michelle lächelnd das verwirrende Gemälde betrachtete.

»Genau. Ich glaube, jetzt weiß ich, warum es mir so gut gefällt.« Michelle trat so nahe an das Bild, dass sie den Kopf in den Nacken legen musste. »Es erinnert mich an mein Leben.

Genau wie du vermutet hast.« Ihre Augen wirkten jetzt fröhlicher.

Danica nickte.

»Alle Teile sind vorhanden« fuhr Michelle fort, »aber alles ist ziemlich durcheinander. Genau wie bei mir.«

»So könnte man es sehen.« Nancys Brief fiel Danica ein. Sie zog ihn aus ihrer Handtasche. »Bitte sei mir nicht böse, Michelle. Aber ich habe deine Mom besucht. Bevor ich dir ein Treffen mit ihr vorschlage, wollte sich sehen, ob sie wirklich Fortschritte macht.«

Michelles Augen wurden kalt. »Und?«

»Ich glaube, es geht voran. Sie hat eine kleine Wohnung, überall stehen Fotos von dir. Sie hat einen Job und sie, na ja, sie wollte, dass ich dir das hier gebe.« Danica hielt Michelle den Umschlag hin.

»Was ist das?«

»Ein Brief. Was drin steht, weiß ich nicht.« Danica hatte den Brief nicht geöffnet. Schließlich war er an Michelle gerichtet. Was immer ihre Mutter geschrieben hatte, Danica wollte es nicht deuten. Das stand allein Michelle zu. »Sie hat gesagt, es sei wichtig.«

Michelle wandte sich ab.

»Ich werde dich nicht zu einem Treffen mit deiner Mutter drängen. Was passiert ist, war sehr schwer für dich, und ich verstehe es, wenn du noch nicht weißt, ob du ihr wieder trauen kannst. Aber jeder macht Fehler in seinem Leben. Sicher habt ihr beide noch viele Jahre vor euch, aber ich fände es schade, wenn ihr die Zeit, die ihr eigentlich zusammen verbringen könntet, ungenutzt lasst.«

Ein Paar betrat den Raum und Michelle versteckte ihr Gesicht. Das Paar schlenderte weiter und neue Besucher spazierten in den Raum.

»Willst du gehen?«, fragte Danica.

Michelle schüttelte den Kopf. Sie nahm den Umschlag, steckte ihn in ihre Tasche, wischte sich die Augen ab und setzte ein Lächeln auf. »Ich weiß nicht, was ich denken soll«, murmelte sie.

»Das musst du auch nicht. Aber vielleicht kannst du deiner Mom irgendwann verzeihen.« Sie nahm Michelle an der Hand und ging mit ihr zu einer Bank in der Ecke des Raums. Dort ließen sie sich nieder. »Wie gut erinnerst du dich an die Zeit mit deiner Mom? Ist es möglich, dass dir ihr Alkoholproblem und ihre Männergeschichten im Rückblick viel schwerwiegender erscheinen, als sie es waren?«

»Jetzt spricht Dr. Snow.« Michelle feixte.

»Tut mir leid. Ich versuche nur, etwas zu verstehen, was mir die Therapeutin deiner Mutter erzählt hat.«

Michelle schürzte die Lippen und schaute weg.

»Michelle? Ich mache dir keine Vorwürfe.«

Michelle verschränkte die Arme. Ihr Blick wanderte umher, war überall, nur nicht bei Danica.

»Schon gut. Wir müssen nicht darüber reden.« Danica wollte Michelle nicht noch mehr in die Enge treiben.

Ein paar Minuten spazierten sie noch schweigend durch das Museum, dann bat Michelle Danica, sie nach Hause zu bringen. Danica hatte das Gefühl, dem Mädchen heute mehr geschadet als genützt zu haben.

Vor Nolas Haus entschuldigte sie sich bei Michelle für die Einmischung in ihr Leben.

Michelle spielte mit den Zipfeln ihres Tuchs. »Ich muss dir etwas sagen, aber ich weiß nicht, wie.«

Oh Gott. Sie will mich nicht mehr als große Schwester. Ich hätte es ahnen müssen.

»Also gut. Das meiste habe ich erfunden. Dass meine Mom nie zu Hause war, dass sie mit irgendwelchen Kerlen rumgezogen ist. All das. Ich …«

»Oh Michelle. Das tut mir so leid.«

»Das muss es nicht.« Michelles Stimme war voller Selbstverachtung. »Ich habe sie gehasst für das, was sie gemacht hat. An dem Tag, als sie so betrunken war, habe ich ihr Tagebuch gelesen. Sie hat sich zugedröhnt, weil mein Vater gestorben ist. Dabei hat sie mir immer erzählt, er sei längst tot. Tot, verdammt. Sie hat mich belogen!«

»Sicher hatte sie einen Grund, sie hat geglaubt, es sei besser so«, versuchte Danica zu beschwichtigen.

»Ja, für sie vielleicht. Sie ist nicht mit Männern rumgezogen. Sie hat immer nur gearbeitet, soweit ich weiß. Aber dann hat sie plötzlich getrunken. Sie hat sich regelrecht ins Koma gesoffen.« Tränen strömten über Michelles Wangen. »Es war einfach schrecklich, sie … meine Mutter … auf dem Fußboden liegen zu sehen. Sternhagelvoll und völlig weggetreten.«

Danica streckte die Hand aus, aber Michelle stieß sie weg.

»Verstehst du nicht? Ich bin hinterhältig und gemein. Ich habe sie übel beschimpft, sie angeschrien und ihr vorgeworfen, sie sei eine beschissene Mutter. Am nächsten Tag war sie weg. In der Klinik. Und ich war bei meiner Oma.«

»Deine Mutter hat sich selbst für den Entzug entschieden. Nach allem, was ich über deine Familiengeschichte weiß, hatten sie und Nola nach dem Vorfall schreckliche Angst. Natürlich belastet dich das alles sehr. Aber vielleicht hast du deiner Mutter sogar das Leben gerettet.«

»Nein, habe ich nicht. Ich habe alles kaputtgemacht. Wenn ich nicht so ein Drama daraus gemacht hätte, wäre sie nicht in die Klinik gegangen und hätte auch ihren Job nicht verloren. Keiner würde sich jetzt den Mund über sie zerreißen und sagen, sie wäre ein Alki. Ich bin an allem schuld. Ich hätte ihr das eine Besäufnis einfach verzeihen sollen, aber ich war so wütend, weil sie mich angelogen hat.« Michelle schluchzte. »Sicher findest du mich jetzt nur noch schrecklich. Ich kann verstehen, wenn du nichts mehr mit mir zu tun haben willst.«

Diesmal zog Danica sie an sich. Sie ließ nicht zu, dass Michelle sich ihr entwand. »Mit dir nichts zu tun haben wollen? Du bist doch meine kleine Schwester. So schnell wirst du mich nicht los.« Danica drückte Michelle noch einmal fest an sich, dann ließ sie sie los. »Aber eins würde ich gerne verstehen. Erinnerst du dich noch an den ersten Entzug deiner Mutter?«

»Ich war noch ziemlich klein und weiß nur noch, dass ich bei meiner Oma bleiben musste. Wahrscheinlich habe ich das meiner Mutter auch vorgeworfen, als ich rausgefunden habe, dass sie mich wegen meinem Dad belogen hat. Du hättest ihr Gesicht sehen sollen, als ich sie eine widerliche Säuferin genannt habe.« Michelles Schultern zitterten. Sie schluchzte in ihre Hände. »Gott, ich bin so ekelhaft.«

»Nein. Du warst verletzt. Weshalb hätte deine Mutter denn in eine Entzugsklinik gehen sollen, wenn sie kein Problem gehabt hat?«

Michelle hob ihr verquollenes Gesicht. »Weil sie es mit mir nicht mehr ausgehalten hat.«

»Ach Michelle, das ist doch nicht wahr.«

»Ich habe meine Oma angerufen und die beiden haben sich gestritten. Ich glaube, meine Oma hat sie hingeschickt, wegen dem, was mit meinem Opa war, oder so. So genau weiß ich das auch nicht.«

»Und deine Schulkameraden? Sind die tatsächlich so gehässig zu dir?«

Michelle zuckte die Achseln.

Michelle verschiebt also ihren Selbsthass auf andere. Na prima. Danica fragte sich, ob sie vielleicht etwas Ähnliches tat. Glaubte sie im Ernst, dass jemand sie verurteilen würde, wenn sie sich mit Blake traf? Wer wusste überhaupt, dass er ihr Patient war? Suchte sie womöglich nur eine Ausrede, um sich von ihm fernhalten zu können? Diese Fragen mussten warten. Im Moment ging es um Michelle.

»Was mache ich den jetzt?«, fragte Michelle. »Ich habe mich total mies benommen. Aber ich bin immer noch stinksauer auf meine Mom, weil sie mich angelogen hat.«

»Hast du sie nach deinem Vater gefragt und ihr eine Chance gegeben, dir alles zu erklären?«

Michelle schüttelte den Kopf. »Ich habe ihr Tagebuch gelesen, obwohl ich weiß, dass man so was nicht macht. Sicher hasst sie mich jetzt.«

»Was du jetzt tust, kannst nur du selbst entscheiden. Aber meistens hilft es, wenn man reinen Tisch macht. Sonst erstickt man an seinen Gefühlen.« Danica legte den Zeigefinger an Michelles Kinn und bewegte sie mit sanftem Druck dazu, sie anzusehen. »Du bist kein Schwerverbrecher. Fast alle Kinder lesen irgendwann die Tagebücher ihrer Eltern. Manche noch zu Lebzeiten ihrer Eltern, andere nach deren Tod. Aus purer Neugier. Damit bist du nicht allein. Deine Mom liebt dich. Gib ihr eine Chance, dir alles zu erklären. Dann weißt du vielleicht, ob du ihr verzeihen kannst.« Danica zuckte die Achseln.

Michelle nickte und wischte sich die Augen ab. »Du bist

eine richtig gute Therapeutin.«

Ich wünschte, ich wäre mir da so sicher. »Ich bin nicht deine Therapeutin.« Danica lächelte.

»Ich weiß. Ich mein' ja nur.«

Vierundzwanzig

Blake verbrachte den Sonntag im Geschäft. Er ging stapelweise Schreibkram durch, mit dem sich sonst Dave herumgeschlagen hatte. Gleichzeitig grübelte er, was mit Danica falsch gelaufen war. Er hatte angenommen, sie würde bei der ersten Gelegenheit in seine Arme sinken. So hatte er ihre Signale gedeutet. Was er für sie empfand, hatte er noch nie für eine Frau empfunden. Sicher hatte sie das doch in seinen Augen gelesen. Hatte er sich so sehr getäuscht? Hatte er's einfach nicht mehr drauf? *Verdammt.* So wollte er nicht mehr denken. Es ging nicht darum, ob er noch immer Frauen abschleppen konnte. Es ging darum, wie und wer er war. Danica mochte ihn, das stand fest. Und er mochte sie. Sie war etwas Besonderes. Sie hatte Köpfchen. Sie wusste, was sie wollte. Einen Kerl wie ihn, der hinter jeder schönen Frau herjagte, wollte sie offenbar nicht. *Verdammt, Danica.* Erst hatte sie sich in seinem Kopf eingenistet und jetzt war auch sein Körper verrückt nach ihr. Seit dem einen heißen, sinnlichen Kuss wurde er schon ganz kribbelig, wenn er nur an sie dachte. Aber er brauchte sie auch in anderer Hinsicht. Er brauchte sie sehr.

Als es am Montagmorgen Zeit wurde für seinen wöchentlichen Termin bei Danica, starrte er wie gelähmt auf sein

Telefon. Er überlegte, ob er sie anrufen und sich bei ihr entschuldigen sollte. Aber was sollte er sagen? Tut mir leid, dass ich dich geküsst habe? Ich habe mich daneben benommen? Ich will dich? Wie er es auch drehte und wendete, er hatte eine rote Linie überschritten, und sie war zu professionell, um darüber hinwegzusehen. Sie würde ihm nie verzeihen. Erst drosch er ihr den Ellbogen auf die Nase, dann küsste er sie. Was zum Teufel stimmte nicht mit ihm? Noch nie hatte eine Frau ihn so ratlos gemacht und ihn gleichzeitig so magisch angezogen. *Mist.* Wer half ihm jetzt mit Sally weiter? Wie sollte er sich um Rusty kümmern, wenn er dabei ständig an die andere Frau und ihren Sohn dachte, die Dave ebenfalls verloren hatten? *Verdammt.* Dieser Kuss war eine Riesendummheit gewesen. Er hatte es total vermasselt.

Alyssa steckte den Kopf ins Büro. »Ich gehe jetzt. Du kommst klar, oder?«

»Ja, sicher. Danke für alles«, sagte er.

»Ach ja, vorhin hat eine rothaarige Lady nach dir gefragt. Aber du wolltest ja nicht gestört werden. Deshalb habe ich ihr gesagt, du seist nicht hier.«

»Prima, danke.« Auch das noch. Die Rote. Ihm fehlte Danicas Rat, aber noch viel mehr fehlte es ihm, einfach mit ihr reden zu können. Ins Bett konnte er fast jede Frau bekommen. Aber mit Danica wollte er mehr.

»Ich soll dir das von ihr geben.« Alyssa hielt ihm eine Visitenkarte hin. »Duftet nach Parfum. Ich glaube, sie mag dich.« Sie lächelte.

Blake legte die Karte auf seinen Schreibtisch. »Bis morgen, Alyssa«, sagte er.

»Bis morgen.«

Blake war froh, dass sie bereit war, mehr zu arbeiten, bis er noch jemanden einstellen konnte. Sie schloss die Bürotür und ließ ihn mit seinen Gedanken, einem Stapel Rechnungen und der Telefonnummer der Roten allein.

Er nahm die Visitenkarte, hielt sie an seine Nase und atmete den Parfumduft ein. Einen Moment lang schloss er die Augen. Dann griff er zum Telefon.

Sally öffnete mit neugierigem Blick die Tür. »Blake?«

»Gut, dass du Zeit hast. Ich muss unbedingt mit dir reden.«

Sie hielt ihm die Tür auf und er folgte ihr ins Wohnzimmer. Sie sah nicht ganz so müde aus wie bei seinem letzten Besuch. »Möchtest du was trinken? Du hast am Telefon sehr ernst geklungen.«

»Nein, danke.« Blake ließ sich in einem Sessel nieder und schaute zur Treppe. »Ist Rusty hier?«

Sally schüttelte den Kopf. Ihr Pferdeschwanz flog hin und her. »Er ist mit Freunden unterwegs. Hör mal, wenn es wegen meiner Bitte ist, dich um ihn zu kümmern – falls du das lieber nicht möchtest, kann ich es verstehen.«

»Nein, darum geht es nicht. Ich bin … Ich war kürzlich an Daves Grab.«

Sally legte den Kopf schief und zog die fast durchsichtigen Brauen zusammen.

»Dort habe ich zufällig diese Frau getroffen. Ich weiß nicht mal, wie sie heißt.«

»Trisha.« Sally verschränkte die Arme.

Du kennst ihren Namen? »Trisha. Okay. Das ist schwer für mich, Sally. Natürlich fühle ich mich Dave verpflichtet, und dir und Rusty. Aber ich finde, du solltest wissen, was sie mir gesagt hat.«

»Du brauchst gar nicht weiterzureden, Blake.«

»Aber ich möchte es dir sagen. Es ist wichtig.«

»Ich weiß es schon. Sie war heute bei mir. Sie hat mir von Chase erzählt, und dass Dave ihn kennenlernen wollte.« Sallys Augen füllten sich mit Tränen. »Sie sagt, sie und Dave hätten nicht miteinander geschlafen.«

»Gott sei Dank. Das hat sie mir auch erzählt.« Blake war, als fielen unsichtbare Fesseln von ihm ab. »Ich wusste nicht, wie ich dir das sagen soll.«

»Sie hat mich angerufen und um ein Gespräch gebeten. Ich fand, es sei Zeit, mich der Sache zu stellen, und wollte ihr klipp und klar sagen, wie ich es finde, dass sie sich in unser Leben gedrängt hat. Aber dann stand sie vor mir … Sie ist so ein zartes Ding und sie war schrecklich nervös.« Sally lachte zittrig auf. »Ich glaube, sie hatte mehr Angst als ich. Jedenfalls hat sie mir alles erzählt. Sie meint, Dave hätte sicher bald mit mir gesprochen. Das glaube ich ihr.« Sally seufzte. »Er hat es sogar mal versucht. Aber ich wollte nicht zuhören. Ich habe ihn nicht bis zu Chase kommen lassen. Ich dachte, er ist bei der anderen Frau.«

»Dann findest du das alles in Ordnung?« Wie Frauen tickten, würde Blake nie verstehen. So viel stand fest.

»Nein. Dave hätte mir gleich von Anfang an alles sagen sollen. Oder ich hätte ihm zuhören sollen. Aber ich kann die Zeit nicht zurückdrehen. Der Dave, den ich gekannt habe, wollte das Beste für sein Kind. Darüber bin ich froh. Aber ich habe ihr ehrlich gesagt, wie sehr mich seine Lügen verletzt haben und wie wütend ich bin, dass er ihr und ihrem Sohn die Zeit geschenkt hat, die uns als Familie gehört hätte.«

Blake fuhr sich durchs Haar. Scheinwerferlicht fiel durchs

Fenster. Draußen hielt ein Wagen und eine Autotür schlug zu. »Erwartest du jemanden?«

Sally schüttelte den Kopf. »Rusty wollte eigentlich länger weg sein.«

»Wie hat sie reagiert?«

»Sie hat geweint. Wir haben geweint. Es ist für uns alle nicht …«

Rusty platzte zur Haustür herein und schlug sie hinter sich zu. »Mom!« Mit hochrotem Kopf stürmte er ins Wohnzimmer. »Und du bist auch da!« Er funkelte Blake an. »Scheiße, gut, dass du auch da bist.«

Blake stand auf. »Moment mal, Rusty.« Er hob die Hände. »Immer mit der Ruhe, Kumpel.«

»Du hast mir gar nichts zu sagen.«

»Rusty Michael, was soll das?« Sally stand auf. »Rede nicht so. Das gehört sich nicht.« Ihre Stimme war mütterlich und streng.

»Hör dir erst mal an, was ich erfahren habe. Dann bist du auch stinksauer. Dieser Scheißkerl …« Er zeigte auf Blake. »Er hat von Dad und der anderen Frau gewusst.« Mit bebenden Nasenflügeln und Zorntränen in den Augen drehte Rusty sich zu seiner Mutter. »Du hast richtig gehört. Dad hat eine andere Frau gevögelt, und das ist nicht alles. Er hat mit ihr einen Sohn. Einen Sohn, verdammt. Der ist älter als ich!«

»Wie hast du das herausgefunden?« Sallys Stimme zitterte.

»Einer von meinen Freunden kennt ihn.«

»Rusty.« Blake machte einen Schritt auf ihn zu und Rusty holte aus. Blake fing die Faust ab, die auf ihn zu sauste. »Hey, verdammt, Rusty. Lass das.« Er drückte den Jungen in einen Sessel. Rustys Faust hielt er weiter umklammert. »Jetzt komm mal runter.« Blake sprach viel lauter als beabsichtigt. Sally liefen

Tränen übers Gesicht. Zitternd schaute sie zu, wie ihr Sohn mit seiner Wut und seiner Verzweiflung kämpfte.

»Mom!«, schrie Rusty.

Sally kniete sich neben seinen Sessel. »Ich weiß Bescheid«, sagte sie beschwichtigend. »Dein Vater hatte keine Geliebte, aber er hatte einen Sohn. Und die Frau, von der du redest, ist seine Mutter.«

»Du weißt das?« Rustys Blick ging zwischen Blake und Sally hin und her. »Was für Lügen hast du ihr erzählt?« Er wollte sich hochstemmen, aber Blake drückte ihn in den Sessel, damit er bleiben und weiter zuhören musste.

»Ich weiß es selbst erst seit ein paar Tagen und wollte es deiner Mom gerade erzählen. Aber die Mutter des Jungen war heute hier und hat es ihr gesagt.«

»Verdammt, Mom. Was soll das alles? Das ist doch ein beschissener Albtraum.« Rusty sank in sich zusammen. Blake ließ ihn los und fing an, im Zimmer auf und ab zu gehen.

Sally bebte. Unter Tränen sagte sie: »Ich weiß, Rusty. Ich dachte auch, er hätte eine Affäre. Aber es war nicht so. Das ist alles ziemlich schwer zu verstehen.«

»Zu verstehen? Es ist einfach nur zum Kotzen«, schrie Rusty.

»Ja, vielleicht«, sagte Sally. »Aber er war dein Vater und er hat dich geliebt.«

»Mich geliebt? So ein Quatsch. Er hat sich einen Dreck um mich gekümmert. Wenn ich beim Training war, ist er zu ihr gefahren.«

Sally sprang auf. Sie funkelte Rusty wütend an. »Wenn du beim Training warst, Rusty? Ach ja? Hast du nicht eine Kleinigkeit vergessen?«

Rusty warf Blake einen bitterbösen Blick zu.

»Blake hat mir nichts verraten. Ich habe es schon gewusst, als Dad noch gelebt hat. Dein Trainer hat mich vor ein paar Wochen angerufen. Rusty, dein Vater hat dir erlaubt, mit deinen Freunden zusammen zu sein, die dir, wenn ich mich recht erinnere, plötzlich wichtiger waren als deine Familie. Es war deine Entscheidung, nicht mehr zum Training zu gehen. Es war deine Entscheidung, mit deinen Freunden herumzuziehen, anstatt mit uns zusammen zu sein. Also mach deinen Vater nicht schlechter, als er war.« Sie wischte sich die Augen ab. »Ja, er war bei ihr zu Hause und hat Zeit mit dem Jungen verbracht. Ja, er hat uns deswegen belogen. Aber sie hat gesagt ...«

»Sie hat gesagt? Warum glaubst du der Frau?«, blaffte Rusty.

»Weil ich deinen Vater liebe. Und weil ich gerne denken möchte, dass ich ihn gekannt habe. Er wollte seinen Sohn kennenlernen und hat nach einem Weg gesucht, wie er uns von einem Kind erzählen kann, das nichts dafür kann, dass es geboren wurde. Und wenn du dieses Kind wärest, hättest du gehofft, nein, du hättest erwartet, dass dein Vater sich für dich interessiert.« Sally sank auf die Couch.

Blakes Nerven waren zum Zerreißen gespannt. Immer wieder flog sein Blick zur Haustür. Am liebsten hätte er die beiden mit ihren Problemen sitzenlassen. Aber konnte er das jetzt tun? Bei Danica hätte er sich Rat holen können. Aber das war leider nicht mehr möglich. *Danica.* Allein der Gedanke an sie brachte den Geschmack ihrer Lippen zurück, das Gefühl, sie in den Armen zu halten. Wenn er noch irgendeine Chance bei ihr haben wollte, musste er sich am Riemen reißen und durfte unangenehmen Situationen nicht aus dem Weg gehen. Er atmete tief durch.

»Von der Frau und dem Jungen habe ich nichts gewusst, Rusty«, begann Blake.

»Chase«, sagte Sally.

Rusty starrte sie ungläubig an.

»Er hat einen Namen, Rusty. Und so unfassbar das auch sein mag, er ist dein Halbbruder. An den Gedanken müssen wir uns gewöhnen.« Sally verzog den Mund, als schmeckten die Worte bitter.

»Vergiss es«, zischte Rusty.

»Lass dir Zeit, das geht nicht von heute auf morgen«, sagte Blake. »Aber noch mal, Rusty. Ich wusste von nichts. Dein Vater hat immer nur von dir und deiner Mom gesprochen. Ich hatte keine Ahnung, dass er seine Zeit nicht ausschließlich mit euch beiden verbringt.« Blake machte sich auf den Weg zur Tür, blieb aber noch einmal stehen. Er erinnerte sich an etwas, was Danica gesagt hatte. »Hier geht es nicht um mich. Das hier ist eure Familienangelegenheit. Aber der Mann, auf den du wütend sein willst, Rusty, ist nicht der, den ich gekannt habe. Es gibt keinen, dem seine Familie wichtiger gewesen wäre.« Plötzlich war Blake ganz sicher, dass Dave sich nicht umgebracht hatte. Dave hatte mehr Gründe zum Weiterleben gehabt, als Blake je geahnt hatte. Er fuhr sich durchs Haar. Jetzt schämte er sich für den Gedanken, sein Freund könnte sich das Leben genommen haben. Und es schmerzte ihn, dass Dave ihm seine Nöte nicht anvertraut hatte. Er schaute Sally in die Augen. Sein Verhalten zu ändern, ein besserer Freund und ein besserer Mann zu werden, war tatsächlich seine wichtigste Aufgabe. Sich um andere zu kümmern, war ein erster, wichtiger Schritt dazu. »Ruf mich an, wenn du mich brauchst.«

Auf dem Weg zum Wagen wurde Blake bewusst, dass er eine ganz bestimmte Entscheidung längst getroffen hatte. Er war kein Waschlappen und würde nicht weglaufen, nur weil er einen Fehler gemacht hatte. Schon gar nicht vor der Sache mit Danica. Zum ersten Mal im Leben war er sich ganz sicher, auf dem einzig richtigen Weg zu sein.

Fünfundzwanzig

Mit deutlich dezenterem Make-up und viel weniger aufreizenden Jeans als sonst saß Belinda in Danicas Praxis. Angesichts dieser Veränderungen wanderten Danicas Gedanken zu Blake. Ob er wohl wieder in alte Gewohnheiten verfallen war und allabendlich in Bars Frauen anbaggerte? Sie hatte ihn seit einer Weile nicht gesehen.

»Hören Sie mir eigentlich zu?«, fragte Belinda.

»Ja, natürlich. Sie denken daran, einen Schreibkurs zu belegen.« Ihr desinteressierter Tonfall war Danica peinlich. Sie musste sich konzentrieren. Oder vielleicht doch über einen Berufswechsel nachdenken. In letzter Zeit fehlte ihr die nötige Empathie. Blake ging ihr nicht aus dem Kopf. Die Therapiesitzungen wurden davon nicht besser.

»Ja.« Belinda bearbeitete geräuschvoll ihren Kaugummi. »Ich könnte eine spannende Geschichte erzählen. Über eine missverstandene Frau, die nichts anbrennen lässt und dann herausfindet, dass es auch andere Möglichkeiten gibt, Aufmerksamkeit zu bekommen. Wer weiß, vielleicht lande ich damit einen Bestseller wie Shades of Grey.«

Bitte nicht. In einer Buchhandlung hatte Danica in dem Roman von E. L. James geblättert und war puterrot geworden, als eine andere Kundin sie dabei ertappt hatte. Falls Belinda je ein Buch veröffentlichte, dann hoffentlich keines, das zu solchen Peinlichkeiten führte. *Ach was soll's. Ich gönne ihr jede Art von Erfolg. Wen kümmert es schon, was andere Leute denken?* Danica stellte fest, dass sie in letzter Zeit immer öfter so dachte.

»Warum nicht? Das ist ein ehrgeiziges Ziel, aber das ist gut.«

»Glauben Sie, ich schaffe das?«, fragte Belinda.

»Wenn Sie es wirklich wollen, kriegen Sie es auch hin.« Nach all den Veränderungen, die Belinda bereits durchlaufen hatte, traute Danica ihr noch ganz andere Dinge zu.

»Wirklich begeistert hören Sie sich nicht an.«

»Tatsächlich? Das tut mir leid. Ich glaube, ich brüte eine Erkältung aus«, log Danica.

»Nein, tun Sie nicht. Ich sehe genau, was mit Ihnen los ist. Mit so was kenne ich mich aus. Irgendein Kerl macht Ihnen das Leben schwer.« Belinda lachte. »Erst habe ich Sie immer nur in ganz braven Klamotten gesehen, dann haben Sie sich plötzlich lockerer und bunter angezogen, und jetzt sind Sie wieder die graue Maus.« Sie ließ eine Kaugummiblase platzen. »Tut mir leid. Wahrscheinlich sollte ich das nicht sagen.«

Ertappt. »Sie sind … eine gute Beobachterin. Aber keine Sorge, das wird wieder. Und ich finde wirklich, dass Sie schreiben sollten. Das kann sehr befreiend wirken.« *Vielleicht sollte ich das auch mal probieren.*

»Kopf hoch.« Belinda stand auf und nahm ihre Jacke. »Kein Mann ist es wert, dass man seinetwegen graue Haare kriegt.« Sie lächelte Danica mit ihren dezent geschminkten Lippen an. »Das habe ich von Ihnen gelernt.« Sie zwinkerte und machte sich auf den Weg zur Tür. »Bis nächste Woche.«

Je öfter Danica mit Belinda sprach, desto sympathischer wurde sie ihr. Zudem erkannte sie immer mehr Wesenszüge von

Kaylie in ihr. Sie hatte ihre Schwester viel zu lange nicht gesehen. Danica griff nach dem Telefon und wählte Kaylies Nummer.

»Hallo?« Kaylie klang, als wäre sie gerade aufgewacht.

»Hey? Alles klar?«

»Ja. Bin bloß müde.«

»Bist du mal wieder bis morgens um vier um die Häuser gezogen?«, frotzelte Danica.

»Nö. Ich war um zehn im Bett.«

Gut möglich. »Dann hat dich wohl dort jemand wachgehalten.«

Kaylie seufzte. »Was gibt's, Dan? Ich habe heute Abend einen Auftritt und muss mich noch zurechtmachen.«

Dass heute Freitag war, hatte Danica fast vergessen. »Du fehlst mir. Treffen wir uns morgen zum Mittagessen?«

»Gern. Und bei Camilles Hochzeit am Sonntag sehen wir uns auch.«

Danica hatte keine Lust auf ein Wiedersehen mit Blake, aber er würde auch auf der Hochzeit sein. Seit dem Kuss hatte sie sich mit Arbeit und tausend anderen Dingen abgelenkt, und es war ihr gelungen, sich nicht nach ihm zu sehnen. Wenigstens nicht allzu sehr. Aber was ihr verrücktes Herz tun würde, wenn er ihr in einem eleganten Smoking gegenüberstand, wollte sie sich lieber nicht vorstellen. *In einem Smoking sieht jeder Mann gut aus. Blödsinn.* »Jap. Um zwölf bei Felby's?«

»Um zwölf. Bis dann.«

Danica legte die Patientenakten für die kommende Woche zurecht. Einen Teil davon würde sie zur Durchsicht mit nach Hause nehmen. Die Akten der Patienten, die sie anrufen musste, kamen auf einen anderen Stapel. Als das Telefon auf ihrem Schreibtisch klingelte, schaute sie auf die Uhr. Es war nach fünf. Normalerweise hätte sie sofort abgehoben, aber versuchte sie nicht gerade, sich nicht von der Arbeit auffressen zu lassen und sich wieder ein Privatleben zuzulegen? Sie betrachtete das klingelnde Telefon. War die Versuchung, den Anrufbeantworter rangehen zu lassen, ein weiteres Zeichen dafür, dass sie die Praxis aufgeben und ein Jugendzentrum eröffnen sollte?

Das Telefon gab keine Ruhe.

Ach, verdammt. Wem wollte sie eigentlich etwas vormachen? Sie hatte kein Privatleben, und selbst wenn sie das Jugendzentrum eröffnete, würde sie so lange für ihre Patienten da sein, bis sie ihre Praxis endgültig dichtmachte. Sie hob den Hörer ab.

»Danica?«

Ihr Herz setzte eine Sekunde lang aus. *Blake.* »Ähm, ja. Hi.«

»Hi. Bitte entschuldige die Störung. Ich weiß, du bist sehr beschäftigt.«

Danica lauschte mit angehaltenem Atem.

»Die Sache von neulich tut mir leid. Hör mal, können wir uns irgendwo treffen und reden?« Bevor sie antworten konnte, fügte er hinzu: »Ich werde ganz artig sein. Versprochen. Ich kann auch in die Praxis kommen. Mir ist nur wichtig, dass … Ach, egal. Hast du Zeit?«

Danica schaute sich in ihrem Sprechzimmer um, als wäre die Antwort dort irgendwo versteckt. Wenn sie sich mit ihm traf, musste sie sich der Tatsache stellen, dass es ihr nicht gelungen war, eine professionelle Distanz zu wahren. Wenn auch nur das eine Mal bei diesem einen Patienten. Sie wusste nicht, ob sie das wollte. Der Wahrheit ins Auge zu sehen, würde bedeuten, dass sie ihren Beruf aufgeben musste.

»Falls du das lieber nicht möchtest, kann ich es verstehen.

Du bist mir nichts schuldig. Vielleicht will ich auch nur hören, dass alles gut ist. Dann müsste ich kein schlechtes Gewissen mehr haben.«

Wie bitte?

»Ach Mist. So wollte ich das nicht sagen und so habe ich es auch nicht gemeint. Ich muss einfach ständig an dich denken. Montags, wenn wir eigentlich unseren Termin hätten, starre ich am Schreibtisch Löcher in die Luft und überlege mir, worüber wir jetzt wohl reden würden. Die Gespräche mit dir fehlen mir. Ich vermisse deinen Rat, aber vor allem vermisse ich dich.«

»Okay.« *Bitte was?* Sie biss sich auf die Unterlippe.

»Okay?«

»Ja, lass uns reden.« Danica fand, dass sie viel zu begeistert klang.

»Super. Wo? Wann? Soll ich in die Praxis kommen?«

Er hörte sich an wie ein verknallter Schuljunge und Danica musste lachen, obwohl ihr nicht danach zumute war. Sie überlegte, wo sie sich verabreden sollten. Es musste in der Öffentlichkeit sein. An einem Ort, an dem sie ihre Gefühle im Griff haben musste. Und wo sie testen konnte, ob er sich wirklich auf sie konzentrierte oder sich von anderen Frauen ablenken ließ. *Himmel noch mal. Was für ein mieser Gedanke. Was tue ich da eigentlich? Vielleicht sollte ich das Ganze einfach vergessen.* »Ich weiß nicht, ob das eine …«

»Bitte gib mir eine Chance«, bat er. »Ich bin nicht mehr derselbe wie noch vor ein paar Wochen. Wirklich nicht. Bitte sprich mit mir.«

Danica seufzte. »Okay.« Wenn sie sich in der Praxis trafen, konnte sie sich hinter ihrer professionellen Fassade verstecken.

»Darf ich dich zum Abendessen einladen?«

Zum Abendessen? Ein Date? Oder denke ich schon wieder viel zu weit? Immerhin würden sie an einem öffentlichen Ort sein. »Ähm, ich weiß nicht …«

»Bitte?«

Danica legte eine Hand auf ihr wild pochendes Herz. »Ja, in Ordnung. Ist gut.«

»Im Embers? Soll ich dich abholen?«

»Nein, nicht nötig. Wir können uns dort treffen.«

»Um sieben?«

Danica wollte wenigstens einen Rest Kontrolle behalten. »Um acht.«

»Gut, um acht. Danke, Danica. Bis später.«

Ich habe ein Problem.

Danica ging den ganzen Weg zum Restaurant zu Fuß. Sie hoffte, dass den Schmetterlingen in ihrem Bauch während des Spaziergangs die Lust aufs Umherflattern vergehen würde. Als das Restaurant in Sicht kam, blieb sie stehen und checkte zum x-ten Mal ihr Outfit. Der Bleistiftrock unter ihrem langen Daunenmantel reichte nicht ganz bis zu ihren Knien. Sie trug hohe, aber bequeme Schuhe, in denen sie problemlos ein Stück durch die Stadt laufen konnte, und eine weiße, tief ausgeschnittene Bluse. Zu Hause hatte sie noch geglaubt, sie hätte sich für ein Geschäftsessen sehr passend gekleidet. Jetzt fragte sie sich mit jagendem Herzen, ob ihr Rock vielleicht zu eng und ihre Bluse zu offenherzig war.

Sie atmete tief durch und hoffte, dass die Schneewolken am Nachthimmel ihre Last erst in ein paar Stunden über der Stadt ausschütten würden. Trotz der kalten Luft wurden ihre Hände feucht. *Es ist bloß ein Abendessen.* Sie vergrub die Fäuste tief in ihren pelzgefütterten Taschen. Den Blick fest auf den Gehsteig geheftet, ging sie zum Eingang des Restaurants.

Im gedämpften Licht im Embers stoben die Schmetterlinge sofort wieder auf. Danica zog ihren Mantel aus. Verwundert stellte sie fest, dass ihre Hände zitterten.

»Ein Tisch für eine Person?«, fragte die Bedienung.

Schön wär's. »Nein, für zwei. Ich bin verabredet.«

Die Frau warf einen Blick in das dicke Reservierungsbuch auf dem Tresen. Dann lächelte sie. »Danica Snow?«

»Ja, richtig.« Danica fühlte sich plötzlich wie bei einem Blind Date. Sie zog den Bauch ein und setzte ein Lächeln auf.

Die Frau wandte sich um. »Ich bringe Sie zu Ihrem Tisch.«

Danica ging hinter ihr her durch den Gastraum und in ein Nebenzimmer. Ihre Brust zog sich zusammen. Ihre Füße klebten am Boden, als liefe sie über feuchten Zement. Mit zusammengebissenen Zähnen kämpfte sie ihren Fluchtinstinkt nieder. Tausend Ausflüchte fielen ihr ein. *Ich habe plötzlich furchtbare Kopfschmerzen. Ich glaube, ich habe den Herd angelassen.* Doch schon stand sie vor einem Tisch, Blake erhob sich von der Sitzbank und küsste sie auf die Wange.

Die Bedienung legte eine Speisekarte auf Danicas Seite des Tisches. »Ich wünsche Ihnen einen angenehmen Abend.«

»Danke«, presste Danica hervor. Sie setzte sich auf die Bank gegenüber von Blake und versuchte, nicht auf das kleine Stück seiner Brust zu starren, das zwischen den offenen oberen Knöpfen seines schicken weißen Hemdes hervorblitzte. Sein Lächeln konnte Danica nicht deuten. Ein wenig fühlte sie sich wie auf dem Präsentierteller. Sie zupfte an ihrem Ausschnitt, zog die Bluse über ihrem Dekolletee zusammen, ließ sie los und sah hilflos mit an, wie sie sofort wieder an ihren alten Platz zurückrutschte. Sie bot viel zu tiefe Einblicke. Eindeutig. *Na wunderbar.*

»Schön, dass du einverstanden warst, dich mit mir zu treffen. Du siehst großartig aus.«

Danke? Habe ich das gesagt? Oder bloß gedacht? Herrje.

Blake lächelte. »Entschuldige. Wahrscheinlich sollte ich so was nicht sagen.« Er senkte den Blick.

»Nein, schon in Ordnung.« *Ich habe nichts gesagt.*

Er schaute sie wieder an. »Ich möchte wirklich nicht, dass das hier irgendwie peinlich wird. Ich wünschte, wir könnten einfach so tun, als hätten wir uns gerade erst zufällig getroffen.«

Konnte er ihre Gedanken lesen? Vor einer Sekunde hatte sie dasselbe gedacht. »Gute Idee.«

Blake streckte ihr die Hand hin. »Hi. Ich bin Blake Carter. Ex-Playboy, Besitzer eines Ski-Geschäfts und ein ziemlich mittelmäßiger Freund. Aber ich arbeite daran.«

Danica schüttelte seine Hand. »Danica Snow. Therapeutin, Schwester und vermutlich ebenfalls nur eine mittelmäßige Freundin.« Am liebsten hätte sie ihn nicht mehr losgelassen. Das Gefühl ihrer schlanken Finger in seiner starken Hand brachte ihren Magen zum Flattern. Sie fragte sich, ob er ebenso durcheinander war wie sie. Trotz ihres Verlangens kühl und gelassen zu wirken, fiel ihr nicht leicht. Ihr fehlte schlicht die Übung. Nie zuvor hatten Gefühle ihr die Arbeit erschwert. Aber seit dem Kuss dachte sie immer ernsthafter daran, ihre Zulassung zurückzugeben und ihre eigenen Träume zu leben anstatt die ihrer Eltern.

Am Ende zogen sie ihre Hände gleichzeitig zurück. Danica atmete aus. »Okay, jetzt, wo wir die Formalitäten hinter uns haben …« Sie hörte ihre Therapeutinnenstimme. Ihren sicheren Anker. Sie schluckte diese Stimme hinunter und gab ihrer Alltagsstimme eine Chance. »Wie ist es dir ergangen?« Sie musste sich Mühe geben, nicht gleich die Standardfragen nachzuschieben, die sie immer stellte, wenn sie einen Patienten nach längerer Zeit wiedersah. »Wie geht es Sally?« Ein unverfängliches Thema.

Blake winkte die Bedienung an den Tisch und bestellte eine Flasche Wein. Er wirkte ein wenig entspannter als noch vor einer Minute. Danica sah die konzentrierte Aufmerksamkeit in seinem Blick, die ihr bereits bei dem Zusammenstoß im Café aufgefallen war. Kurz bevor er der Blondine hinterhergeschaut hatte. Jetzt schaute er ihr ins Gesicht. Sein Blick huschte weder hinter der attraktiven Bedienung her, noch hinüber zu den drei aufgekratzten Schönheiten, die an einem kleinen Ecktisch saßen und lachten. *Eins zu null für Blake.*

Danica hörte sich an, was bei seinem letzten Besuch bei Sally passiert war. »Unsere Stadt ist wirklich noch kleiner, als ich dachte. Jedenfalls ist Rusty reingeplatzt, bewaffnet mit der Information, dass sein Vater noch einen anderen Sohn hatte.«

Die Bedienung schenkte ihnen Wein ein und nahm die Bestellung auf. Danica stützte den Ellbogen auf den Tisch. Blakes Stimme verriet, wie froh er war, dass er sich in Dave nicht komplett getäuscht hatte. Danica schaute er an, als wäre sie der einzige Mensch im Raum. Das machte ihn noch unwiderstehlicher.

»Über Sally und Rusty wollte ich mich eigentlich nicht mit dir unterhalten.«

Danica setzte sich zurecht. *Ich auch nicht.*

»Und stressen will ich dich mit diesem Treffen schon gar nicht.«

Zu spät. Zum ersten Mal im Leben hätte sie gern unter dem Tisch die Schuhe abgestreift und mit nackten Zehen nach der Wade eines Mannes getastet. *Gütiger Himmel, was ist los mit mir?* Sie bohrte die Absätze in den Teppich.

»Ich weiß bis heute nicht, wie das passieren konnte. Gerade hatten wir noch über mein Leben gesprochen«, er senkte die Stimme. »Und eine Sekunde später haben wir uns geküsst.«

Danica war froh, dass er auf Diskretion bedacht war.

»Aber es ist passiert, und es tut mir nicht leid. Vielleicht sollte es mir leidtun, aber seit dem Tag, an dem ich dir fast die Nase lädiert hätte, gehst du mir nicht mehr aus dem Kopf.«

Normalerweise war Danica diejenige, die nicht lange um den heißen Brei herumredete. Jetzt spielte sie mit der Serviette auf ihrem Schoß und wusste nicht, was sie sagen sollte. Auch ihr tat es nicht leid, aber es gehörte sich einfach nicht. Die Schmetterlinge, Zehen, die gerne wandern wollten, die Sehnsucht nach seinen Berührungen – diese Gefühle behielten die Oberhand. »Mir tut es auch nicht leid.« Sie schaute ihn an. Sein Blick huschte von ihren Augen zu ihrem Mund. Unwillkürlich legte sie die Hand über ihr Cindy-Crawford-Muttermal.

Blake beugte sich über den Tisch. Federleicht berührte er ihr Handgelenk. »Tu das bitte nicht. Du bist so schön. Alles an dir ist schön.«

Danica hatte keine Stimme. *Ich bin verloren.*

Die Bedienung brachte das Essen. Zwanzig Minuten lang schoben sie es auf ihren Tellern herum und machten Smalltalk. Der Wein war bald leergetrunken und die Bedienung brachte eine zweite Flasche.

»Oh nein, danke.« Danica war bereits ein wenig beschwipst. Sie wollte beim Aufwachen morgen nicht bedauern müssen, was sie nach zu viel Alkohol vielleicht tun würde. Schließlich war sie nicht Kaylie. Kaylie beherrschte die Morgen-danach-Routine meisterlich, aber Danica wurde allein beim Gedanken daran zu einem verlegenen Nervenbündel. Aus Sorge um ihren Ruf als Therapeutin lebte sie in ständiger Angst, jemand könnte es mitbekommen, wenn sie sich einen sündigen kleinen One-Night-Stand gönnte. Zu gern hätte sie dieses eine Mal all ihre Bedenken über Bord geworfen. Aber die Therapeutin in ihr hielt die Zügel noch immer fest in der Hand.

»Vielen Dank«, sagte Blake zu der Bedienung. »Bitte bringen Sie die Rechnung.« Er legte seine Serviette beiseite. »Hast du Lust auf einen Spaziergang?«

Oder auf einen Kuss? Großer Gott, Danica.

Während sie Richtung Stadtmitte spazierten, begann es zu schneien. Erst segelten nur ein paar Flöckchen zur Erde, aber binnen Minuten fanden sie sich mitten in einem Wintersturm wieder. Hier in den Bergen von Colorado war so etwas nicht ungewöhnlich. Seite an Seite, die Hände tief in den Taschen vergraben, stapften Danica und Blake durch das Schneegestöber bis zu einem kreisrunden Platz in der Stadtmitte, wo kunstvoll verzierte schmiedeeiserne Bänke bei besserem Wetter zum Verweilen einluden.

Blake blieb unter einer altmodischen Straßenlaterne stehen. »Sollen wir zurück zu meinem Wagen?«

Das wollte Danica auf keinen Fall. Der Spaziergang hatte ihre flatternden Nerven ein wenig beruhigt. Die kühle Luft sorgte für klare Gedanken. Hier draußen ging es ihr besser. Sie hatte genug Platz und Luft zum Atmen. In einem Auto würde sie sich wie in einer Falle fühlen. Verstohlen warf sie einen Blick auf Blakes Profil. Mit seinen männlich markanten Zügen und den Flocken im Haar hätte er als Model für ein Herrenparfum posieren können. Himmel, dieser Mann sah einfach zu gut aus. Er ertappte sie dabei, wie sie ihn ansah, aber diesmal schaute sie nicht weg. Das Herz schlug ihr bis zum Hals, ihre Nervenenden prickelten vor Verlangen und ihre Muskeln gehorchten ihr nicht. Selbst wenn sie es gewollt hätte – wegsehen konnte sie nicht.

Er machte einen Schritt auf sie zu. Ihre Atemwolken vermengten sich und lösten sich in der kalten Nachtluft auf. Aus einem vorbeifahrenden Wagen schallte der Taylor-Swift-Song »State of Grace«.

Das war's. Ich kann dir nicht widerstehen, Blake Carter. Tschüß Therapeutinnenkarriere. Danica wagte sich einen kleinen Schritt nach vorn. Taylor Swift sang davon, wie überraschend alles käme und das nichts mehr sein würde wie zuvor. Das Lied verklang in der Ferne. Blakes und Danicas Lippen fanden sich in einem langen, zärtlichen Kuss. Danica schlang die Arme um Blakes Hals. Er legte die Hände in ihr Kreuz und jagte ihr damit ein Kribbeln durch den ganzen Körper. Nie hatte sie einen perfekteren Moment erlebt. Sie war zur rechten Zeit am rechten Ort. Seine Zunge fand den Weg in ihren Mund. Der würzig-süße Geschmack von Wein betörte ihre Sinne. Seine Fingerspitzen wanderten an ihrem Rücken nach oben unter ihr Haar, zu der empfindlichen Stelle hinter ihrem Ohr. Er küsste sie, bis ihr Kopf ganz leer und ihr Körper voller Wärme war. Seine Lippen suchten ihr Kinn, dann ihren Hals. *Pure Wonne.* Die Welt versank, die Straßengeräusche verstummten. Danica hörte nur noch ihren eigenen Atem. Sie legte die Hände an Blakes Wangen, holte seinen Mund zu ihrem zurück, schmeckte Wein und Verlangen.

»Danica«, flüsterte er.

»O ja«, atmete sie zwischen zwei Küssen. Ihr Herz jagte, als wollte es aus ihrer Brust springen. In dieser Sekunde traf sie eine Entscheidung, nach der es kein Zurück gab. »Zu mir.« Sie nahm seine Hand und sie rannten durch den Schnee wie Teenager, lachten und hielten alle paar Schritte an, um sich zu küssen. Als sie Danicas Wohnung erreichten, wühlte sie in ihrer Handtasche nach dem Schlüssel. So schnell sie konnte, schloss sie die Tür auf. Hastig zog sie Blake ins Haus, drückte die Tür zu und presste ihn mit einem leidenschaftlichen Kuss dagegen. Danica war, als würde Treibsand sie in die Tiefe ziehen. Liebend gern überließ sie sich diesem Sog.

Mit zitternden Fingern knöpfte sie Blakes Hemd auf, ihre Lippen wanderten über seine herrlich muskulöse Brust. Ihr Atem ging schwer, sie leckte die zarte Haut direkt über seinem Gürtel, öffnete die Schnalle und zog den Reißverschluss seiner Hose auf. Blake stöhnte auf.

Doch er legte die Hand unter ihr Kinn und zwang sie, ihn anzusehen. »Nicht so«, flüsterte er.

Danica fühlte sich wie mit Eiswasser übergossen. Ihr Herz zersprang in tausend Stücke. Sie wollte sich ihm schenken und er wies sie zurück?

Er nahm ihre Hand, küsste nacheinander ihre Fingerspitzen und schaute zur Treppe.

Gott sei Dank. Alles war gut, sie lächelte. Noch ein Kuss, dann führte sie ihn hinauf in ihr dunkles Schlafzimmer. Noch einmal kämpfte sie eine Sekunde lang mit ihren widersprüchlichen Gefühlen, doch wegschicken konnte sie Blake jetzt nicht mehr. Ihr Körper sehnte sich nach ihm. Ihr Herz hieß ihn willkommen. Ohne Hast knöpfte er ihre Bluse auf. Nach jedem Knopf machte er eine kleine Pause und berührte mit den Fingerspitzen ganz zart ihre Haut. Als er ihren Nabel erreicht hatte, beugte er sich vor, malte mit der Zunge kleine Kreise auf ihren Bauch und jagte damit Hitzestrahlen direkt zwischen ihre Beine. Sie wollte einen Schritt aufs Bett zu machen, doch er hielt sie an den Hüften fest und ließ nicht zu, dass sie sich hinlegte. Seine Zunge arbeitete sich hinauf zum Verschluss an der Vorderseite ihres BHs. Mit einem Griff hatte er ihn geöffnet und ihre Brüste freigelegt.

»Wir haben Zeit«, flüsterte er. Er streifte ihr die Bluse von den Schultern.

Danicas Brust hob und senkte sich mit jedem Atemzug. Sie wollte Blake anfassen, doch ihre Hände waren in den Ärmeln ihrer Bluse gefangen. Halb nackt stand sie vor ihm, zitterte unter seinen Berührungen und glaubte, verglühen zu müssen.

Seine Zunge machte sich auf den Weg zu ihren Brustwarzen und leckte sich so sanft um sie herum, dass sie aufschreien wollte. Er umschloss eine Brustwarze mit den Lippen und streichelte sie mit der Zunge. Endlich zog er ihr die Bluse von den Armen und ließ sie zu Boden fallen. Die kühle Luft fachte ihr Verlangen weiter an.

Manche Gewohnheiten saßen tief. Sie bedeckte ihren Bauch mit den Händen.

Er schüttelte den Kopf, küsste sich zu ihrer Taille und brachte ihre Haut zum Kribbeln.

Dann richtete er sich auf und zog sein Hemd aus. Bewundernd zeichnete sie mit den Fingerspitzen seine Brustmuskeln nach. Seine sinnliche Schönheit jagte ihr Schauer über den Rücken. Blakes Hände schoben sich unter ihr schweres Haar. Er umfasste ihren Kopf, neigte ihn nach hinten und küsste ihren Hals, bis ihre Beine nachgeben wollten und ihre Gedanken ineinanderflossen. Dann hob er sie hoch, legte sie behutsam aufs Bett und küsste sich von ihrem Hals zu ihren Brüsten und bis zu ihrem Bauchnabel. Sie wand sich aus ihrem

Rock, er streifte seine Hose ab. Mit wenigen Handgriffen befreite Blake sie beide vom Rest ihrer Kleidung. Dann lag sie unter ihm, wollte ihn in sich fühlen, wollte seine nackte Brust an ihrer Brust und sein Herz an ihrem Herzen spüren.

»Danica«, flüsterte er an ihrem Mund. »Du bist so schön.« Er schob sich neben sie. Sein Arm lag über ihrer Brust, seine Erektion an ihrem Schenkel. Er atmete hart und schnell. Auf einen Ellbogen gestützt schaute er ihr in die Augen. »Ich möchte nicht, dass du das hier irgendwie falsch verstehst.«

Wieder wollte ihr Herz zerspringen. Sie schnappte nach Luft.

»Du bist kein One-Night-Stand. Das hier ist echt und so gut. Fühlst du es auch? Bevor wir noch weiter gehen, muss ich das wissen.«

Sie zog ihn auf sich und wies ihm den Weg zwischen ihre Beine. »Für mich bist du alles andere als ein One-Night-Stand.«

Er legte die Stirn an ihre.

»Ich weiß nicht mal, wie ein One-Night-Stand geht«, gestand sie ihm.

»Und ich habe es gerade vergessen.« Er küsste sie leidenschaftlich und drang in sie ein.

Sechsundzwanzig

Auf Kaylie warten, war, wie auf Schnee in Florida warten. Danica hatte siebenundzwanzig Jahre lang Zeit gehabt, sich daran zu gewöhnen. Zum x-ten Mal schaute sie auf die Uhr. Eine Viertelstunde Verspätung hatte Kaylie bereits. Alles so wie immer. Danica winkte die Bedienung an ihren Tisch und bestellte Eistee. Allerdings nicht die jugendfreie Sorte. Heute brauchte sie etwas Stärkeres. Schließlich beichtete sie ihrer kleinen Schwester nicht jeden Tag ihre geheimsten Sünden.

Am Nebentisch saß ein Paar mittleren Alters und hielt Händchen. Die beiden trugen Eheringe. Danica beneidete die zwei um ihr Gefühl von Sicherheit. Jahrelang war sie immer die Vernünftige gewesen, hatte nichts getan, was ihrem Ruf als Therapeutin schaden konnte. Aber gestern hatte sie sich die sündigste und sinnlichste Nacht ihres Lebens gegönnt. Unter Blakes Händen wurde sie zu einer anderen Frau. Mit ihm hatte sie Dinge getan, die sie bislang nur aus Belindas und Kaylies Erzählungen gekannt hatte. Sie hatte schmutzige Fantasien in die Tat umgesetzt. Dabei gab es in Wahrheit nichts Schmutziges zwischen Blake und ihr. Das wusste sie mit jeder Faser ihrer Seele. Wie und warum diese enge Verbindung zwischen ihnen entstanden war, war ihr ein Rätsel. Aber wenn sie an seine

Hände dachte, seine Haut, seinen Geschmack, und an die Liebkosungen seiner Zunge, dann wurden ihre Knie weich, und die prickelnde Erinnerung an die Höhepunkte, die sie mit Blake erlebt hatte, ließ ihren Körper nachbeben.

Mit den Armen voller bunter Einkaufstüten stürzte Kaylie durch die Tür des Cafés. Sie zog die Blicke an wie ein Magnet. Nicht nur Männer starrten sie an. Sie ließ die Tüten unter den Tisch fallen. Wie viel Aufmerksamkeit sie erregte, schien sie nicht zu bemerken.

Diesmal zog Danica nicht ihren Pullover über ihrem Bauch zusammen und fühlte sich nicht wie Aschenbrödel. Sie nestelte nicht an ihrem Haar und senkte nicht den Blick. *Eine einzige Nacht kann wirklich alles ändern.*

»Hey, Schwesterherz.« Kaylie schlängelte sich Danica gegenüber auf die Bank, streckte ihre kecken Brüste vor und fixierte kurz das Paar am Nebentisch. Als der Mann zu ihr herübersah, lächelte sie. Danica hätte gern gewusst, ob der verächtliche Blick seiner Frau Kaylie überhaupt auffiel, oder ob sie so etwas überhaupt kümmerte. »Tut mir leid, dass ich mich verspätet habe.«

Aber klar doch. Danica wollte ihr böse sein. Aber nach der Nacht mit Blake und seinem Morgen-danach-Kuss brachte sie nur noch positive Gedanken zustande. »Kein Problem. Ich habe uns schon mal Eistee bestellt.«

Kaylies Augen strahlten. Sie warf einen Blick in die knallpinkfarbene Tüte einer Dessous-Boutique. »Und? Was geht?«

Wenn Kaylie in die Jugendsprache verfiel, reagierte Danica normalerweise genervt. Heute gelang ihr selbst das nicht. Sie war buchstäblich über Nacht viel lockerer geworden. Jetzt konnte sie sich sogar über Kaylies alberne kleine Gewohnheiten amüsieren. Vielleicht war sie ja bisher zu streng mit ihr gewesen. Womöglich sah sie Kaylie deshalb so kritisch, weil sie selbst so unglücklich gewesen war. Durchaus denkbar. Aber jetzt musste sie ihrer Schwester von Blake erzählen. Sie *wollte* ihr von ihm erzählen. Kaylie hatte ein Recht darauf. *Aber fall nicht gleich mit der Tür ins Haus.* Danica wusste nicht, ob Kaylie applaudieren oder sie in der Luft zerreißen würde.

»Ich wollte bloß ein bisschen mit dir quatschen. Wir sehen uns zurzeit so wenig.« *Sind das Ringe unter ihren Augen?* Kaylie gab sich so unbekümmert wie immer, aber ihr Blick wirkte müde. Danica frage sich, was dahinterstecken mochte.

Kaylie zog einen pinkfarbenen String aus der Tüte. »Schau mal, ist der nicht süß?« Zwischen Daumen und Zeigefinger hielt sie das hauchfeine Nichts in die Höhe, als wollte sie Danica einen Preis verleihen. Doch der angespannte Zug um ihre Augen entging Danica nicht.

»Ist alles in Ordnung mit dir, Kay? Was hast du denn in den letzten Tagen getrieben? Du siehst ein bisschen geschafft aus.«

»Bin ich auch.« Kaylie zuckte die Achseln.

Kein Wunder. Bei deinem Liebesleben. Die Bedienung brachte die Drinks und Danica überlegte, wie sie ihrer Schwester sagen sollte, dass sie mit Blake geschlafen hatte. Als er damals in der Bar aufgetaucht war, hatte Kaylie ihn sofort für sich beansprucht, aber daran hatte Danica in der vergangenen Nacht nicht ein einziges Mal gedacht. Sie warf einen weiteren Blick auf die Uhr. In zwei Stunden würde sie sich mit Blake treffen. Vorher musste sie Kaylie alles sagen. Heimlichkeiten waren Danica zuwider. Auch bei der Hochzeit wollte sie sich nicht verstellen und so tun, als wäre nichts zwischen Blake und ihr. Aber Kaylie gestehen zu müssen, dass sie ihr zum ersten Mal im Leben einen Mann weggeschnappt hatte, erfüllte sie nicht mit Stolz oder Freude.

»Wer ist denn das neueste Objekt deiner Begierde, Kay? Was ist aus dem Typ aus der Bar geworden.« *Herrje, wie war noch mal sein Name?* »Chaz?« Danica hatte das Gefühl, sie und Kaylie hätten erst gestern zusammen auf dem Fußboden ihres Mädchenzimmers gelegen und die Köpfe zusammengesteckt. Treuherzig hatte Kaylie ihr dann immer anvertraut, wie weit sie mit ihrem aktuellen Schwarm gegangen war, und Danica hatte sie bekniet, sich von den Jungs nicht anfassen zu lassen. So änderten sich die Zeiten. Diesmal war Danica diejenige, die ein prickelndes Geheimnis loswerden wollte.

»Chaz?« Kaylie machte eine wegwerfende Geste und lachte auf. Dann schaute sie beiseite und schluckte.

O je. Da stimmt was nicht.

»Es war nett mit ihm, aber …« Kaylie nahm einen großen Schluck von ihrem Drink und riss die Augen auf. »Ach! Eistee? Ich dachte, du meinst den ohne Alkohol.« Sie schob ihr Glas weg.

»Willst du heute nichts trinken?«

Kaylie zog die Schultern hoch. »Das macht mich nur noch schläfriger. Also … Chaz wollte etwas Ernstes und …« Sie schüttelte den Kopf und zog eine Schnute, die Jungs unwiderstehlich und Mädchen unerträglich fanden.

»Wo ist das Problem? Hast du nicht Lust, mal einen festen Freund zu haben, anstatt ständig neuen Abenteuern hinterherzujagen?«

»Ja. Doch. Nein. Ach, ich weiß nicht.« Kaylie legte eine Hand auf ihren Bauch.

»Ich verstehe dich nicht. Chaz sieht umwerfend aus und scheint dich sehr zu mögen. Das sind doch gute Voraussetzungen.« Kaylie behandelte Männer, wie Welpen

Schuhe. Sie stürzte sich auf sie, spielte mit ihnen und ließ sie zerfleddert zurück.

Kaylie zwirbelte eine Haarsträhne um ihren Zeigefinger. »Vielleicht will ich ja einen anderen.« Sie kräuselte die Nase. »Blake zum Beispiel?« Sie sprach seinen Namen mit einer träumerischen Note aus, samtig und als würde sie von nichts anderem träumen. »Er ist etwas Besonderes. Er ist mehr als nur ein Muskelpaket, das ich gern zwischen die Finger kriegen würde.«

Danicas Magen zog sich zusammen. *Ganz ruhig, Mädel. Fahr die Krallen wieder ein.* »Wie … wie kommst du darauf?«

»Na ja, zum Beispiel ist er neulich nicht mit mir mitgekommen.«

Zum Glück.

»Er ist nicht so leicht rumzukriegen. Das gefällt mir«, sagte Kaylie.

»Und was ist mit deinem Date für die Hochzeit? Wolltest du nicht jemanden mitbringen?« *Vorsicht. Nicht in offenen Wunden bohren.* »Warum machst du vielversprechende Beziehungen immer gleich vorsorglich kaputt?«

»Gönn der Therapeutin doch mal ne Mittagspause, Danica.« In Kaylies Augen blitzte ein Funke auf und erlosch. »Ich wollte Chaz mitnehmen, aber ich weiß nicht. Ich glaube, ich brauche ein bisschen Abstand. Ich bin nicht der Typ für etwas Festes.«

»Kann es sein, dass du dir das einredest? Du bist schön, klug und liebenswert. Aber warum Blake? Der passt doch nicht in dein Beuteschema.« *Jetzt nicht mehr.*

»Kann schon sein. Aber wenigstens geht es mir dann nicht wie Mom.«

»Kaylie, hör auf. Du bist nicht Mom und Chaz ist nicht

Dad.« *Blake gehört mir!* »Jetzt raus mit der Sprache. Was ist wirklich mit dir los?«

Plötzlich hatte Kaylie Tränen in den Augen. »Können wir bitte über was anderes reden?« Sie winkte die Bedienung an den Tisch und bestellte sich ein Glas Wasser. Dann wischte sie sich die Tränen ab und wechselte das Thema. »Morgen ist die Hochzeit. Hast du schon alles, was du brauchst?«

»Aber klar doch. Du etwa nicht?« *Was zum Teufel ist los?* Kaylies Kleid hing seit Wochen gebügelt im Schrank.

Kaylie spielte mit ihrer Serviette. »Mein Kleid ist gerade beim Ändern. Ich weiß nicht warum, aber plötzlich hat es gekniffen.« Sie tätschelte ihren Bauch. »Ich muss aufpassen, sonst will mich bald keiner mehr.«

»Du bist viel mehr als nur schön, Kaylie. Bei dir stehen die Verehrer Schlange von hier bis zur Stadtmitte. Was in aller Welt ist mit dir los?«

Kaylie ließ sich Zeit mit der Antwort.

Danicas Telefon summte. Sie las Blakes Textnachricht. *Vermisse dich. Kann den nächsten Kuss kaum erwarten.* Sie schaltete das Telefon aus und steckte es in die Tasche. Das Herz schlug ihr vor Vorfreude bis zum Hals.

»Ich weiß nicht. In letzter Zeit bin ich so gefühlsduselig. Sicher die bescheuerten Hormone.«

Danica nahm einen Schluck Eistee. Sie musste endlich mit der Sprache herausrücken. Das Versteckspiel musste ein Ende haben.

»Camille hat doch gesagt, nach dem offiziellen Teil könnten wir die grässlichen Brautfräulein-Kleider ausziehen und tragen, worauf wir Lust haben.« Kaylie schob sich das Haar hinters andere Ohr.

»Ja, stimmt.«

»Ich denke an das kleine Schwarze, das ich kürzlich gekauft habe, und an den süßen String.« Sie zuckte vielsagend mit den Augenbrauen. »Und ich würde mir gern deine heißen schwarzen Stiletto-Stiefelchen borgen.«

Die *Vernasch-mich-Heels?* Die hatte sie an dem Abend getragen, an dem Blake zufällig in die Bar gekommen war. An dem Abend, an dem Kaylie gesagt hatte: *Der gehört mir.* Das schlechte Gewissen schnürte Danica die Kehle zu. Innerlich schüttelte sie den Kopf über sich. *Ich werde keine Schuldgefühle haben, weil ich ausnahmsweise mal glücklich bin.*

Kaylie nahm Danicas Hand. »Bitte, bitte? Ich passe auch gut auf sie auf.«

Den Wunsch konnte Danica ihrer Schwester nicht abschlagen. Außerdem würde Blake sie nie hintergehen. Warum also nicht? »Okay, aber du musst wirklich auf die Schuhe achten. Wenn nur ein klitzekleiner …«

Kaylie umarmte Danica über den Tisch hinweg. »Oh, danke! Danke! Mit den Dingern bin ich unübersehbar. Ich komme heute Abend um halb sieben bei dir vorbei.«

Mist.

Siebenundzwanzig

»Wir könnten es ihr gemeinsam sagen.« Blake hatte sich Danicas Kopfkissen in den Rücken gesteckt und die Decke bis zum Bauchnabel hochgezogen.

Danica saß auf der Bettkante und schlüpfte gerade in ihre Jeans. »Du kannst unmöglich hier sein, wenn sie kommt. Die Situation wäre zu peinlich. Und es ihr bei der Hochzeit zu sagen, wäre auch keine gute Idee.« Sie zog sich ihr T-Shirt über. Am liebsten hätte sie gleich wieder an Blake gekuschelt. »Außerdem möchte ich es ihr auf eine gute Art sagen. Sie ist meine Schwester.«

»Lass mich das machen.« Er grinste keck. »Wie schwierig kann das sein?«

»Sie hat einen pinkfarbenen String gekauft. Für dich.« Danica grinste zurück.

»Im Ernst? Sag mal, *weshalb* wollte ich sie abblitzen lassen?«

Danica warf ein Kissen nach ihm. Er fing es auf, stürzte sich auf sie und drückte sie aufs Bett. Dann küsste er ihren Hals und umfasste ihre Brüste. Spielerisch trommelte sie mit den Fäusten auf seinen Rücken.

»Du bist ein Unhold«, kicherte sie. Um einen Mann, auf den Kaylie ein Auge geworfen hatte, hätte sie bisher einen

Riesenbogen gemacht. Ihre Selbstzweifel hätten sie zerfressen. *Findet er sie hübscher als mich? Wird er mich eines Tages wegen ihr verlassen? Will er durch mich an sie rankommen? Warum ist er bei mir, wenn er mit ihr viel mehr Spaß haben könnte?* Bei Blake kamen ihr solche Fragen gar nicht in den Sinn.

Mit seinem Gewicht drückte er Danica aufs Bett und schaute ihr tief in die Augen. Wäre sie eine hoffnungslose Romantikerin gewesen, dann hätte sie diesen glühenden Blick in ihre tiefste Seele für einen Ausdruck von Liebe gehalten. Aber sie machte sich nichts vor. Fantastischer Sex und der unstillbare Wunsch, vierundzwanzig Stunden am Tag zusammen zu sein, waren nicht gleichbedeutend mit Liebe. Oder vielleicht doch?

Er küsste sie auf die Stirn. »Ich habe angefangen, die Liste zu schreiben, die du mir als Hausaufgabe gegeben hast.«

»Wirklich?«

»Jap. Was mir bisher am meisten an mir gefällt, bist du.« Er küsste ihre Wange. »Aber du wirst die Nase bald voll haben.«

»Niemals.«

»Sich verstecken. Heimlich Textnachrichten schreiben. Das passt nicht zu dir. Und ganz ehrlich, zu mir passt das jetzt auch nicht mehr.« Er richtete sich auf. »Sag's ihr einfach.«

Danica wandte sich ab. Er sollte nicht sehen, wie sie errötete. Versteckspiele waren nie ihr Ding gewesen, aber sie musste zugeben, dass sie durchaus einen gewissen Reiz hatten. Ihr Wecker zeigte viertel nach sechs an. »Du lieber Himmel. Du musst hier raus.« Danica schubste Blake regelrecht vom Bett und sprang auf. Sie hob seine Jeans vom Boden auf und warf sie ihm zu. »Schnell, zieh dich an. In fünfzehn Minuten steht Kaylie vor der Tür. Bis dahin musst du weg sein.«

»Okay, okay. Mein Gott, ich fühle mich so benutzt.« Er schob die Unterlippe vor wie ein schmollender Vierjähriger.

»Mir kommen die Tränen.« Sie grinste. »Und jetzt beeil dich. Ich habe keine Lust auf Dramen.« *Und wenn du nicht gleich gehst, landen wir wieder im Bett.* »Ich sage es ihr.«

Er legte den Kopf schief und zog die dunklen Brauen zusammen.

»Versprochen.«

Blake zog sie an sich und küsste sie gierig. Sofort schwebte Danica auf Wolke sieben. Sie war nicht mehr die propere Therapeutin, sondern eine verliebte Frau, die zufällig auch Therapeutin war. Sie würde es Kaylie sagen. Diese Beziehung, oder wie immer man es nennen wollte, würde sie um keinen Preis gefährden.

Als Blake sie schließlich losließ, war sie atemlos und voller Verlangen.

»Kann ich später wiederkommen oder hast du schon ein anderes Date mit einem heißen Verehrer?«, fragte er.

Danicas Gedankenspiele, was sie nach seiner Rückkehr anstellen könnten, wurde jäh durch ein Klopfen an der Haustür unterbrochen.

»Mist, sie ist zu früh dran.« Hektisch sammelte sie Blakes Schuhe und Socken ein und drückte sie ihm in die Hände. »Nimm das und dann raus durch die Hintertür. Bitte.«

Blake blieb seelenruhig auf dem Bett sitzen, rieb sich das stoppelige Kinn und grinste. »Das könnte nett werden.«

»Pures Wunschdenken.« Am Arm zog sie ihn auf die Füße. Langsam richtete er sich zu seiner vollen Größe auf. Am liebsten hätte sie die Wange an seine Brust geschmiegt. Doch er nahm ihr Gesicht zwischen die Hände und küsste sie voller Verlangen auf den Mund. Danach bedeckte er ihre Wangen, ihre Stirn und ihren Hals mit zarten Küssen. Danica sog mit geschlossenen Augen seinen Geruch ein. Wärme rieselte durch ihren Körper.

»Ich komme wieder«, flüsterte er.

Während er auf den Balkon ging, nahm sie ein Stück Lakritz vom Nachttisch. Er hauchte ihr noch einen Kuss zu, dann verschwand er über die Hintertreppe. *So eine Maisonette hat ihre Vorteile.*

»Danica!« Kaylie wummerte an die Haustür.

Und eine Schwester hat auch Nachteile.

Danica öffnete die Tür. Davor stand Kaylie in einem atemberaubenden, schwarzen Kleid. Von den Spaghettiträgern bis zu dem Spitzensaum, der ihr bis zur Mitte der Oberschenkel reichte, betonte es ihre Topfigur. Kaylie drängte ins Haus.

»Das hat ja ewig gedauert, Dan. Ich wäre fast erfroren.« Sie verschränkte die Arme und funkelte Danica an. Doch ihr ärgerlicher Blick wich schlagartig weit aufgerissenen Augen und dann einem breiten Grinsen.

Danica spürte, wie sie rot wurde.

»Oh mein Gott«, jubelte Kaylie. »Lakritz?« Sie eilte zur Treppe.

»Warte!« Danica jagte hinter ihr die Stufen zum Schlafzimmer hinauf.

»Hallo?«, sang Kaylie.

Danica holte sie vor der Schlafzimmertür ein. Zum Glück hatte sie sie vorher geschlossen.

»Wer ist denn da drin?«, flüsterte Kaylie.

»Niemand.« Danica steckte das letzte Stück Lakritz in den Mund und kaute zu schnell, um etwas zu schmecken.

»Quatsch. Lakritz ist deine Zigarette danach. Wie hast du

das Zeug mal genannt? Die perfekte kleine Anschluss-Freudenfeier für deinen Mund?«

Sie lachten beide. Der Spruch stammte aus Danicas College-Zeit, aber er stimmte noch immer. Kaylie drückte die Tür so vorsichtig auf, als hätte sie Angst, jemand könnte sie anspringen. Wie in Zeitlupe kamen das zerwühlte Bett und Danicas BH auf dem Fußboden in Sicht. Danica schloss die Augen und hielt den Atem an.

Kaylie marschierte ins Schlafzimmer. »Schau, schau. Wer war denn der glückliche Bär in deiner Höhle?« Sie kicherte.

»Was denn für ein Bär? Es ist mitten am Nachmittag.« Hektisch zog Danica die Laken zurecht. »Ich hatte nur noch keine Zeit, das Bett zu machen.«

»Mir machst du nichts vor, Schwesterherz. Ich sehe doch deinen verträumten Blick und, auweia, dieses Zimmer riecht durch und durch nach Sex. Mach ein Fenster auf, verdammt.«

Danica blieb der Mund offen stehen.

Kaylie hob triumphierend den Finger. »Haha! Erwischt!« Sie lachte sich halb kaputt. »Wer war es denn? Jonathan? Oder der appetitliche Barmann? Oder …«

Danica biss sich auf die Unterlippe, zählte bis drei und nahm den Mut für ihre Beichte zusammen. Sie legte die Hand auf Kaylies Arm. »Kaylie.«

Kaylie schaute sie erwartungsvoll an.

Lange Sekunden verstrichen. Danica würde ihrer Schwester gleich das Herz brechen und vielleicht ihr Vertrauen verlieren. Aber war das wirklich so? Welches Recht hatte Kaylie, einen Mann für sich zu beanspruchen? Sie konnte jeden haben. Über Blake würde sie im Nu hinweg sein.

»Ja?« Nach einem Blick auf die Uhr steuerte Kaylie auf Danicas Schrank zu. »Ach, Mist. Vergiss es. Ich habe nicht viel

Zeit, ich muss zu meinem Auftritt. Wo sind denn die Stiefeletten?«

Sie ging an dem Sessel mit der olivgrünen Decke über der Lehne und dem holzgerahmten Wandspiegel, einem Erbstück von ihrer Großmutter, vorbei.

Mit jedem Schritt, den ihre Schwester machte, gewann Danica an innerer Sicherheit. Sie schaute zu, wie Kaylie sich zu den Stiefeln im begehbaren Schrank beugte. Ihr String zeichnete sich unter dem hauchdünnen Stoff ihres Kleides ab. Danica musste endlich den Mund aufmachen. Die Situation war unerträglich. Ihre Schwester war scharf auf den Mann, mit dem sie zusammen war. Sie war drauf und dran, dem Mann, der sie liebte, einen Tritt zu geben und jemandem nachzujagen, den sie nie bekommen würde.

»Ich schlafe mit Blake.« Die Worte quollen einfach aus Danicas Mund.

Kaylie verharrte in ihrer gebückten Stellung. Ihre Finger hingen über den Schuhen, nach denen sie gesucht hatte.

»Kay?« Danica wartete darauf, dass ihre Schwester sich auf sie warf und sie anschrie, sie hätte ein Vorrecht auf Blake und Danica hätte ihn ihr weggeschnappt. »Es tut mir leid, Kaylie. Ich habe das nicht geplant. Im Gegenteil, ich habe versucht, es zu verhindern.« *Zumindest halbherzig.*

Kaylies Schultern sanken nach vorn. Danica stellte sich vor, wie ihre Schwester die Augen schloss und die Tränen unterdrückte. Ihr war, als schnitte ihr ein Messer ins Herz. Warum musste sie ausgerechnet bei einem Mann ihr Glück finden, auf den Kaylie ein Auge geworfen hatte?

Kaylie wandte sich langsam um. Die Stiefel ließ sie liegen. »Du hast mit Blake geschlafen?« Ihr Blick wirkte nicht verletzt, aber auch nicht hart oder anklagend.

»Hm-hm.«

Kaylie machte einen Schritt auf Danica zu. »Mit dem heißen, dunkelhaarigen, muskulösen Blake, der mich hat abblitzen lassen?« Sie hob die Augenbrauen und baute sich vor Danica auf.

Danica wich einen Schritt zurück. Kaylie war abwechselnd aufgekratzt oder aufgebracht, aber nie eiskalt oder ruhig. Diese Ruhe zerrte an Danicas Nerven. Sie suchte nach Worten. »Er … wir … es ist einfach pass…«

»Einfach passiert. Schon klar.« Kaylie setzte sich auf Danicas Bett. »Zurzeit passiert offenbar so einiges.«

Wer bist du? »Kaylie? Bist du nicht sauer auf mich?«

Kaylie schüttelte den Kopf.

»Gott sei Dank.« Danica setzte sich neben ihre Schwester. »Ich glaube nämlich, das könnte etwas Größeres werden.«

Kaylie warf ihr ein schmallippiges Lächeln zu. »Freut mich für dich.«

»Warum habe ich dann das Gefühl, dass du in eine Art Schockstarre verfallen bist?«

Tränen glitten über Kaylies Wangen. »Weil ich schwanger bin.«

Danica fiel die Kinnlade herunter. »Schwanger?«

Kaylie nickte.

»Aber wie? Wer? Gestern hast du noch gesagt, du wolltest dir Blake angeln.« *Was ist bloß …*

»Es ist von Chaz.«

Kaylie stand auf und wanderte im Zimmer umher. »Ich habe Angst, Danica. Ich weiß nicht, was ich tun soll. Ich habe versucht, es zu verdrängen, und gehofft, dass es dann einfach weggeht.«

»Oh Kay.« Danica ging zu ihr und nahm sie in die Arme.

Kaylies Schluchzen trieb auch ihr Tränen in die Augen. »Was willst du denn jetzt machen?«

Kaylie hob den Kopf. »Ich sage mir immer wieder, dass nur eine Abtreibung infrage kommt. Ich kann keine Mutter sein. Ich doch nicht.«

Danicas Therapeuten-Ich war hellwach. Adrenalin jagte durch ihre Adern. Gleichzeitig wurde ihr bewusst, dass sie die Therapeutenrolle bald aufgeben würde. Der Gedanke war tröstlich. »Du kannst keine Mutter sein? Oder du kannst nicht *unsere* Mutter sein?«

Kaylie setzte sich wieder aufs Bett und schlug die Hände vors Gesicht. »Ich weiß nicht. Ich habe einfach nur schreckliche Angst. Was, wenn Chaz mich verlässt, so wie Dad unsere Mom verlassen hat?«

Verdammt noch mal, Dad! »Okay. Lass uns nachdenken. Liebst du ihn?«

»Ja, ich liebe ihn. Wirklich. Ich habe einfach nur Angst.«

»Dass du ihn liebst, ist schon mal gut.« Danica tätschelte Kaylies Bein. »Warte mal. Weiß er es schon?«

Kaylie nickte. »Er hat mir einen Heiratsantrag gemacht.«

»Kaylie, bitte denk gut darüber nach. Das ist kein Spiel, das ist eine schwerwiegende Entscheidung. Was du auch tust, es wird Konsequenzen für eine ganze Reihe von Menschen haben.« Danica atmete tief durch. »Liebst du ihn genug? Glaubst du, du kannst für immer mit ihm zusammen sein? Nur mit ihm?«

»Ich kann es mir vorstellen, Dan. Deshalb wollte ich ja Blake verführen. Wenn ich es schon vermassle, dann wenigstens mit dem heißesten Typen, den ich kriegen kann.«

Danica wand sich innerlich.

»Aber als ich mich für das Konzert heute Abend angezogen habe, ist mir klargeworden, dass ... Ach, habe ich dir gesagt, dass Chaz und ich Streit haben? Er kommt heute Abend nicht mit zu meinem Auftritt. Er will, dass wir heiraten, und ich habe ihm gesagt, ich müsste darüber nachdenken. Dabei habe ich nicht mal Lust aufzutreten, wenn er nicht dabei ist. Ich will nicht durch die Bars ziehen und Kerle abschleppen. Aber ich weiß nicht, ob ich treu sein kann. Was, wenn ich wie Dad bin? Was, wenn ich deshalb alles immer so mache, wie ich es nun mal mache?«

Danica musste behutsam sein. Kaylie war so verzweifelt, dass sie sich an jeden Strohhalm klammern und jeden Rat befolgen würde, den sie ihr gab. Deshalb wollte sie ihr nur die Fakten vor Augen halten und ihre Schwester die wichtigste und vielleicht schmerzhafteste Entscheidung ihres Lebens selbst treffen lassen.

»Es stimmt, Kaylie: Was tu tust, tust du *wegen* Dad. Aber du *bist* nicht wie er.«

»Wirklich?«

»Ja. Du hast Angst, dich zu binden, aber du bist nicht unfähig dazu. Du möchtest nur nicht hintergangen werden. Deshalb willst du lieber Täter sein als Opfer.«

»Meinst du wirklich? Bin ich tatsächlich so? Das ist ja scheußlich.«

»Nein, das ist es nicht. Das ist purer Selbstschutz.« Danica kniete sich vor Kaylie, legte ihr die Hände auf die Knie und schaute in ihre verwirrten, traurigen Augen. »Was sagt dir dein Herz? Die Entscheidung muss doch sicher nicht gleich heute fallen.«

»Aber bald. Ich bin der achten Woche.« Sie brach in Tränen aus, ließ sich aufs Bett fallen und vergrub das Gesicht in einem Kopfkissen.

»Dann hast du noch ein bisschen Luft. Weißt du noch? Als

du klein warst, wusstest du nie, ob du lieber Schokolade oder Vanille haben möchtest.« Danica schob sich neben Kaylie und legte ihr die Hand auf den Rücken. »Dad hat gesagt, du müsstest dich entscheiden. Und du hast gesagt …«

»Dass ich das nur mit dem Herzen kann, nicht mit dem Kopf«, nuschelte Kaylie ins Kissen. »Ich soll meinem Herzen folgen?«

»Ja. Was sagt es dir denn?«

»Bei der Vorstellung, das Baby nicht zu bekommen, wird mir ganz elend. Aber ich habe Angst, Chaz zu lieben. So verletzt zu werden wie Mom, würde ich nicht aushalten.«

»Aber du denkst, du liebst ihn.«

Kaylie schaute Danica mit geröteten Augen an. »Ich weiß, dass ich ihn liebe.«

»Ja?«

Kaylie nickte. Sie wischte an dem tränennassen Kopfkissen herum. »Und du meinst wirklich, dass ich nicht so bin wie Dad? Dass ich nicht eines Tages aufwache, keine Lust mehr auf meine Familie habe und mich mit irgendeinem gut aussehenden Kerl davonmache?«

Danica drehte sich auf den Rücken und starrte an die Zimmerdecke. Sie nahm Kaylies Hand in ihre. »Hast du schon mal das Gefühl gehabt, du könntest nicht weiterleben, wenn du nicht mit einem bestimmten Mann ins Bett gehst? Oder gehst du eher mit Männern ins Bett, weil sich die Gelegenheit bietet, weil dir langweilig ist oder weil du sie abschleppen willst, bevor es eine andere tut?«

»Du klingst schon wieder wie eine Therapeutin.«

»Ich weiß«, sagte Danica leise. »Diesmal mit Absicht. Ich möchte, dass du darüber nachdenkst. Zu welchem Ergebnis du kommst, musst du mir nicht verraten. Nur zu dir selbst musst du ehrlich sein.« Danica wurde warm ums Herz. So viele Jahre lang hatte sie Kaylie am Rand eines Abgrunds stehen sehen und endlich konnte sie ihr ein kleines bisschen helfen. Die Entscheidung lag bei Kaylie. Vielleicht gab es ja ein Happy End. Und wenn nicht, dann würde Danica ihr beistehen. So wie immer.

Kaylie bettete den Kopf an Danicas Schulter.

»Ganz gleich, wie du dich entscheidest. Auf mich kannst du zählen.«

Achtundzwanzig

An die Arbeitsplatte gelehnt schaute Danica Blake beim Frühstücken zu. Sie konnte kaum fassen, wie sehr ihr Leben sich geändert hatte. Nicht ständig an ihren Ruf als Therapeutin zu denken, war ungeheuer befreiend. Wen kümmerte es, was die Leute redeten? Und wer wusste überhaupt, dass Blake ihr Patient war? Sie war längst zu einer Entscheidung gelangt. Was sie fühlte, war Liebe. Starke, unbeschreibliche, überwältigende Liebe. Sie würde ihre Zulassung zurückgeben und eine Möglichkeit finden, ihren Traum zu verwirklichen. Sie würde ein Jugendzentrum eröffnen. Sie wollte ihr Leben nicht länger an der Erwartung anderer Leute ausrichten. Sie musste tun, was sie glücklich machte. Wenn sie Blake ansah, wusste sie, dass sie auf dem richtigen Weg war.

»Willst du nichts essen?« Blake stand auf und ging zu ihr. Er nahm sie in die Arme. »Dr. Snow, ich glaube, ich brauche dringend eine Behandlung«, flüsterte er ihr ins Ohr.

Sie legte eine Hand an seine unrasierte Wange. »Lange werde ich nicht mehr Dr. Snow sein. Ich habe beschlossen, das Jugendzentrum zu eröffnen, von dem ich schon eine Ewigkeit träume.«

»Du willst die Sicherheit aufgeben, die du dir über Jahre

erarbeitet hast?«, fragte Blake.

»Das ist eine wirklich gute Frage. Sie zeugt von Einfühlungsvermögen. Du musst eine sehr fähige Therapeutin gehabt haben.« Danica presste ihr Becken an seines. »Ja, das will ich. Ich möchte mir einen großen Wunsch erfüllen. Bisher hat mir nur der Mut dafür gefehlt.« Sie küsste ihn auf die Wange. »Du hast mir mindestens so sehr geholfen wie ich dir. Herrje. Ich muss los zu Michelle.«

Er küsste sie zärtlich und drückte sie fest an sich. »Dann will ich dich nicht aufhalten. Michelle hat Glück, dass du dich um sie kümmerst, und die Jugendlichen von Allure können sich bald genauso glücklich schätzen.«

Blake und Danica hatten die halbe Nacht geredet. Auch über Kaylie. Dabei war Danica klargeworden, dass sie nur geglaubt hatte, in Kaylies Schatten zu stehen. Eigentlich stand sie neben ihr, passte auf ihre Schwester auf, war manchmal eifersüchtig, aber immer besorgt um sie. Auch von Michelles Mutter hatte sie Blake erzählt, und wie weh Michelle die Lügen über den Vater getan hatten, den sie nie kennengelernt hatte. Blake hatte sie sehr ernst angesehen. »Ich werde dich nie anlügen«, hatte er gesagt. »Ich habe erlebt, wie viel Schmerz und Verwirrung Dave hinterlassen hat. Lieber riskiere ich mal einen Streit, als dass du je das Gefühl haben müsstest, nicht das Wichtigste in meinem Leben zu sein.«

Ich liebe dich. Noch wollten die Worte ihr nicht über die Lippen. *Kleine Schritte.*

»Und was muss ich tun, wenn ich einen Rat brauche? Mir einen Termin geben lassen? Einen schriftlichen Antrag stellen? Dich Doc nennen?« Er lachte.

»Hmm. Mal sehen, ob ich überhaupt noch Termine frei habe, wenn ich mich erst mal um die Jugendlichen kümmere.«

Sie grinste ihn an. »Aber du könntest auch einfach sagen: Ich brauche einen Rat.«

»Das probiere ich aus. Habe ich dir erzählt, dass Sally mich angerufen hat? Sie meint, Rusty sei nun doch bereit, mal mit einem Therapeuten zu sprechen.«

»Das ist gut. Vielleicht kommt er sogar ins Jugendzentrum, wenn es so weit ist.« Danica wusste, dass ein langer Weg vor Daves Familie – vor Daves Familien – lag.

»Ja, das ist immerhin ein Anfang. Ach übrigens, nächstes Wochenende unternehme ich irgendwas mit ihm. Vielleicht können wir ja Michelle mitnehmen und zusammen ins Kino gehen.« Blake hob die Augenbrauen.

»Sieh an. Willst du die beiden verkuppeln?«

»Eigentlich nicht. Ich dachte nur, wir beide könnten dann in der letzten Reihe sitzen und knutschen.« Er lachte, warf einen Blick auf die Uhr und trank den letzten Schluck Kaffee. »Ich muss ins Geschäft. Heute stellt sich jemand vor. Ich möchte für den Bürokram eine Teilzeitkraft einstellen. Gehen wir eigentlich zusammen zur Hochzeit?«

Die letzten achtundvierzig Stunden hatten sie einander unglaublich nahe gebracht. Für Danica fühlte es sich an, als wären sie schon seit Jahren zusammen, und dass sie gemeinsam zur Hochzeit gehen würden, stand für sie fest. Merkwürdig, dass der Rest der Welt von ihrem Glück noch gar nichts wusste. »Auf jeden Fall.«

Danica fuhr mit Michelle ins Village. Sie summte ein Lied im Radio mit. Michelle wollte in einem Secondhand-Buchladen nach günstigen Kunstbänden suchen. Für Danica ein gutes

Zeichen. Anstatt sich immer nur einzumauern, zeigte Michelle Interesse an schönen Dingen.

»Du hast den blauen Schal wieder an«, stellte Michelle fest.

Danica nickte. »Ja.«

»Du siehst gut aus. Glücklich«, fügte Michelle hinzu.

»Danke. Stimmt, das bin ich auch.« Bei dem Gedanken, wie es sich anfühlte, in Blakes Armen zu liegen, lief Danica ein wohliger Schauer über den Rücken.

Sie parkte den Wagen und sie machten sich auf den Weg zum Buchladen. »Dir gefällt es im Village, nicht wahr?«

»Ja, sehr. Hier ist es ganz anders als in der Stadt.« Michelle griff in ihren Ausschnitt, zog die *Unvollkommen*-Halskette hervor und drückte den Anhänger an ihre Brust. »Ich habe darüber nachgedacht, was du über meine Mom gesagt hast.«

Sie stiegen die Backsteintreppe zum Buchladen hinauf und blieben vor der Tür stehen. Michelle strich sich das Haar aus dem Gesicht und schaute Danica nachdenklich an. Die Probleme, die sie mit sich herumschleppte, zeichneten sich als Schatten in ihren Augen ab.

»Meinst du, es hilft, wenn ich mit ihr rede, oder so?«

Danica wollte von einem Bein aufs andere springen und in die Hände klatschen. Stattdessen sagte sie ganz ruhig: »Ich denke schon. Wenn du möchtest, komme ich gern mit.«

Michelle nickte und öffnete die Tür.

Vor dem Eintreten schaute Danica hinauf in den Himmel und sog die kühle Luft ein. Alles in ihrem Leben schien sich zu fügen. Die Therapeutin in ihr hätte die Situation vielleicht analysiert und vor allzu viel Euphorie gewarnt. Danica lächelte in sich hinein. Sie war froh, dass ihre innere Therapeutinnenstimme in Zukunft öfter stumm bleiben würde. Sie wollte ihr Glück genießen und ausnahmsweise nicht ununterbrochen vernünftig sein. Die Risiken waren ihr bewusst. Blake konnte jederzeit in alte Gewohnheiten zurückfallen und wieder in Bars auf die Pirsch gehen. Vielleicht würde ihm sein solideres Leben irgendwann langweilig werden. Vielleicht würde er ihr irgendwann vorwerfen, sie wollte ihn ändern. Nein, sicher nicht. Er selbst hatte sich Veränderungen gewünscht. Deshalb war er zu ihr gekommen. Sie musste die Welt nicht mit den Augen einer Therapeutin sehen, sie konnte ganz sie selbst und ganz Frau sein. Mit diesem beglückenden Gedanken betrat sie das Geschäft.

Eine Stunde lang stöberten sie nach Herzenslust. Schließlich verließ Michelle mit einem Armvoll Kunstbücher und Danica mit zwei Büchern zum Thema Schwangerschaft das Geschäft. Nur für den Fall, dass Kaylie sich entschied, diesen Weg zu gehen.

Danica setzte Michelle bei Nola ab. Als Michelle ins Haus gegangen war, spürte Danica eine vertraute Enge in der Brust. Enttäuschung. Sie hatte gehofft, Michelle würde den Besuch bei ihrer Mutter noch einmal ansprechen. Danica warf einen Blick auf die Uhr. In zwei Stunden musste sie zum Fototermin vor der Trauung in der Kirche sein.

Nein, falsch: Sie und Blake mussten in zwei Stunden dort sein. Ihr Pulsschlag beschleunigte sich.

Neunundzwanzig

Die kühle Abendluft fuhr durch Blakes Haar. Als er vor Danicas Haustür stand, verschwand gerade die Sonne hinter den Bergen. Trotz der Kälte hatte er feuchte Hände. Zum ersten Mal seit Jahren flatterte sein Magen. Danica kam heraus und schloss die Tür hinter sich ab. Der Wind bauschte die violetten Stoffbahnen, die unter dem Saum ihres Mantels hervorlugten. Wie schaffte es diese Frau nur jedes Mal, wenn er sie wiedersah, noch schöner zu sein? Die abendliche Brise wehte ihr die Locken ins Gesicht. Lachend versuchte sie, sie mit einer Hand zu bändigen.

»Mein Haar macht immer, was es will«, sagte sie achselzuckend.

»Es ist wunderschön. Du bist wunderschön.« Blake küsste sie auf den Mund. Einmal, zweimal. Und dann konnte er nicht anders. Er zog sie an sich. Der nächste Kuss war lange und leidenschaftlich.

Als er sie schließlich losließ, waren ihre Wangen gerötet.

»Tut mir leid, aber …« Er zuckte die Achseln. Hoffentlich konnte er die Hitze beherrschen, die sich zwischen seinen Beinen ausbreitete.

Hand in Hand gingen sie zu Blakes Wagen. Wie ein

verknallter Teenager, der die Schulschönheitskönigin zum Abschlussball ausführen durfte, öffnete er Danica die Wagentür. Als er sie wieder geschlossen hatte, schaute er durchs Fenster zu, wie Danica ihr Kleid glattstrich. Sein Herz quoll fast über vor Glück. Er dachte an Dave und Sally. Ihre Beziehung war in stürmische Gewässer geraten, aber Blake war überzeugt, dass sie ohne den Unfall den Sturm gemeinsam überstanden hätten. Er und Danica standen noch ganz am Anfang, doch schon jetzt gehörte ihr ein großes Stück seines Herzens, und er konnte sich nicht vorstellen, noch einmal ohne sie zu sein.

Danica legte den Sicherheitsgurt an und sah ihn fragend an. Während sie einen Blick auf ihr Telefon warf, eilte er zur Fahrerseite.

»Die haben doch nicht etwa die Hochzeit abgesagt?«

Danica las die Nachricht von Michelle. *Kommst du morgen mit zu meiner Mom?* Sie tippte *Ja* als Antwort. »Nein«, sagte sie. »Alles perfekt.«

Während der Trauung standen sie einander gegenüber. Blake mit den Brautführern in ihren eleganten Smokings, Danica bei den Brautjungfern, die in ihren Kleidern bezaubernden bunten Blumen glichen. Camille sah in ihrem Satinkleid einfach hinreißend aus. Aber Danica faszinierte vor allem ihr Blick. Camille und Jeffrey waren seit drei Jahren ein Paar und die Art, wie Camille ihn ansah, konnte man nur als verträumt bezeichnen. Ihre Züge waren weich, ihre Augen strahlten und ihre Körpersprache drückte pure Liebe aus. Aufrecht und zugewandt stand sie ihrem Zukünftigen gegenüber. Ihre Lippen waren leicht geöffnet, ihre Mundwinkel kräuselten sich in einem zärtlichen Lächeln nach oben. Sie und Jeffrey hatten ihre Eheversprechen selbst verfasst. Aufmerksam hörte Danica sich an, was Camille gelobte. … *achtsam sein mit deinen Gefühlen, dir Zeit geben, deine Freundschaften zu pflegen, nie unfaire voreilige Schlüsse ziehen.* Einen derart tiefgründigen Schwur hatte Danica noch nie gehört. Was würde sie sich von einem Ehepartner wünschen? Ans Heiraten hatte sie noch nie wirklich gedacht. Vielleicht, weil ihr die Zeit gefehlt hatte, vielleicht weil sie aufgrund ihrer Erfahrungen als Therapeutin Liebe mit Gefühlschaos gleichsetzte. Auch an Schicksal hatte sie bisher nicht geglaubt. Doch jetzt schlangen sich die zarten Finger der Liebe um ihr Herz und sie konnte ihnen nicht entkommen. Sie fragte sich, ob Blake dasselbe empfand und schaute ihn an. Es war, als hätte er nur auf ihren Blick gewartet. In seinen Augen lag der gleiche Ausdruck, der auch in Camilles Augen lag. Danicas Knie wurden weich. Ihr Puls beschleunigte sich. *Blake.* Sie wollte Liebe, Vertrauen und Blake. Camille und Jeffrey küssten sich. Der Beifall der Hochzeitsgäste riss Danica aus ihren Gedanken.

»Ich habe mich entschieden«, flüsterte Kaylie.

Danica hauchte Blake über den Mittelgang hinweg einen Kuss zu und drehte sich zu ihrer Schwester. Kaylie hatte versucht, die dunklen Ringe unter ihren Augen mit Make-up zu verdecken.

»Ich habe fast die ganze letzte Nacht mit Chaz geredet. Wir waren bis zum Sonnenaufgang wach«, sagte sie.

»Und?« Danica wusste nicht, ob sie hoffen sollte, dass die beiden das Kind haben wollten. Sie wünschte sich nur, dass Kaylie glücklich war. Ihre Schwester war fähig zu lieben und würde eine wunderbare Mutter sein, auch wenn sie die Hosen gestrichen voll hatte. Zudem kannte Danica Kaylie gut genug, um zu wissen, dass es kein Zurück gab, wenn sie erst eine Entscheidung getroffen hatte. Während Camille und Jeffrey Hand in Hand den Mittelgang entlang gingen und sich unter dem Regen aus Blütenblättern hindurchduckten, mit dem ihre Gäste sie hochleben ließen, griff Danica nach Kaylies Hand.

»Ich liebe ihn«, flüsterte Kaylie.

Danica beugte sich näher. »Du liebst ihn?«

Kaylie schaute ihr fest in die Augen und wiederholte: »Ich liebe ihn! Wirklich! Ich liebe ihn von ganzem Herzen!«

In der Kirche war es mucksmäuschenstill geworden, so als hielten alle den Atem an. Alle Augen richteten sich auf Kaylie. Sie schlug die Hand vor den Mund. Ihre Wangen wurden knallrot. Sie sah aus wie ein Kind, das mit der Hand im Bonbonglas erwischt worden war. »Tschuldigung«, nuschelte sie und kräuselte die Nase.

Danica lachte auf. Sie schnappte Kaylie und drückte sie an sich. »Ich werde Tante!«

»Nicht so fest. Mein Magen ist zu allem fähig.«

»Okay, okay!« Danica umarmte sie noch einmal ganz sanft. Dann nahm sie Kaylie an den Schultern und schaute ihr ernst in die Augen. Sie suchte nach Besorgnis, Widerwillen, irgendeinem Anhaltspunkt, dass Probleme im Anzug waren. Doch zum allerersten Mal, seit Danica sich erinnern konnte, sah ihre Schwester zufrieden aus. »Bist du sicher?« Die Therapeutin in ihr musste diese Frage einfach stellen.

»Zu hundertzehn Prozent.« Kaylie grinste. »Und falls ich doch mal Angst habe durchzudrehen, kenne ich eine großartige Therapeutin.«

»Tut mir leid, bald wird die großartige Therapeutin ein Jugendzentrum leiten, aber sie vermittelt dich gern an eine fast ebenso gute Therapeutin weiter.«

Blake wartete im Mittelgang auf Danica. Sie hakte sich bei ihm ein. Gemeinsam folgten sie den anderen Paaren.

Blake beugte sich zu ihr und flüsterte: »Ich will nie wieder so lange von dir getrennt sein.«

Danksagung

Schwestern im Aufbruch zu schreiben war eine wunderbare Erfahrung für mich und die Figuren sind mir sehr ans Herz gewachsen. Das bedeutet, meine Leserinnen und Leser können sich auf viele weitere *Herzen-im-Aufbruch*-Bände freuen.

Zuallererst möchte ich meinen Leserinnen und Lesern danken. Sie spornen mich an, Ideen zu entwickeln und Bücher mit Figuren zu schreiben, die noch lange im Gedächtnis bleiben.

Ich habe das große Glück, mit einem fantastischen Lektoratsteam zu arbeiten. Kirsten Weber ist die Konstante in meinem Leben als Autorin, steht mir jederzeit mit ihrem Rat zur Seite und unterstützt mich in jeder Hinsicht. Kirsten, deine Freundschaft, deine Fähigkeiten als Lektorin und der Druck, den du mir machst, damit meine Leserinnen und Leser beste Unterhaltung bekommen, machen dich zu einem echten Schatz. Ich bin sehr dankbar, mit dir arbeiten zu können. Penina Lopez, ohne deine Sorgfalt und Professionalität gäbe es in meinen Büchern Stolpersteine, die das Lesevergnügen schmälern würden. Ich bin dankbar für die Zeit und die Energie, die du in meine Geschichten investierst, für deinen Rat und deine Unterstützung. Colleen Albert, du bist mehr als nur eine großartige Lektorin. Du bist eine Freundin und Kollegin und deine Hilfe ist unbezahlbar. Ich danke dir.

Mein Dank gilt auch all denen, die sich meine endlosen Liebeserklärungen an meine Figuren und meine Sorgen um alle möglichen Details anhören müssen. Ihr habt mich beruhigt, ermutigt, beraten und mir manchmal den Kopf zurechtgesetzt. Ihr seid mein Lebenselixier. Hilde Alter, wärest du nicht meine Mutter, hätte ich keine Zeile schreiben können. Du hast immer an mich geglaubt und mich gelehrt, an mich selbst zu glauben. Danke. Kathleen Shoop, du und ich, wir haben gemeinsam Erfahrungen in der Bücherwelt gesammelt. Danke für deine klugen Ratschläge und deine Freundschaft. Stacy Eaton, Amy Manemann, Emerald Barnes, Clare (Rachelle) Ayala, Bonnie Trachtenberg, Wendy Young, Christine Cunningham, G. E. Johnson und Natasha Brown, aka Sis, – ihr stärkt mir den Rücken, ihr haltet mich auf Kurs. Ich schätze unsere kleine Familie sehr. Russell Blake, du bringst mich immer wieder zum Lachen, gibst mir die Möglichkeit, mich mit dir zu messen und treibst mich an. Aber vor allem verstehst du mich. Du bist ein Autorenkollege im besten Sinn und ein großartiger Freund. Danke.

Ich bin ein Social-Media-Junkie und freue mich, wenn meine Freunde und Fans über Facebook und Twitter mit mir in Kontakt treten. Ich genieße unsere Chats und bin dankbar für jeden von euch.

Jane Porter, es bedeutet mir unendlich viel, dass du *Schwestern im Aufbruch* gelesen hast und dass dir das Buch gefallen hat. Danke für deine Großzügigkeit. Kian Vencill, Pat Fordyce, Deb Stanley und Kathie Shoop, danke, dass ihr die ersten Versionen dieses Buches gelesen und mir wertvolles Feedback gegeben habt, danke für eure treue Freundschaft und eure Unterstützung.

Kein Autor schreibt allein und kein Autor hat allein Erfolg.

Ich bin glücklich über mein großartiges Unterstützungsteam aus Autorinnen und Autoren, Bloggerinnen und Bloggern, Leserinnen und Lesern. Team PIF (Team *Paying it Forward*) ist die verdammt beste Mannschaft, die man sich vorstellen kann. Ihr seid einfach großartig. Ihr habt Talent, seid unglaublich hilfsbereit und zaubert mir immer wieder ein Lächeln aufs Gesicht. Danke.

Ich bin mit dem besten Mann der Welt verheiratet. Er unterstützt mich unermüdlich, er ist der liebevollste, großherzigste und geduldigste Mann, den ich mir vorstellen kann. Und er bringt mich immer wieder zum Lachen – ganz gleich ob bei Tag oder Nacht. Les, du erträgst klaglos, dass ich stundenlang über meiner Tastatur hänge und mich immer wieder in einen meiner Helden verliebe. Als ich anfing, Liebesromane zu schreiben, hast du gelacht. Ich habe dich gebeten, mir den Hof zu machen, wie die Männer in meinen Büchern es tun, und du hast dich darauf eingelassen. Dir gehört mein Herz und meine Seele, du bist der Größte für mich. Danke, dass du meine Träume unterstützt und Teil meines Lebens bist.

Niemand leidet so sehr unter meinem dicht gedrängten Terminplan wie meine Kinder. Sie essen mehr Gerichte vom Lieferservice, als Kinder essen sollten, und lachen mich aus, wenn meine Figuren mich wütend machen. Ihr seid wunderbar. Ich liebe euch.

Abonnieren Sie Melissas Newsletter, um über
Neuerscheinungen informiert zu werden:
www.melissafoster.com/Newsletter_German

Lesen Sie hier einen Auszug aus dem nächsten Band!

Schwestern im Glück

DIE SNOW-SCHWESTERN

LOVE IN BLOOM – HERZEN IM AUFBRUCH

Eins

Kaylie Snow musste pinkeln, und zwar dringend. Wenn sie es nicht in den nächsten zwei Minuten schaffte, sich aus dem Bett zu hieven, würde es zu spät sein, und dann müsste sie ihrem Verlobten erklären, warum der Teppich so nass war. Sie zog sich die Bettdecke von ihrem gewaltigen nackten Bauch und setzte sich mühsam auf. Ihr Blick fiel auf Chaz, dessen Brustkorb sich mit jedem friedlichen Atemzug hob und senkte. Sie widerstand dem Wunsch, sich hinunterzubeugen und ihn auf den leicht geöffneten Mund zu küssen. Er hatte in der letzten Zeit so hart gearbeitet und hatte es sich verdient, auszuschlafen. Die Morgensonne schien durch die Vorhänge und erinnerte sie an den Morgen, nachdem sie sich kennengelernt hatten. Ihre Blase konnte doch sicher noch einen Moment aushalten, während sie diese Erinnerungen auskostete. Am Abend zuvor hatten sie die bevorstehende Hochzeit ihrer besten Freundin Camille gefeiert und sie hatte viel zu viele Margaritas getrunken. Chaz war nur ein bisschen angeheitert, als sie die Bar None gemeinsam verließen und sich zu seinem Haus aufmachten. Sie wusste noch genau, dass sie am liebsten mit den Fingern durch sein welliges blondes Haar gefahren wäre, das seine ozeanblauen Augen wie Juwelen schimmern ließ. Und sie wollte ihn unbedingt küssen, so wie jetzt.

Auf diesen ersten Kuss hatte sie lange gewartet. Bis fünf Uhr in der Frühe hatten sie geredet und waren dann auf dem Sofa in seinem Wohnzimmer eingeschlafen. Als sie erwachte, lag sie in seine Armbeuge geschmiegt, mit dem Kopf auf seiner muskelbepackten Brust. Die Morgensonne strömte ins Zimmer und seine ungeküssten Lippen hatten sich im Schlaf leicht geöffnet. In ihrem tiefsten Innern wusste sie, dass sie den Mann gefunden hatte, den sie eines Tages heiraten würde. Nun streckte sie die Hand aus und fuhr mit der Fingerspitze über die Bartstoppeln an seinem markanten Kinn.

Er drehte sich auf die Seite, kuschelte sich tiefer ins Kissen und versetzte die Matratze gerade genug in Bewegung, um ihre Blase weiter zu reizen. Sie fuhr zusammen und stemmte sich hoch – in der fünfunddreißigsten Schwangerschaftswoche kein einfaches Unterfangen. Als sie aufstand, spürte sie, wie sich Chaz' Hand um ihre schloss.

»Komm zurück«, flüsterte er.

Kaylie wandte sich um. »Ich muss mal«, antwortete sie leise.

»Dann komm danach wieder.« Er drückte sanft ihre Hand und ließ sie gehen.

Kaylie ging zur Toilette und wusch sich dann die Hände. Dabei begutachtete sie sich im Spiegel über dem Waschbecken. *Nackter Buddha.* Sie drehte sich zur Seite. *Gestrandeter Wal.* Sie stellte sich mit dem Rücken zum Spiegel und sah über die Schulter. Lieber Himmel, das war ja noch schlimmer. Wie hatte sie Chaz glauben können, als er gestern beteuerte, dass sie hinreißend aussah? Der gestrige Abend. Nun fiel ihr alles wieder ein. *Der Anruf aus Denver, aus dem Nachtclub, in dem sie in den letzten beiden Jahren gesungen hatte.* Noch eine Absage, eine von vielen. Dabei hatte sie gehofft, sich für die Zeit nach der Geburt des Babys Engagements sichern zu können. Sie war eine gute Sängerin! Die Zuschauer liebten sie und sie war zuverlässig. Noch nie hatte sie einen Auftritt verpasst. Sie hatte immer davon geträumt, eines Tages ein Angebot für einen Plattenvertrag zu bekommen, doch nun sah es aus, als würde ihre Schwangerschaft alle Hoffnungen zunichtemachen. Als hätte sie ein Tattoo auf der Stirn: *Nehmen Sie mich bloß nicht unter Vertrag. Ich bekomme bald ein Kind und dann bin ich total unzuverlässig.* Sie hatte zwanzig Minuten lang geweint und sich selbst, dem Baby und sogar Chaz die Schuld gegeben. Später wurde ihr klar, dass sie nichts von dem ernstgemeint hatte. Es war einfach alles zuviel gewesen. Chaz war ihr die ganze Zeit nicht von der Seite gewichen. Er war ruhig und verständnisvoll wie immer und sie hatte jede seiner Beteuerungen geglaubt, dass sie sexy und schön aussah und eine wundervolle Mutter sein würde. Er hatte sie in die Arme geschlossen, wo sie sich geborgen und geliebt fühlte, und schon waren alle Sorgen wie weggeblasen gewesen.

Wie sehe ich denn aus?! Das war's. Von nun an würde sie nicht mehr nackt schlafen. Sie ließ die Hände über die Wölbungen gleiten, die sich irgendwie über ihrer Taille gebildet hatten. *Grundgütiger! Habe ich etwa Speckröllchen?* Sie war immer zierlich gewesen, schon als Teenager. Wie konnte sie Speckrollen haben? Babys wuchsen in der Gebärmutter heran, nicht auf den Hüften. *Was zum Teufel geht hier vor sich?* Sie zupfte ihr blondes Haar zurecht, oder versuchte es zumindest, putzte sich die Zähne und schnappte sich eines von Chaz' T-Shirts aus seiner Kommode, bevor sie wieder ins Bett ging.

Kaylie lag mit angewinkelten Beinen auf dem Rücken. Dabei versuchte sie, die Speckröllchen zu ignorieren, die sie zu verhöhnen schienen. Sie brauchte nur an sie zu denken und bekam gleich schlechte Laune. Sie merkte, wie sich etwas in ihrer Brust zusammenzog, und krallte die Finger in Chaz' T-Shirt.

Chaz kuschelte sich an sie, schob seine Beine unter ihre und legte einen Arm über ihre schmalen Hüften, unterhalb ihres gewaltigen Bauches. Er legte ihr den Kopf auf die Schulter und sie lauschte seinem Atem. Mit jedem seiner Atemzüge beruhigten sich ihre Nerven ein bisschen mehr. Sie fühlte sich so geborgen, wenn sie bei ihm war. Kein Wunder, dass sie am Abend zuvor nackt zu Bett gegangen war. Sie glaubte ihm alles, was er sagte.

»Sollen wir uns ein paar Namen ausdenken?«, flüsterte er.

»Wir haben doch gesagt, dass wir warten, bis das Kind da ist.« Als Kaylie erfuhr, dass sie schwanger war, hatten sie beschlossen, nicht schon vor der Geburt herauszufinden, ob es ein Junge oder ein Mädchen war. Überraschungen waren im heutigen Leben selten genug, und die Geburt ihres Babys sollte einer jener herzergreifende Momente sein, den man nie vergisst. Ein einzigartiger Augenblick. Daher hatte sie nur eine einzige Ultraschallaufnahme machen lassen.

Es war keine Risikoschwangerschaft und sie war so jung, dass ihre Ärztin keinen Grund für weitere Aufnahmen sah. Kaylie war erleichtert gewesen. Sie hätte es nicht ausgehalten, dazuliegen und zu wissen, dass ihr Baby auf dem Monitor zu sehen war – so nah, dass sie nur die Hand ausstrecken und ihn berühren musste. Es wäre es ihr schwergefallen, nicht hinzusehen.

Kaylie bestand außerdem hartnäckig darauf, vor der Geburt keine Namen auszusuchen. Sie hatte nie verstehen können, wie ein Kind einen Namen haben konnte, bevor die Eltern es kennengelernt hatten. Was war, wenn sich ein Charles in

Wirklichkeit als ein Michael entpuppte? Wenn man das Baby neun Monate lang Charles genannt hatte, wäre es schwierig, den Namen passend zum Wesen oder zum Aussehen des Babys zu ändern.

Sie und Chaz waren einander so ähnlich. Sie waren fast immer einer Meinung und Kaylie wusste aus Erfahrung, dass sie sich glücklich schätzen konnte. Sie schloss die Augen und dachte an das, die sie heute erledigen musste. Sie würde sich mit ihrer älteren Schwester Danica und ihrer Mutter treffen, die sie bestimmt seit einem Jahr nicht mehr gesehen hatte. Lieber Himmel, war es wirklich schon so lange her?

Schuldgefühle überschwemmten sie. Früher hatte ihre Mutter eine so wichtige Rolle in ihrem Leben gespielt. Doch dann hatte Kaylie herausgefunden, dass ihre Mutter mit ihrem Vater zusammengeblieben war, obwohl sie von seiner Affäre wusste, und betrachtete sie in einem anderen Licht. Die starke Frau, die sie zu kennen gemeint hatte, erschien ihr nun schwach und beinahe mitleiderregend. Bald würde sie selbst Mutter sein und dachte daher öfter an ihre eigene Mutter, doch die Wut und die Enttäuschung waren immer noch da, und sie wusste nicht, wie sie damit umgehen sollte.

Wie schon so oft schob sie die Gedanken an ihre Mutter beiseite. Es war alles zu schwierig, sie konnte jetzt nicht darüber nachdenken. Es gab drängendere Probleme, die sie nicht ignorieren konnte.

Eine nervtötende Stimme in ihrem Hinterkopf erinnerte sie immer wieder unbarmherzig daran, dass ihr letzter Auftritt als Sängerin schon mehrere Monate zurücklag. Und dass ihre Schwester Danica niemals tatenlos zugesehen hätte, wie sich ihre Karriere einfach so in Luft auflöste – es sei denn, sie hätte es genau so gewollt. Kaylie fühlte sich machtlos, sie hatte nicht das

Gefühl, etwas gegen den Niedergang ihrer Karriere unternehmen zu können. Und die entschlossene, furchtlose Kaylie hatte sich in ihrem Leben noch nie machtlos gefühlt.

Chaz zeichnete mit dem Finger sanfte Kreise auf der Unterseite ihres Bauches. »Gracie?«

»Keine Namen, haben wir gesagt«, sagte sie und musste lächeln, auch wenn sie lieber noch einen Moment auf ihren Sorgen herumgekaut hätte. Sie schob ihm eine Strähne aus der Stirn.

»Felix?«

»Chaz!«

Er stützte sich neben ihr auf und flüsterte ihr ins Ohr: »Jezebel? Bambi?«

Sie kicherte. Der Stress, den ihre Speckrollen und die Stimme in ihrem Kopf ihr bereiteten, ließ langsam nach.

Er drückte ihr die Lippen auf den Hals, strich mit der Hand über ihren gewölbten Bauch und fuhr dann mit dem Zeigefinger vom Schlüsselbein zwischen ihren Brüsten hindurch zu dem Bogen, wo ihr Zwerchfell in ihren Bauch überging. Ein wohliger Schauder rann ihr über den Rücken. Sie legte die angewinkelten Beine zur Seite und lehnte sie an seine.

»Ich bin mit Danica und meiner Mutter zum Lunch verabredet.«

»Mm-hmmm.« Er küsste ihre Schulter und ließ seine Hand unter ihr T Shirt gleiten.

»Ich habe meine Mutter seit Ewigkeiten nicht mehr gesehen. Ich bin ein bisschen nervös.«

Er zog ihr das Hemd über den Kopf und sie wölbte den Rücken, als er es ihr auszog. Ihre langen Haare fielen wie ein Wasserfall aufs Kissen.

»Musst du aber nicht«, sagte er. Dann kniete er neben ihr

und stützte sich mit den Händen rechts und links von ihrem Körper auf.

Sie fuhr mit dem Finger eine Ader nach, die über seinen Bizeps verlief, als er seinen Mund auf ihre Brust senkte. Sie keuchte auf, als er mit der Zunge ihren Nippel verwöhnte. Die Schwangerschaft hatte ihre Empfindungen intensiviert, ihre Sinne waren hellwach und Chaz bediente sie mit aufreizender Sorgfalt. Sie neigte den Kopf nach hinten, streckte den Hals und versuchte, sich zu konzentrieren, das bevorstehende Treffen mit ihrer Mutter durchzuspielen und über ihre Karriereprobleme nachzudenken. Doch Chaz nahm sich nun ihre andere Brust vor und sie krallte stöhnend die Hände in seine Haare.

Chaz ließ seine Zunge über die Außenseite ihrer Brust gleiten. »Soll ich aufhören?« Er hob ihre Brust an und leckte die zarte Haut auf der Unterseite.

»Nein«, erwiderte sie atemlos.

Seit dem vierten Schwangerschaftsmonat waren ihre Hormone kaum zu bremsen.

Er tastete sich mit dem Mund an ihrer Flanke entlang, über die Rippen bis hin zu dem Bereich unmittelbar oberhalb ihrer Hüfte.

Sie lockte ihn von diesen neuen Speckrollen weg, zog seinen Mund an ihren, öffnete ihre Lippen und ließ seine Zunge langsam und tief in ihren Mund eindringen, spürte, wie er sie erkundete, sie verschlang. Sie fühlte seine Härte an ihrem Bein und erwiderte den Druck. Seine Hand fuhr zu ihrer Hüfte, seine Finger gruben sich in das Fleisch ihres Oberschenkels. Alle ihre Nervenenden standen in Flammen. Sie wölbte sich ihm entgegen, während ihr Bauch wie ein unnachgiebiger Wächter zwischen ihnen war.

Sie setzte sich auf und mit einer einzigen geübten Bewegung schob er sich auf den Rücken. Sie merkte, wie alle Spannung von ihr wich, als seine Hände nach ihren Hüften griffen und sie ihre Mitte auf ihn senkte, um kurz vor der Spitze seiner Erregung zu verharren. Er drängte sich ihr entgegen und ein gerissenes Lächeln breitete sich auf ihrem Gesicht aus. Dies war mittlerweile der Teil ihres Liebesspiels in der Schwangerschaft, den sie am liebsten mochte: die Kontrolle übernehmen, ihn warten lassen. Sie beugte sich vor, ihr Haar umhüllte ihrer beider Gesichter, und sie küsste ihn sanft auf die Stirn, die Wange, das Kinn. Chaz versuchte, ihre Lippen mit seinen zu erhaschen, doch sie war zu schnell. Sie nahm seine Hände in ihre und schob sie sich unter die Knie, dann beugte sie sich wieder zu ihm hinunter und umspielte mit der Zunge sanft den Rand seiner Lippen.

Sie stemmte sich ein wenig höher, dann drückte sie seine Erektion flach auf seinen Bauch und senkte sich darauf, neckte und reizte ihn, ließ ihn aber nicht in sie eindringen. Ihre Mitte glitt immer wieder an seiner Härte entlang, bis seine Augen voller Hunger waren. Sie genoss es, seinen Höhepunkt auf diese Weise zu steuern. Sie küsste ihn auf das Kinn, den Hals und saugte dann an einer Stelle direkt unter seinem Ohr, bis sie wusste, dass er sich nicht mehr lange würde zurückhalten können. Mit der Zunge glitt sie an seiner Brust hinunter, nahm seine Brustwarze sanft zwischen die Zähne, bis er sich unter ihr wand und sie anbettelte, ihn einzulassen. Schließlich raubte ihr eigenes Verlangen ihr fast den Atem und sie griff zwischen ihre Beine und ließ ihn in sie gleiten. Sie keuchte auf, als sie ihn in sich spürte.

Er öffnete die Augen und zog sie in einem tiefen Kuss an sich. Kaylie merkte, wie die Sorge um das Treffen mit ihrer

Mutter dahinschmolz und Schultern und Rücken sich entspannten. Seine Hände fuhren über ihre Seiten und sie zuckte zurück, suchte seinen Blick und erwartete Anzeichen von Abscheu angesichts ihrer sich ausdehnenden Taille. Seine Augen füllten sich mit Verlangen, dann schlossen sich seine Lider und er verschmolz mit ihr. Sie schmiegte sich in die Berührung seiner Hände und mit jeder sinnlichen Bewegung rückten ihre Sorgen ein Stück weiter weg, bis ihre Scham und die Gedanken an den Niedergang ihrer Karriere fast verschwunden waren.

Ende des Auszugs
Um weiterzulesen, kaufen Sie *Schwestern im Glück*
bei Ihrem Online-Buchhändler!

Bisher erschienen in englischer Sprache:

The Bradens (Peaceful Harbor)

Healed by Love
Surrender my Love
River of Love
Crushing on Love
Whisper of Love
Thrill of Love

The Remingtons

Game of Love
Strokes of Love
Flames of Love
Slope of Love
Read, Write, Love

Seaside Summers

Seaside Dreams
Seaside Hearts
Seaside Sunsets
Seaside Secrets
Seaside Nights
Seaside Embrace
Seaside Lovers
Seaside Whispers

Entdecken Sie Melissa Fosters Bücher auch auf:
www.melissafoster.com/herzen-im-aufbruch